KB147186

숙맥
16

숙맥 동인지
발간 20주년 기념호

어찌 세월이 가만있었겠는가

숙맥
16

숙맥 동인지
발간 20주년 기념호

어찌 세월이 가만있었겠는가

곽광수 김경동 김명렬 김재은 김학주 안삼환
이상옥 이상일 이익섭 장경렬 정재서 정진홍

숙맥들이 모인 지 어느덧 스무 해

1950년대에 서울대학교 문리과대학에 다녔던 여덟 사람이 문리대 출신은 아니나 문리대 사람들보다 더 문리대인다운 풍모를 지닌 분을 좌장으로 모시고 동인 모임을 구상한 것은 2003년이었습니다. 각기 다른 학문 분야에서 일가를 이루어 오랫동안 학술 연구에 몰두하던 사람들이 스스로 숙맥菽麥이라 칭하며 동인 모임을 가지기로 한 데에는 단순히 노년기의 친교나 파적破寂을 도모하자는 뜻 이상의 동기가 있었습니다. 무엇보다 우리는 1950년대 전쟁의 폐허 속에서 대학 시절을 보내며 지적 · 문화적 탐구를 갈망하던 우리 스스로의 모습을 되돌아보며 일종의 향수를 느끼고 있었습니다. 그런 개별적 향수가 문리대 시절에 대한 기억들이 겹겹이 쌓인 공동체로 수렴된 것이 우리 숙맥 동인 모임이 아닌가 싶습니다.

돌이켜 생각건대, 우리가 젊은 날을 보냈던 그 1950년대는 온갖 고난으로 점철되어 있었습니다. 물질적 빈곤은 당대 사회의 보편적 상황이었으므로 거역할 수 없는 현실이었습니다. 하지만 정신생활에서의 궁핍만은 어떻게든 탈피해 보려고 우리는 힘이 미치는 한 온갖 노력을 아끼지 않았습니다. 당대 사람들이 전후파의 퇴폐적 풍조에 노출되어 있던 시절이었음에도 우리는 그 안에서 안주하기를 거역하고 해외에서 물밀듯이 들어오던 생소한 철학과 사회사상 그리고 문학과 예술 사조를 여기저기 기웃거리며 배우고 익히려고 안간힘을 썼습니다. 그때 우리에게 최선의 베뉴(venue)가 되어준 곳이 바로 마로니에 우거진 동숭동 캠퍼스였습니다.

문리과대학은 문과와 이과를 구별하지 않고 모든 기초 학문 분야가 집결되어 있던 곳으로 명실공히 학문의 전당이었습니다. 문리대에서는 모든 분야의 학도들이 하나의 마당을 공유하고 있었습니다. 그런 분위기 덕분에 우리는 지적 호기심을 가지고 개개 학문 간의 경계를 마음대로 넘나들며 인접 분야에 대한 관심과 식견을 넓혔습니다. 그리고 그 자유롭고 분방한 학문 분위기에서 자아내어진 집단적 교양이랄까 뭐 그런 소중한 성과를 누구나 능력껏 나눠 가졌습니다. 그러나 1975년에 서울대학교가 관악 캠퍼스로 이전하면서 문리대는 인문학, 사회과학, 자연과학 분야로 삼분되었고 이 세 단과대학 사이에는 높은 장벽이 놓이게 되었습니다. 그러므로 오랫동안 학문 분야들이 자기 폐쇄적으로 세분화되는 것을 근심스럽게 지켜보던 우리가 그 옛날 마로니에 캠퍼스의 포용적인 학문 풍조에 대한 향수를 절감하게 된 것은 자연스러운 일이라 할 수 있습니다.

대학 시절에 대한 그리움을 공통분모로 삼고 모인 아홉 사람이 '숙맥 동인지'의 첫째 권 『아홉 사람 열 가지 빛깔』을 낸 지 어언 20년이 되었습니다. 그동안 우리 동인지는 그 성격이나 편집 방향에 대한 숙고와 논의를 거치며 오늘에 이르렀습니다. 그리고 그 스무 해 세월이 꽤나 길었던지 그간 우리는 창립 회원 두 분을 여의었습니다. 그 대신 일곱 사람을 새 회원으로 맞아들였는데 그중의 네 분은 1960년대 혹은 70년대의 동숭동 캠퍼스를 기억하고 있습니다. 그 덕에 우리 모임은 한참 젊어졌고 동인지에도 신선한 새바람이 불고 있습니다. 앞으로 우리 '숙맥 동인지'가 매번 면모를 일신하면서 보다 번듯하고 보다 알찬 간행물로 성장하게 되기를 기대합니다.

끝으로, 우리나라 출판계가 여러모로 어려운데도 오랫동안 꾸준히 '숙맥 동인지'를 간행해 주시는 푸른사상사의 한봉숙 사장님과 편집진 여러분께 이 자리를 빌려 진심 어린 경의와 감사의 뜻을 표합니다.

2023년 11월

이상옥

차례

곽광수

프랑스 유감 IV-10

프랑스 유감 IV-10

나는 오른쪽으로 쿠르 미라보로 접어들어 바로 직진하지 않고, 즉 그냥 쿠르 미라보의 오른쪽 보도로 나아가지 않고, 그 가로를 건너, 카페들과 서점, 그리고 모노프리(Monoprix)라는 전국적인 체인의 백화점 등을 면하고 있는 왼쪽 보도로 들어서서 가로 위쪽으로 천천히 올라간다.* 서점과 모노프리 다음에는, 가로 아래쪽 큰 분수대를 면하고 있는 카페들 말고 또 두 카페가 나란히 붙어 있는데, 그 다음에 법원 앞 광장으로 빠지는 조그만 골목 같은 궁륭穹窿길이 나타난다. 궁륭길이라고 하는 것은, 그것을 사이에 둔 삼사층짜리 건물 두 채가 이층인가 삼층인가에서 궁

---

* 나는 지금(2010년 여름) 내가 유학했던 엑상프로방스를 방문하여, 시내를 돌아다니며 옛 추억들을 떠올리고 있다. 조엘, 장피에르, 드 라 프라델 교수, 내 논문 지도교수 샤보 선생님에 대한 추억들 다음으로 지난 호에 인도계 모로코인 친구 자크와, 내 논문 심사 위원장을 했던 당시 학장 귀이용 교수, 그리고 나와 서로 좋아했던 아르메니아 혈통의 엘리안에 대한 이야기를 했다. 쿠르 미라보 로터리 근방에서 우연히 그녀를 만나게 되었던 것을 떠올리며 나는 방금 로터리에서 쿠르 미라보로 발걸음을 옮긴 참이다.

륭으로 연결되어 있기 때문이다. 그 궁륭길을 벗어나면, 오른쪽으로 법원 앞에서 뻗어 나온 광장에 이른다. 그러니까 법원 앞 광장이라기보다 그 광장은 법원 오른쪽에 자리 잡고 있다. 어쨌거나, 엑스에서 정기적으로 장이 서는 것도 거기에서다. 지금도 장이 서는지라는 의문이 일순 들지만, 아마 틀림없이 그럴 것이다. 놀라지 마시라, 파리에서도 지금도 각 구마다 정기적으로 장이 서는 것을 볼 수 있다. 그 장을 이루는 상품들은 주로 엑스 주변 시골 사람들이 가져온 식료품들이지만, 여느 상인들이 내놓은 옷가지들, 갖가지 가장집물家藏什物들도 보인다. 엑스장 하면, 내게 떠오르는 이미지가 있는데 — 그래도 서울 사람(!)인 내게 인상적이었기 때문일 것이다 — 닭 한 마리가 조그만, 철사 그물망으로 만든 장에 갇혀 진열되어 있던 모습이다. . . .

법원 앞 광장을 오른쪽으로 두고 왼쪽으로, 이런저런 건물들을 면한 길을 따라가면, 시계탑이 있는 건물이 나오는데, 논문 발표를 앞두고 내가 드 라 프라델 교수를 우연히 만난 곳이 거기에 미치기 전 어느 장소였었다. . . . 시계탑 건물을 지나면, 왼쪽으로 탁 트인 공간이 보이는데, 광장이라고는 할 수 없지만 어느 정도의 넓이를 가진 빈 공간이다. 나는 그 장소로 들어선다: 그리로 뚫린 어느 골목에 이미 언급된, 기숙사에서 쫓겨난 내가 엑스를 떠나기까지 산[住] 그 누추한 방이 삼층에 자리 잡고 있던 더러운 건물이 있다. 그런데 . . . 내 눈앞에 나타난 것은, 내게는 정녕 놀라운 광경이었다: 그 장소를, 식탁들과 거기에 딸린 의자들, 그리고 식탁마다에 세워져 있는 넓은 양산들이 가득 메우고 있지 않은가!. . . . 그리고 저쪽 끝에 있는 한 건물 일층에 카페-레스토랑이 보인다: 그 상당한 공간 전체를 테라스로 이용할 생각을 한 카페-레스토랑이리라. 식탁들 여기저기에 마실 것을 앞에 두고 고객들이 앉아 있다. 내가 놀란 것은, 내가 살았던 그 더러운 건물로서 독자들도 상상되겠지만, 옛날 그 구역은 관광객들이 몰릴 만한 곳이 아니었기 때문이다. 나는 그 카페-레스토랑의 테라스를 오른쪽으로 돌아 내가 살던 건물이 있는 첫 골목으로 접어든다. 겨울 어느 날 나는 시내에 나갔다가 내 방으로 돌아오면서, 그 골목 바로 입구 오른쪽 건물의 두 외벽 모퉁이를 따라 내려오는 두 관 가운데 하나에서, 올려다보아야 할 높이에 있는 한 터진 이음매로부터 삐져나와 차가운 겨울 황혼빛을 받고 야릇한 모습을 드러내고 있는 배변물을 보았다: 이 구역의 옛 모습의 하나였다! 이번 여행을 떠나오기 전에 집에서 굴러다니는 무슨 해외여행 안내서에서 남불 편에 엑상프로방스도 올라와 있는 것을 보았는데, 그 더러웠던 장소가 이렇게 변할 정도로 엑상프로방스가 유명 관광지가 된 것인가?

나는 양쪽 건물들이 약간 어둑하게 만드는 그 골목의 오른쪽 건물들을 살피며 얼마간 나아가다가 마침내 내 방 건물 앞에 이른다. 나는 망연히 삼층 내 방의 조그만 창문을 올려다본다; 열려 있다. 그렇다, 바로 내가 지금 서 있는 그 자리에서 나는 엘리안을 마지막으로 보며 이별했던 것이다. 아니, 논문 발표장에서 한 번 더 보았으니 마지막으로라는 것은 바른 말이 아니고, 그 자리에서 이별했다고 하는 것도 결과적으로 그리 되었으니까 그렇게 말하는 것이지만, 어쨌거나 두 사람이 서로 "오 르부아르!"라고 인사한 것은 그게 마지막이었던 것이다. 우리 둘 옆에는 엘리안의, 천막 천을 천장으로 댄 2마력짜리 되 슈보 자동차*가 정차되어 있었다. 지금 생각하면, 나는 엘리안에게 어쩌면 그토록 바보 같은 짓들만 했는지, 까마득한 옛날 일들이지만, 요즘의 시쳇말로 '웃픈' 일들이라고

* 숙맥 제12호 『모나지 않은 집』, 161쪽 참조.

나 할까?. . . . 그 얼마 전부터 엘리안이 되 슈보를 몰고 다니는 것을 보았는데(엄마와 엄마 남친이 그녀를 다독이느라고 사준 것인가, 하고 나는 그것을 처음 보았을 때에 궁금해했었다), 나는 그야말로 '웃프게도,' 쫓겨난 기숙사에서 저 누추한 방으로 이사하는 데에 그녀의 도움을 받을 생각을 한 것이었다!. . . . 장피에르의 답신으로는, 귀국 전 내가 산 책들을 선편으로 우리나라로 부치기 위해 그것들을 담은 철제 상자를 마르세유로 옮겨갈 때에 몇몇 친구들이 도와줬는데, 그때 동원된 자동차가 미셸 부르들랭의 차였다는 것이었고, 지프이던 그 차를 나는 그때 처음 보았을 뿐이었다. 내 청을 들은 엘리안의 표정을 나는 잊을 수 없다: 그냥 얼떨떨하다기보다는, 뭐가 뭔지 모르겠다는 표정에, 기이하게도 무슨 잘못이라도 한 양 동그란 눈의 시선을 어디다 둘지 몰라 하는 것이었다. . . . 리옹의 성에서 있었던 가면무도회에서 못 추는 춤을 포기하고 구석에 앉아 멀뚱거리며 그녀를 훔쳐보다가 친구들에게 그녀에 대한 내 마음을 눈치채인 것, 저녁에 그녀 방에 오라는 말을 듣고 갔다가 황겁히 뛰쳐나온 것, 아빠가 별세한 지 얼마 안 되어 남자 친구를 만든 엄마를 말하며 눈물을 글썽이던 그녀를 마주하고 위로의 말 한 마디도 못해 준 것 등등, 이런 일들 다음으로, 자기 차로 이삿짐을 옮겨 달라고 하는 광수라는 사람을 그녀는 어떻게 생각했겠는가?. . . . 만약 지금 엘리안을 만날 수 있다면, 그 당시 난 널 정녕 좋아했노라고, 정녕 사랑했노라고 말해 주자. 과거의 추억에 잠긴 멋진 표정을 지으며, 잔잔한 멋진 미소를 띠며. . . . (그렇게 잘 될지, 자신이 없지만.)

그렇게 방을 옮긴 8월 말 이후 이듬해 3월 논문 발표 후 엑스를 뜰 때까지, 기실 나는 눈코 뜰 새 없이 바빠 엘리안은 내 마음속에 제자리를 얻지 못했다. 무엇보다도 내 논문의 가장 중요한 부분들인 서문과 결론을 그제서야 쓰기 시작했고, 논문 원고가 완성된 후, 이런 이야기를 하면 컴퓨터 세대인 요즘 학생들은 무슨 말을 하는지 잘 모를 텐데, 그 당시 400페이지 가까운 논문을 두 권으로 제책하여, 논문 심사본들과 내가 가지고 귀국할 것들을 합해서, 10부를 만들려면 물리적 작업이 보통 일이 아니었다: 가장 힘드는 일은 원지原紙라는 데에 타자를 하고 그것을 등사謄寫하여 책의 페이지를 만드는 것이다. 물론 그 다음은 책을 만드는 일. 이런 작업을 전문으로 하는 분이 있어서 학교에 한 장소를 얻어 거기에 필요한 기기들을 비치하고 일했는데, 그 비용은 정부 장학생의 경우 CROUS에서 지불해 주었다. 그러니 내가 지금 쳐다보고 있는 저 누추하던 방, — '내 논문을 원지에 타자해 준 블랑 씨가 거지 소굴이라고 의분을 터뜨려 주던 그, 난방도 되어 있지 않고 햇빛도 들어오지 않는 방'*에서 오히려 4년간의 내 유학 생활에 유종의 미가 거두어진 것이라고나 할까?

이젠 골목 밖 공간이 카페-레스토랑의 테라스로 변했듯이, 저 방도 깨끗하고 기거할 만한 거처가 되어 있을지 모른다. 어쨌거나 그 당시로 되돌아가, 이사 후 어느 날, 저 방의 '거지 소굴' 같은 누추함을 더하게 되는 사태가 벌어진다: 바로 자크가 다시 나타난 것이었다!. . . . 그날 아침 일찍 식사를 막 마친 참인데, 저 아래에서 "광수!" 하고 거듭 부르는 소리가 들려왔다: 자크의 그 예쁜 목소리가. . . . 아침 식사는, 식당에서 광우리 몇 개에 가득 담아 놓은 바게트 자른 조각들을 원하는 대로 가져가 배식 받은 음식과 함께 먹게 하는데, 그 바게트 조각들을 식당에서 돌아올 때에 몇 개씩 가지고 와, 그것들을 버터와, 기숙사에 살 때에 내가 개

* 『가난과 사랑의 상실을 찾아서』(작가, 2002)의 「엑상프로방스 이야기」, 267쪽.

인적으로 구입했던 조그만 전열기에 데운 커피와 같은 마실 것과 함께 드는 것으로 때웠다. (기실 기숙사에 있을 때에도 그렇게 했었는데, 다만 아직 그럴 여유가 있었던 만큼 거기에 삶은 달걀 두 개가 추가되었었다.) 앞서 말한 대로 그해 그랑드 바캉스가 시작되고 자크와 헤어지면서, 마음속으로, 내가 기숙사에서 쫓겨나 저 친구 떨어져 나가게 되었으니 잘되었다고 생각했던 내게, 그것은 얼마나 낭패스런 일이었던가!. . . . 나는 급히 아래로 내려갔다. 자크의 행색은 우리들이 헤어질 때보다 더 추레해 보였는데, 내가 먼저 입을 떼었다:

"여길 어떻게 알았어?"

입을 떼자 튀어나온 이 첫마디는 자크를 섭섭하게 하기에 충분했다: 그는 떨떠름한 표정이 되었다. 우편물 수취인 추적 서비스를 위해 내가 기숙사에 남긴 이곳 주소를 가지고 그가 찾아왔으리라는 것을 나 자신 너무나 잘 알 수 있는 만큼, 더더욱 그러했다. 나는 그를 데리고 내 방으로 올라갔다. 나를 찾아온 이유가 뻔했기에, 방의 상황을 보여 주어 그의 바람이 헛되다는 것을 납득시킬 생각이었던 것이다. 그는 세면대와, 커튼을 두른 변기와, 나무 침대와, 책상과 의자로 빼곡한 방을 골똘히 생각에 잠긴 채 이리저리 훑어보고 내 눈치도 살피고 하다가, 내 이름을 거듭 소리쳐 부른 이후 처음으로 마침내 입을 열었다:

"군용 야전 침대를 구할 수 있어. 네 침대 옆 벽 쪽에 조금만 자리를 낼 수 없겠니?"

". . . . ."

"기숙사 네 방에서처럼 절대로 너한테 방해되지 않도록 할게."

". . . . ."

그것은 말도 안 되는 이야기였다: 기숙사의 '우리 방'이었던 그 방은

이 방의 두 배는 되었었다. 그 방에서는 아침에 내가 깨었을 때, 그는 언제나 나가고 없었지만, 여기서는?. . . . 그가 나가려고 준비할 때, 내 침대 바로 옆에서 나를 깨우게 되고 말리라. . . .

"광수, 난 갈 데가 없어."

지난번에는 '그의 움푹 들어가 있는 눈의, 두꺼운 안경알로 인해 떠 보이는 눈동자에 절박함이 어려' 있었지만, 이번에는 그 절박함이 말로 바로 표현되어 나왔다: 갈 데가 없어. . . . 그 강건하고 큰 체구의 그의 입에서 애소하듯 흘러나온 그 말은, 그를 납득시키려 했던 내 의도를, 그것을 피력하기도 전에 뒤흔들고 말았다!. . . .

이렇게 자크와의 인연이 다시 이어지게 되었던 것이다.

처음에는 우리들의 생활은, 낡아 빠진 야전 침대를 내 침대와 벽 사이에 들여놓은 것(그의 생각으로도 고동색 석판으로 된 방바닥이 너무 더러워 보이고, 겨울이 오면 냉기가 있으리라고 판단되었으리라)과, 내 예상대로 그가 아침 일찍 일어나 방을 나갈 때에 어쩔 수 없이 나도 잠에서 깨어나게 되는 것 말고는 기숙사의 '우리 방' 때와 달라진 것은 없었다.

그러다가 내가 논문의 서문과 결론을 쓰랴, 본문의 각 장의 원고를 맡긴 블랑 씨에게서 등사본 초본을 돌려받아 교정을 보고 되돌려주랴, 바삐 시간을 보내는 중에 겨울이 다가왔다. 「프로방스의 겨울」*에 나는 엑스에서 경험한 겨울을 묘사한 바 있지만, 거기 겨울철에는 일반적으로 눈이 내리지 않는다. (내가 몇 년간 체류하는 동안 딱 한 번, 잠시 내렸다가 녹아 버린 눈을 본 적이 있다.) 즉 기온이 영하로 내려가지 않는다. 0도 가까이까지 내려가는 것도 드물긴 하지만, 남불에서도 상대적으로 겨

---

* 『가난과 사랑의 상실을 찾아서』, 281쪽.

울은 추위를 느끼게 한다. 그리고 이 사실이야말로 자크의 생활을, 따라서 우리들의 생활을 달라질 수밖에 없게 한 것이었다.

11월 중순께인가, 12월 초순께인가, 어느 날 아침 일어나 보니, 자크가 나가지 않고 제 침대에 그냥 누워 있었다: 그래서 내가 아침잠에 방해를 받지 않았던 것이다. 내가 물었다:

"왜 안 나갔어? 어디 아프니?"

"아니."

그는 야전 천막 천 침대를 삐걱거리게 하며 그 밑에서 무엇을 꺼내 들었다. 그가 그 물건의 손잡이 걸쇠를 잡고 있는데, 그의 손 밑에서 흔들리고 있는 그것은, 내가 학보병[學籍保有兵]으로 1년 6개월 동안 야전 포병대에서 군 생활을 하며 내 눈에 너무나 익은 미군 야전 반합이 아닌가?. . . . (하기야 침대 역시 미군용이리라.) 지금은 어떤지 모르지만, 우리 세대의 군 생활 때에는 모든 보급품들이 미국 원조품들이었었다. 프랑스에서도 그런 것들을 발견할 수 있다는 것은 제2차 세계대전 때문인가? 어제 저녁에 그가 가지고 들어왔을 그 반합은 여기저기 페인트가 벗겨진, 침대와 마찬가지로 낡아 빠진 것이었다. 나는 멍청히 그것을 바라보았다:

". . . . .?"

"광수, 이젠 날씨가 추워져서 바깥에서 시간을 보낼 수가 없어. 가끔 나가야 할 때 말고는 여기에 그냥 머무르게 해 줘."

". . . . ."

"그리고 이 반합은 . . . 광수, 네가 식당에 갈 때, 내가 식당 티켓을 줄 테니, 내 먹을 걸 여기에 받아 올 수 없겠니?

". . . . ."

"광수, 네가 배식 받을 때, 이 반합에도 배식 받아, 식사 동안 네 옆에 두고 있다가 가지고 돌아오면 되지 않겠니?"

". . . . ."

어안이 벙벙해진 내가 뭐라고 대답할 수 있겠는가? 대답을 못 하고 있는 가운데 내 머릿속에는 '갈수록 태산'이라거나, '병 주고 약 준다'라는, 우리 한국인들에게 익숙한 속담들이 흘러갔다. '갈수록 태산'이 이토록 적확하게 들어맞는 경우가 또 어디 있을까? 그리고 그의 마지막 말은, 그래도 미안한지 배식 받아 오는 일의 '병'에 대해 그 일의 대수롭지 않음을 일러주는 '약'을 주는 셈이었는데, 기실 그 '약'은 제 미안함을 가볍게 하기 위한 것이기도 했을 것이다.

나는 끝내 함구하고 말았는데, 그는 그것을 내가 그의 요청들을 받아들이는 것으로 여기는 것 같았다. 하지만 나는 속으로 얼마나 부아가 났던가!. . . . 그리고 바캉스 전에 기숙사 내 방으로 찾아온 그에 대한 연민을 제어하지 못했던 것을 얼마나 후회했던가!. . . . 하기야 '갈 데가 없다'는 그를 추워진 날씨에 바깥으로 내쫓을 수도 없었고, 그의 말이 암시하듯 그 반합에 음식을 받아 오는 것이 그리 어려운 일은 아닌 것도 같았다. 결국, 이리하여, 점심, 저녁에 그의 식사를 받아 오는 나의 선행(!) — 내가 엑스를 떠나오기 전날까지 지속된 — 이 시작되었던 것이다. 물론, 예컨대 내 논문 발표 후, 동포 친구, 후배들의, 또 프랑스인 친구들의 축하 모임이 있은 날처럼 내가 대학식당에서 식사를 하지 않았을 경우는 예외가 되었지만.

사실, 나의 그 선행은 정신적, 물리적 두 가지 뜻으로 온통 논문 만들기에 바쳐진 내 생활에 크게 방해가 되는 것은 아니었다. 당시 엑스에는 대학 식당이 셋 있었는데, 남학생 기숙사 경내에 하나, 법과대학에서 조금 떨어져 있는 곳에 하나, 그리고 바로 우리들의 그 새 방이 있는 구역에서 멀지 않은 곳에 하나(이것은 기술공예 학교 부속 식당), 이렇게 셋이었다. 다른 식당이 아니라 기술공예 학교 부속 식당이라면, 물리적으로는 그것은 정말 대수로운 일이 아니었던 것이다. 하지만 진짜 방해가 되는 것이 있었는데, 그것은 . . . 나를 크게 다치게 하거나, 또는 어쩌면 죽일 수도 있었을 자크의 그 라디오였다. 처음에 그는 그것을 눈치껏, 내게 방해가 되지 않을 한계 안에서, 예컨대 내가 커튼을 두른 변기에 앉아 있거나, 세면대를 사용하고 있거나 . . . 물론 내가 나가 있을 때야 당연하고 . . . 등등, 그런 때에만 켰다. 그러다가 사태는 조금씩 조금씩 진전되어 갔다: 내가 책상 앞에 앉는 즉시 그것을 끄던 그는, 어느 순간부터, 내가 책상 앞에 앉더라도 듣고 있던 프로그램을 마저 들은 후에야 끄게 되었고, 그 다음에는 그가 듣고 싶어 하는 프로그램은 내 사정과 상관없이 켜는 단계를 거쳐, 필경 언제나 켜 놓는 마지막 단계에 이르렀던 것이다. 그것은 우리 두 사람에게 모두 딱하게도 그에게 낙이라고는 라디오 청취밖에 없었기 때문이다. 그렇다고 내가 그 방해를 잠자코 겪으면서 작업을 할 수도 없기에, 방해가 내게 힘들 정도가 되면 그것을 꺼 달라고 주의를 주곤 했다. 그런 경우 대개 그는 잠자코 그것을 꺼 주었다. 그러다가 어느 날 나의 주의 환기에도 불구하고 그는 완전히 끄는 대신, 소리를 낮출 뿐이었다. 그럴 경우 상황은 더 나빠진다는 것은 누구나 경험하는 일이다: 낮춘 소리에 더 신경이 사로잡히는 법이다. 나는 마침내 고함을 지르고 말았다:

"자크, 장 네 마르 드 통 포스트 드 라디오(네 라디오 지긋지긋해)!"

그러나 그는 말없이, 여전히 라디오를 완전히 끄지 않고 소리만 더욱 낮추었다. 화가 난 내가 그쪽으로 고개를 돌려 보니, 그는 여느 때처럼 그것을 눈앞에 두고 비스듬히 누워 있었다. 그날은 날씨가 비교적 따뜻해진 탓인지, 그는 모포를 옆으로 밀친 채, 꾀죄죄한 내의 윗부분의 단추까지 풀어 헤쳐 놓았는데, 짙은 회색의 가슴이 번들거려 보였다. 그의 그 모든 모습이 나를 역하게 했다! 사람이 어쩌면 저토록 뻔뻔할 수가 있을까?. . . . 나의 기세가 전해졌는지, 그도 나를 쳐다보았다. 안경을 벗고 있는 그의 움푹 들어간 두 눈에는, 내가 그렇게 보아서인지, 아무런 표정도 나타나 있지 않았고, 라디오도 계속 켜져 있었다. 나는 화가 난 채로 자리를 박차고 밖으로 뛰쳐나왔다. . . .

그 이후 자크는, 나도 그토록 요란하게 화가 폭발할 수 있다는 것을 깨달았는지, 라디오를 켜는 데에 많은 신경을 쓰는 것 같았고, 나 역시 곧 논문 일이 끝날 테고 멀지 않아 그와 아주 헤어지게 될 텐데 . . . 라고 생각했으므로, 우리들은 적당한 타협점을 찾았던 셈이다.

새해 2월이 되자, 날씨는 벌써 나돌아 다니기 좋을 정도가 되었다. 그런데도 왜 나는 그의 식사 운반을 안 하던, 이사한 방에서의 자크와의 초기 공동 생활로 되돌아가지 않았을까? 그냥 우선은 습관의 관성 때문이었다고 해 두자. 그리고 그것을 부추긴 것이, 그가 너무나도 잘 암시해준 그 선행의 물리적 용이성, 그 용이성이 초래한, 풀린 날씨에도 불구하고 점심을 방에서 들게 된 그의 게으름이었다. 그는 내가 받아온 음식을 방에서 먹고 반합을 깨끗이 씻은 다음에야 바깥에 나갔다. 나는 또 나대로 식사하러 나갈 때, 방문 옆에 있는 세면대에 깨끗이 씻겨 놓여 있는 반합을 보면 무심히 그것을 들고 나갔던 것이다. 식당 티켓은 그가 전날 저녁에 미리 두 장을 내미는 것을 받아 두었든가, 아니면 내 것 하나를 더 쓰고 와 돌려받기도 했다.

그러다가 논문 발표가 끝나고 마침내 내가 엑스를 떠나야 할 때가 다가왔다. 마르세유를 거쳐 파리로 가는 기차표 두 장—외국인 정부 장학생들을 관장하는 외무부가 그 요금을 지불하는데—을 CROUS에서 받았고, 떠날 날도 정해졌다. 나는 엑스에 올 때처럼 그 큰 여행 가방을 꾸리고, 출발 하루 전에 미리 그것을 엑스역 수하물 보관대에 맡기자고 생각했다: 수하물 보관대에서 열차 홈까지는 본래의 뜻으로 지척인 만큼 그 무거운 짐이라도 거기까지 옮기기가 힘들지 않은 것은 올 때에 경험한 바였다. 나는 이와 같은 사실을 자크에게 알리고, 3월 말까지 방세는 지불해 놓았으니까 너는 그때까지 이 방을 쓸 수 있다고 말했다. 그는 말없이 듣고만 있었다.

드디어 짐을 옮기는 날, 자크가 양미간을 진지하게 찌푸리며 말했다:

"역까지 그걸 옮기는 건 힘든 일이지. 내가 도와줄게."

지금까지의 그와의 인연을 두고 보면, 너무나 당연한 말이었지만, 그 말을 듣자 나는 갈 데가 없다는 그가 3월 말 이후에는 어떻게 될까라는 생각이 불현듯 머릿속을 지나갔다. . . . 내가 가져온 점심을 그가 든 다음, 우리들은 그 큰 여행 가방을 앞뒤로 들고 가파른 층계를 내려갔다. 거기에서 역까지 가자면, 가장 빠른 길이 바로 지금까지의 나의 '프로므나드 상티망탈'(추억 산책) 가운데 주르당 공원 정문에서부터 그곳까지 부분의 역행 길이다. 주르당 공원 정문을 마주하고 오른쪽으로 조금만 내려가면, 그 '슬프도록 조용한' 엑스역이 정면으로 나타나는 것이다. 우리들은 골목을 빠져나와, 지금은 카페-레스토랑으로 변한 그 황량하고 더러운 공간을 지나고, 법원 광장으로 들어섰다. 그러자 조금 전 "내가 도와줄게"라고 말할 때에 진지하게 찌푸려진 양미간에서 무관심한 평탄함을 되찾았던 그의 표정이 급격히 다시 찌푸려진 양미간으로 되돌아갔다. 그런데 거기에는 진지함이 아니라 당황함과 고통스러움이 나타나 있지

않은가?. . . . 그것을 보고 나 자신도 당황했다: 내가 급히 물었다:

"왜 그래? 몸에 어디 갑자기 이상이라도 생겼니?"

"아니, 괜찮아. 걱정 마."

그러나 궁륭길을 지나고 쿠르 미라보에 이르자, 그의 고통스러워하는 표정은 더욱더 심해졌다. 입술을 좌우로 빼물고 시선을 망연히 던진 채 양미간의 찌푸림은 여간 심각해지지 않았다. 나는 그의 팔을 잡고 다시 말했다:

"너 어디 몹시 불편한 게로구나! 그럼 방으로 돌아가! 이젠 많이 왔고 앞으로는 길이 좋으니까 나 혼자 갈게."

"아니야. 괜찮으니까 그냥 함께 가."

괴로워하는 그와, 그런 만큼 나 또한 편치 않은 마음으로, 어쨌거나 그를 빨리 해방시켜 줘야 할 것 같아서, 나는 힘을 다해 짐을 역으로 옮겨 갔다. 저만큼 언제나처럼 조용한 엑스역이 보이자 자크는 표정이 누그러졌다. 우리들이 짐을 수하물 보관대에 맡기고 역사 밖으로 다시 나와 주르당 공원 정문까지 되돌아 나오자, 자크는 "이따 저녁에 봐" 하고는, 쿠르 미라보 로타리 쪽으로 나와 함께 가는 대신, 공원 앞길을 계속 급히 걸어가는 것이었다. 내 짐작으로, 샤보 선생님 댁으로 이어지는 길—즉 내가 추억 산책 중 아까 빠져나왔던 그 길—로 가려는 것 같았다. 그 길은 언제나 조용하고, 게다가 그가 사과 낙과들을 주워 오는 과수원들로 뻗혀 있는 길인 것이다.

그날 저녁 나는 출발 준비가 완료된 홀가분한 마음으로 여전히 그의 저녁 식사를 갖다 주었다. 그러면서 내일부터는 그가 어떻게 할까, 하고 궁금해했다. 그리고 오전에 마르세유행 차량 두 개짜리 꼬마 열차를 탈 것이므로, 남아 있던 내 식당 티켓들을 그에게 주었다.

그런데 . . . 다음 날 아침 나는 그 방에서의 우리들의 공동 생활 초기에서처럼 그의 부스럭거리는 움직임에 잠에서 깨어났다. 내가 말했다:

"오늘은 아침에 나가려고 그러니?"

"그래. 널 깨우게 돼서 미안하지만, 마지막 작별 인사를 할 수 있구나!"

그것이 내가 자크와 영원히 헤어지는 순간이었다. . . .

지금 자크는 어떻게 되었을까? 나는 천천히 골목 밖으로, 카페-레스토랑의 테라스 쪽으로 몸을 되돌려 걸음을 옮긴다.

그 후 귀국해서도 나는 이따금씩 자크 생각이 날 때가 있었다: 그것은 그가 내게 많은 궁금증을 남겨 놓았기 때문이다. 무엇보다도 우리들이 내 짐을 엑스 역사로 옮길 때, 왜 그는 그토록 고통스러워했을까? 그의 식사를 내가 갖다 주지 않아도 될 정도로 날씨가 풀린 다음에도 그냥 기계적으로 나는 그 일을 계속했지만, 그가 그의 마음에 부담스러웠을 그 도움을 말없이 받아들인 것은 단순히 게으름 때문이었을까? 더 나아가 기숙사 내 방에서 내가 깨어나기 전에 방을 빠져나가는 것을, 무슨 지켜야 할 규칙처럼 한 번도 어긴 적이 없었던 것은 오직 내게 방해가 되지 않기 위해서만이었을까? 왜냐하면 옮긴 방에서는 또 언제나 내 잠을 깨우는 어려움을 무릅쓰고 그러지 않았던가? 그것은 조용한 거리에 나가기 위한 이른 시간의 선택이 아니었을까? 공황장애라는 심리적 어려움을 겪는 사람들이 있다는데, 자크도?. . . . 언젠가 그런 생각에 이르렀을 때, 나는 그의 고통스러워하는 모습이 떠오르면서 자크에 대해 없지도 않았던 미움의 감정이 일시에 사라지는 것 같았다. . . .

네이버에 들어가 공황장애를 찾아보면, 자크의 경우가 상당히 거기에 근접하는 것 같다. 특히 아버지와의 갈등 관계가 있는 만큼, 이 가정은 그럴듯하다.

나는 카페-레스토랑의 테라스를 빠져나간다. 시계탑 건물을 지나 법원 광장으로 나온다. 궁륭길로 바로 가지 않고 법원 광장 저쪽 편, 즉 법원 왼쪽 편으로 가, 광장을 벗어난다. 거기도 내 옮겼던 방이 있는 구역과 마찬가지로 주거지다. 그러나 옛날, 내 방 쪽보다는 훨씬 나은 곳이었다. 미셸 부르들랭이 살고 있던 데가 그 구역 어디쯤이었다. ❊ (계속)

김경동

요지경 속 언어생활 문화의 변천

요지경 속 언어생활 문화의 변천

나 자신은 일상의 대화에서 비록 경상도 억양을 숨기지 않고 말을 하면서도, 되도록 지방 사투리를 삼가고 표준어로 표현하려고 애쓰는 편이다. 물론 누구나 말하다 보면 무심하게 뱉어 내는 습관이 있게 마련이다. 그걸 두고 남이 왈가왈부할 까닭은 없는데도, 괜히 귀에 거슬리게 들리면 저건 저렇게 말하는 게 아닌데 하는 노파심이 일고 때로는 아예 주위 사람이 들으라는 듯 고쳐서 말하는 수가 가끔 있다. 이런 참견이랄까 오지랖 넓기랄까에 해당하는 일 중에 내가 생각해도 불필요한 줄 알지만, 그래도 기왕이면 그러지 않았으면 할 때가 있다. 예컨대, 외국인이 자주 드나드는 호텔이나 음식점에서 외국어를 사용한 홍보물 혹은 메뉴에 약간의 오류가 너무 쉽게 눈에 띄면 굳이 그러지 않아도 되는데, 직원을 불러서 시정하도록 권고하는 버릇 같은 것이 있다.

한번은 남양주에 있는 다산 정약용 기념 마을의 실학 박물관을 방문한 적이 있는데, 거기에 전시한 사진과 사물을 돌아보는 과정에서 해설문의 영어 표현이 좀 어색한 사실이 어김없이 내 눈을 자극하고 말았다. 관장으로 시무하는 대학 교수는 고향 후배였고, 그와 함께 전시를 관람하다가 여기저기 영어 해설문 가운데 좀 정정하면 어떨까 싶은 게 눈에 뜨인다고 말해 버린 것이다. 거기서 끝이 났으면 아무 탈이 없는 일이었는데, 그 후배 관장은 자신의 책임도 아니고 애초에 이런 시설을 건설하고 개관할 때의 실수(?)였음에도 현재의 관리 책임자라는 부담감을 의식하여 교정을 했으면 좋겠다고 생각한다며 나더러 언제 시간 좀 내서 교정을 교시해 줄 수 없겠느냐고 정중하게 부탁 아닌 부탁을 하는 게 아닌가. 이런 일에는 전문가가 있고 내가 꼭 나서야 할 일이 아닌 줄도 아는데, 공연한 생각을 말로 한 것이 실수였던 셈이다. 그렇게 남의 공공기관의 별것도 아닌 외국어 문장을 두고 어쭙잖게 한마디 거들었다가 큰 짐을 지게 되고 보니, 살기가 워낙 바쁜 처지에 그 일을 위해 남양주까지 가서 몇 시간이 걸릴지도 모르는 작업을 한다는 게 도무지 현실성이 없다고 결론 내리고 그 일은 그렇게 지나치고 말았다. 그러고 나서도 그 후배의 청을 들어주지 못한 것이 못내 걸리고 지금까지도 늘 마음속으로만 미안하고 면구스러운 찜찜함을 견디며 살고 있다.

특히 나는 일상에서도 주로 텔레비전 화면에 나오는 대화 프로그램의 사회자나 패널리스트, 뉴스 보도의 앵커나 기자, 혹은 심지어 드라마 장면의 배우가 하는 말이 이상하다고 생각할 때는 내 마음에 들지 않는 말버릇을 그냥 지나치지 않고 한마디씩 반응하는 일을 하곤 한다. 그러나 이 같은 지적을 받아야 할 말버릇은 비단 그런 대중매체에서만 드러나지 않고, 학자가 학회나 세미나 같은 모임에서 발표와 토론을 할 때도 어김없이 나타나곤 한다. 흥미롭게도 이런 말버릇도 유행을 타는 경향마저 있어서 한때 누구나 그 흉내를 내는 듯하다가 시간이 흐르면 슬며시 막뒤로 사라지기도 한다. 그래서 현시점에서 널리 유행처럼 쓰는 단어가 아니지만 왜 사람들은 저런 쓸데없는 단어를 동일 문장 안에서 반복할까를 의심케 하는 보기 몇 가지만 언급하겠다.

첫 번째는 시기적으로 이미 한참 지난 시점에 자주 등장하던 낱말로서 요즘은 좀 뜸해진 듯한 것이다. 일상 회화에서는 물론 특히 학자, 교수라는 사람이 학회에서 논문 발표를 하면서 이를 되풀이 입에 오르내리게 하는 말이 '어떤'이다. 가령, 발표자가 "오늘 저의 주제는 (어떤) 사회적 문제를 다룰 때 (어떤) 그 현상의 연원을 다루는 (어떤) 방법론이랄까 (어떤) 하는 그런 것입니다." 이런 용법은 주로 서양의 언어 습관에서 말 중간중간에 쉬기도 하고 생각도 더듬는 시늉을 할 때 '어'(err) 하는 헛소리를 내든가, 아니면 "I mean," "you see?," "you know?" 등 특정 언어로 얼버무리는 형식을 닮아 있다. 특히 젊은 세대가 이런 식으로 말을 이어가는 모습을 자주 본다.

두 번째 또한 약간 낡아서 은근히 숨어 버린 듯한 느낌을 주는 용어지만, 이런 사례도 있다. 말을 하다 보면 특정 사례, 시점, 맥락 등을 적시하게 되는데, 그런 지점에서 끼어드는 단어가 있다. "제가 보기엔 그런 (경우)에는 이렇게 하는 (경우)가 자주 있는데, 그 (경우)에도 그보단 이렇게 접근하는 (경우)가 더 유익하지 않나 싶은 (경우)가 많습니다." 이와 같은 사례를 목격하고 있으면 숨이 막히는 듯한 느낌을 받을 때가 더러 있다. 바로 내가 하고 싶었던 이 문장도 "이와 같은 (경우)를 목격하고 있는 (경우)에는 숨이 막히는 듯한 느낌을 받을 (경우)가 더러 있다"로 변형하여 쓴다는 말이다. 이 단어를 꼭 쓰지 말아야 한다기보다 그 맥락에 따라 불필요한 용법이 문제다. 사전적 해석에 따르면, 이런 뜻이다. ① 특정 조건 아래 놓이는 때, ② 어떠한 지경에 처한 대목, ③ 주어진 조건에 따른 형편이나 사정, 혹은 특별한 보기 등을 지목할 때 쓴다고 풀이한다.

같은 발음으로 다른 의미를 전하는 경우는 "경우가 밝은 사람이다"라는 용법으로 쓰는 '경위涇渭'라는 대체어가 있다. 사리의 옳고 그름을 따지고 분별하는 성격을 지칭할 때 쓰인다.

세 번째도 역시 최근에 와서 잦아들고 있기는 해도 아직 간간이 입에 오르는 보기가 '부분'이다. 이 또한 학자, 전문가 등이 거리낌 없는 표정을 하고 사용하는 사례다. 마침 최근에 텔레비전 토론에서 국회의원이 발언한 내용을 중략하면서 그대로 옮긴다. "지금 현재 이 **부분**들은 (중략) 그 **부분**은 지금부터 협의해 나가야 될 일이지 그 분은 만나고 그 **부분**에 대한 **부분**을 느낌을 이야기하신 이런 **부분**에 관해서는 당과 그런 **부분**에 협의라는 말은 아닌 것으로 알고 있어요"라 한 것이다. 이에 귀를 기울이며 저 사람이 지금 무슨 말을 하는지조차 알 수 없었다. 상식적으로도 부분이란 모종의 전체성을 띤 현상에서 그 전체를 구성하는 요소를 쪼개서 특정할 때 쓰는 말인데, 위의 보기와 같은 언명은 무조건 모든 것이 부분으로 둔갑한다는 느낌을 금할 수 없었고 문장 자체도 제대로 성립되지 않았다. 어디서 누가 이런 방식으로 말하기 시작한 것인지는 몰라도 그 전파력이 대단하다는 사실은 놀랍다 하지 않을 도리가 없는 **부분**(?)마저 있는 어법인 것이다.

그리고 마지막 네 번째 단어는 지금도 빈번히 매체를 장식한다. 특히 보도를 하는 앵커나 기자들 사이에서 유행어처럼 등장한다. "현재 급박한 **상황**이 벌어지고 있는데, 이 **상황**에서 어떤 조치가 취해지는지는 아직도 불분명한 **상황**이 그대로 방치된 **상황**이라 하겠습니다." 이런 **경우**에는 다음과 같이 자연스럽게 말할 수도 있을 법하다. "현재 아주 급박한 상황인데, 이런 때 어떻게 대처할지는 아직도 불분명한 상태로 방치하고 있는 모습이 참으로 안타깝습니다" 정도면 무난할 것이다. 정말이지 우리 사회에서는 현재 무슨 끔찍한 상황이 얼마나 끊임없이 전개되었길래 이처럼 상황이라는 단어밖에는 쓸 수 없는 형국인가 하는 염려가 뇌리를 스친다.

여기서 사족을 달려고 한다. 위의 예시문에서 "어떤 조치가 취해지는지" 혹은 "상황이 그대로 방치된"이라는 문장의 성격을 말한다. 두 가지 모두 수동형으로 표현한 것이 거슬린다. 이런 말버릇은 아무래도 서양식 표현을 맹목적으로 수용한 데서 연유한 게 아닌가 싶은데, 하긴 일본어에서 흔히 보이는 용법이기도 하다. 주어가 사람이 아니거나 목적어가 주어로 둔갑하는 이런 글쓰기가 왜 그렇게도 선호하는 방식이 되었는지 나로서는 매우 궁금하면서 안타깝게 여기는 일이다. 무슨 조치를 취하는 주체가 사람이면 "어떤 조치를 취하는지"로, 사람이 그대로 방치한 것을 두고 하필이면 그 방치 대상인 물리적 조건이 주체가 되어 누군가 방치해서 "방치되었다"고 에둘러 말할 까닭은 무엇일까 상상을 하기가 쉽지 않다. 마치 모든 일을 인간이 책임져야 한다는 중압감을 회피해 보려는 비겁한 용어 선택은 아니겠지 싶어도, 하여간 수동형 문장의 남발은 매우 심각한 언어 왜곡이라고 나는 생각한다. 우리말에도 "무엇이 된다"는 식의 얼핏 보아 수동형 문장인 것 같은 보기가 없지 않다. "그 사람 좋은 일 많이 하더니 참 잘되었네"에서 "되었네"는 어떤 일의 성취 여부를 가리키는 말이지 수동형 언명이 아니라는 말이다. 그러니 같은 용어라도 그 맥락에 적절한 식으로 쓰면 굳이 수동형 아니라도 사용 가능하다. "그 정도면 일이 잘 된 셈이지"라고 하는 표현도 어찌 보면 수동형 같은데, 일을 잘 한 걸 두고 하는 말이긴 해도 여기서도 역시 일이 이루어지는 과정과 결과를 주시한다고 보면 크게 다를 것도 없는 듯하다. "일" 자체가 주어가 되어도 문제는 아니라는 말이다.

이처럼 주어와 목적어를 적절하게 쓰지 않아서 듣고 보면 이상하다 싶은 말버릇 한 가지가 더 있다. 언제부턴가 우리 고등학교 동창회 총무는 하루도 빠지지 않고 날마다 "오늘도 행복하세요," "또 하루가 시작합니다," "건강하게 삽시다" 등 격려와 축복의 메시지를 담은 예쁜 사진 인사장을 카톡으로 보낸다. 그런데 그 글을 마무리하는 표현에서 가령 "아침이 밝았습니다. 오늘도 좋은 하루 **되세요!**"가 눈에 띈다. 즐거운 성탄절 되세요, 행복한 생일 되세요, 정정한 희수 되세요 등 주어가 무엇이 되라는 식으로 문장을 만들어 버리면, 사람은 어디 가고 그 축복해야 할 날만 무엇이 되라는 소망을 나타내고 마는 우스꽝스러운 문장을 쓰는 셈이다. 가족과 함께 즐거운 생일 맞이하시라든지, 보내시라든지 하는 식으로 말하는 게 맞지 않을까 싶어서다. 위에서 지적한 음식점 종업원의 예를 들면, 상을 차린 다음 물러나면서 절을 꾸뻑하고 "맛있는 식사 되세요" 하면 누구더러 맛있는 식사가 되라는 권장일까 웃음을 자아내고 만다.

여기에다 현재 신세대의 언어 습관이 점점 비정상으로 가는 것은 아닌가 하여 염려스러운 점이 한둘이 아니다. 언제부터 어떤 사람들에게서 배운 건지 궁금해지는 한 가지 보기부터 지적하기로 한다. 이 젊은이들이 어디서 예절 비슷한 훈련이나 받은 듯이 존댓말 쓰기를 열심히 실천하는 대목에서 실소가 나오기 때문이다. 상대가 어른이라는 인식을 바탕으로 가령 "저에게 물어보시면 되겠습니다" 할 걸 "저에게 여쭤보세요"라 한다든지, 고령자의 물리 치료를 하려는 간호사가 "이제부터 전기 치료가 시작되시겠습니다" 또는 음식점 직원이 "마지막으로 후식이 제공되시겠습니다" 식의 존대말이 다반사라는 사실을 두고 하는 말이다. 여기에도 수동태가 빠지지 않는 것마저 예외가 아니다.

게다가 소위 **MZ** 세대(1980년생부터 1990년대 초중반생까지를 이르는 M세대와

1990년대 중후반생부터 2010년대 초반생을 이르는 Z세대를 합쳐 부르는 신조어) 사이에서는 제멋대로 줄여서 신조어를 마구 쏟아내어 저희들끼리만 아는 소통을 하는 습관이 만연해졌다. 그런데, 이 같은 줄이기[略語]는 그런 젊은이들만의 전용물이 아니다. 그런 현상은 심지어 국내뿐 아니라 해외 학계에서도 점점 늘어나는 추세임이 발견된다. 하도 예가 많아서 언급은 생략하지만, 세상이 얼마나 격심하게 변하면 시간 절약이 그리도 소중해서 마구 약자로 표기하고 마는데, 이것도 전문 분야 사람들이야 알아서 이해하겠지만 일반 시민은 완전히 까막눈 신세가 되는 세상을 아무 말 말고 견디라고 한다면 이는 인류에게 큰 결례를 하는 것이다. 이런 약자 사용은 기업체들의 광고에서도 넘쳐나는데, 솔직히 이런 이상야릇한 생략과 은유로 그득한 광고를 보고 있으면 한심한 생각이 들기도 한다.

그리고 최근에 다시 발견한 사실인데, 젊은 세대가 자신이 한 일을 두고 "한 것 같아요"라 표현하는 사례다. 예를 들면, 얼마 전 아시안게임에서 메달을 목에 건 선수에게 어떻게 그런 성적을 올리게 되었냐며 칭찬과 더불어 질문을 던졌을 때 그 대답이 거의 예외 없이 "그냥 열심히 했던 것 같아요" 식이었던 것이 기억에 떠올라서다. 있는 그대로 "열심히 연습했습니다"라든지 "국민 여러분의 열렬한 응원 덕분이지요"라 하면 될 텐데 말이다. 그보다 30–40대 여성에게서도 같은 반응이 나오니 이런 습관이 상당히 널리 번져 있는 모양이다. 놀이 공원이나 유명 경승지에서 기자가 어떻게 이곳을 방문하게 되었는지를 물으면, "너무 유명해서 온 것 같아요"가 답이다. 얼마나 자신이 없으면 저토록 책임 회피를 할까 하는 생각에 주위의 젊은 세대에게 설명을 요청했더니, 의외의 답이 나왔다. 그런 말투는 입학시험 제도의 변천에서 연유한다는 것이다. 정답을 명확히 표현하기보다는 근사한 대답이 자신의 무지나 실력을 슬

쩍 숨기면서 틀리지는 않아야 한다는 이유에서라는 설명이다. 어쩐지 변명이 너무 황당해서 웃고 말았지만, 요컨대 요즘 젊은 세대는 그런 식으로 자기 책임지기를 두려워하면서 살아야 하나, 염려가 은근히 뇌리를 스쳤다.

한두 가지 문제점을 더 지적한다. 바로 앞의 응답에서 "너무"라는 단어가 등장한다. '너무'는 주로 과하다는 부정적인 뜻으로 쓰는 말인데, 이제는 "너무 멋집니다," "너무 아름답습니다" 등 현상의 특징이 과도하다고 하면 어떻다는 말인지를 묻고 싶어진다. 좀 덜 멋지라는 건지, 대충 아름다우라는 건지, 왜 그런 요구를 하는가 알 도리가 없다. 이런 때 바른 말 하기에는 "너무"가 아니라 "대단히," "매우," "참으로" 등이 적절하다. 그리고 대학생들이 발음하는 습관 말인데, 가령 "인류"를 읽을 때 "인뉴"로 발음하고 "권력"은 "권녁"이라 소리 낸다고 한다. 요는 그들에게 소위 우리말의 '자음접변' 같은 원리는 통용할 가치가 없다는 생각의 원인이 괜히 궁금해졌을 뿐이다. "류" 발음이 "뉴" 발음보다 더 까다로워 귀찮다는 말인가? 내게는 "인뉴"보다는 "일류"가 훨씬 쉬운데.

이와 같은 언어 풍습의 보기 말고도 공연히 거슬리는 용법 중에는 한자어 사용이 또한 크게 자리한다. 기실 우리말에는 역사적 조건에서 불가피하게 연유한 한자 단어가 상당히 많다는 걸 의식하지 않고 지내는 편인데, 이런 현상에서 의미 전달에 정확성을 기하지 못하는 일이 생길 소지가 없지 않다는 문제가 있다. 그렇다고 우리말이 원래 한자 용법이 규정한 장단강약을 완벽하게 원용하지 않게 된 실례는 얼마든지 있을 수 있다는 생각은 하지만, 그래도 조금은 의식하면서 말을 하면 언어생활의 정교함 같은 점에서 좀 더 세련미가 있지 않을까 하는 노파심에 하는 말이다. 변명은 필요 없고 그냥 실례만 몇 가지 생각해 보기로 한다.

우선 요즘 가장 흔히 쓰는 말 중에 특별히 두드러지는 예가 "고속도로"다. 내가 가진 좀 오래된 책이지만, 한글학회라는 가장 권위 있는 기관이 1991년에 편찬한 『우리말 큰사전』(어문각)과 그보다도 훨씬 전에 KBS 한국방송사업단에서 발간한 『KBS 표준 한국어 발음사전』을 참조하는데 발음상의 장단을 변별하는 기호로 영어의 구두점 콜론(:)을 쓰고 있다. 이 단어 풀이에서는 "고속도:로:"(한글학회) 혹은 "고속도:로"(KBS)라 적어놓았다. 그러니까 '고속'은 짧게, '도'와 '로'는 길게 발음하라는 뜻이다. 하지만 우리나라 사람들, 특히 대중매체에 등장하는 온갖 인물군이 학력이라든지 지방 언어 사용 등과는 무관하게 하나같이 "고:속도로"라 말한다. 거의 예외가 없을 정도다. 기이해서 한글학회 사전을 살펴보니, '고:속'이라 발음하라는 단어는 옛 풍속을 가리키는 '고속古俗'밖에 없다. 거기에 비해서 '도로'라 발음하는 단어 예는 헛수고[徒勞], 질화로[陶爐], 선가禪家에서 "하나도 남는 것이 없다"는 도로都盧, 걸어서 가는 길[徒路], 그리고 되돌아간다거나 빌린 걸 돌려주다는 '도로' 등이 있었다. 어처구니없게도 요즘 사람들은 남녀노소, 학력, 직업 상관없이 그저 고:속도로라며 무심코 지낸다.

그래서 이걸 빌미로 번거롭지만 한자 공부를 좀 하기로 했다. 먼저, 고속도로의 '고속'처럼 짧게 읽어야 할 때 길게 읽는 버릇이 있는 사례다. 가격價格, 가속도加速度, 가설架設, 가치價値, 간병看病, 구직求職, 난이도難易度, 마비痲痺, 만연蔓延, 망명亡命, 방산防産, 방음防音, 방청傍聽, 복음福音, 상론詳論, 상황狀況, 안색顔色, 여관旅館, 여명黎明, 왜곡歪曲, 용이容易, 자세姿勢, 전통傳統, 정당政黨, 정치政治, 총서叢書, 침체沈滯, 퇴폐頹廢, 파악把握, 파행跛行, 한파寒波, 함양涵養, 함축含蓄, 향가鄕歌, 현미玄米, 현악絃樂, 현자賢者, 효소酵素, 후각嗅覺 등이다. 이 항목을 찾아보면서 나도 크게 예외가 아니었구나 약간 뜨끔했다.

이런 실수에서 가장 한심한 보기는 모 방송에서 진행하는 소위 〈복면가왕〉이라는 프로그램에서 볼 수 있다. 가면을 쓰고 무대에서 가요를 불러 경쟁하여 마지막에 연예인 심판단과 청중에게서 가장 노래를 잘 불렀다는 높은 점수를 받으면 바로 노래의 왕[歌王]으로 추대를 받는 경쟁이다. 그런데 그 사회자는 매번 "제 몇 대 가:왕이 새로 탄생했습니다"라고 소리를 질러대면 박수를 치고 소리 지르고 반응이 여간 아니다. 하긴 노래 실력이 좀 특별하다고 진짜 왕이 되는 게 아니라는 것쯤이야 다 아는데, 굳이 이 사회자는 그가 가짜왕[假王]이라고 우기는 것이 가관이다. 짧게 읽어야 할 가왕을 가:왕이라 길게 읽으면 가짜임을 선포하는 것인데, 이 사회자가 저도 모르게 계속 가짜 왕을 생산하고 있다. 이 정도는 방송국의 언어 전문가가 시정을 하도록 권고할 만도 한데, 무심한 것은 시청자를 우롱하는 셈이 된다는 걸 좀 알았으면 싶다.

그 다음은 반대로, 길게 읽어야 하는데 짧게 읽어 버리는 보기다. 개혁改革, 경칭敬稱, 계엄령戒嚴令, 고국故國, 곤욕困辱, 구실口實, 난방煖房, 노기怒氣, 노점露店, 단면斷面, 단명短命, 단백질蛋白質, 만원滿員, 매매賣買, 모독冒瀆, 미안未安, 범위範圍, 부담負擔, 신호信號, 이발理髮, 자격資格, 자본資本, 제물포濟物浦, 함정陷穽/艦艇, 호헌護憲 등이다. 이런 말에서 착오가 생기는 예는 잘 살펴보면 우리나라의 지방에 따라 약간의 차이가 있다는 점과도 연관성이 있어 보인다. 일반화하기는 어렵지만, 대체로 기호畿湖 쪽에서는 단어 발음의 시작을 길게 하는 경향이 있어서 전라도 광주光州를 마치 경기도 광주廣州인 양 길게 광:주로 읽는다. 영남 지방에서는 오히려 길게 읽을 것을 짧게 발음하는 수가 흔하다. 급히 떠오르는 보기는 개혁改革 같은 단어다. 대통령을 위시한 부산 · 경남 출신 정치인들이 이걸 두고 '개:혁'이라 길게 말하지 않고 그대로 '개혁'으로 발음하는 걸 자주 본다.

그리고 묘하게도 같은 소리가 나는 단어인데 짧게 발음해야 할 단어와 길게 발음해야 할 단어가 혼란을 자아내기도 한다. 여기서 두 단어를 짝을 맞춰 대비한 것들 중 앞의 것은 짧게, 뒤에 나오는 말은 길게 읽어야 하는 보기만 살펴보면 다음과 같다. 그런데 현실 세계에서 관찰해 보면 뒤바뀌는 용례가 더 자주 나타나지 않나 싶다. 가령 음식의 간을 맞추는 간장醬과 소화기관의 일부인 간장肝腸, 간주看做; 間奏, 감수甘受; 監修와 감수感受; 減壽, 거리街頭; 距離, 고시考試; 告示, 고지高地; 告知, 고찰考察; 古刹, 교수絞首; 教授, 교정交情; 矯正과 교정校正; 教政, 금수禽獸/錦繡; 禁輸, 귀국歸國; 貴國, 동의同意; 動議, 마력魔力; 馬力, 병마兵馬; 病魔, 부정不正; 否定, 비방誹謗; 秘方, 사도師道; 使徒, 수학修學; 數學, 애련哀戀; 愛戀, 장수長壽; 將帥, 정당政黨; 正當, 조서調書; 詔書, 조수潮水; 助手, 주재主宰; 駐在, 타산他山; 打算, 화단花壇; 畫壇, 화장化粧; 火葬 등이다. 이와 같은 혼란은 한국의 성씨姓氏에서도 나타난다. 간략하게 소개하면, 신씨 중에 신愼은 장음, 신申은 단음, 정씨에서 정鄭은 장음, 정丁은 단음으로, 그리고 조趙는 길게, 조曺는 짧게 소리 내어야 한다.

게다가 사람 헛갈리게 하는 발음법도 있다. 동일한 한자지만 다른 한자와 단어를 구성할 때 맥락에 따라 장단이 달라지기도 하기 때문이다. 가령 화학化學의 화는 길게, 화장化粧의 화는 짧게 소리 낸다든지, 강요强要나 강도强盜는 길게 강력범强力犯은 짧게 읽는 것과 장교將校는 길게 장군將軍은 짧게 읽어야 하는 등이 사례다. 그리고 항상 궁금한 발음법은 큰대자[大]의 쓰임이다. 일반적인 단어에서는 대大를 길게 소리 내는데, 대학大學은 '대학'이라 단음으로 말하는 지방도 있고, 또 지명에서 대구大

邱와 대전大田은 짧게 읽으라고 사전이 밝히고 있기 때문이다. 무슨 연유가 있어서인지 누가 알려 줬으면 고맙겠다. 실은 이런 걸 찾아보면서 정말이지 헛웃음이 나왔다. 누가 이런 단어 하나하나를 그토록 의식적으로 정확하게 발음하며 살아갈까 하는 생각이 문득 들어서 말이다. 나 자신부터가 밤낮 틀리면서.

우리말에는 또 중국의 사성四聲과 같은 소리의 정교한 차별을 두지는 않지만 적어도 장단고저는 어느 정도 차이를 나타내는 셈이라, 위에서는 주로 장단의 문제점을 예를 들어 지적한 것이다. 소리의 높낮이 혹은 강약을 두고는 어떤 일정한 표준이 있는지 궁금하다. 생각나는 대로 예를 들면, '문화文化'를 읽을 때 대다수 사람들이 '문**화**'라고 '**화**'를 짧게 소리를 높여 힘을 주어 읽는데, 예의 『한글 큰사전』은 '**화**'에다 콜론 표시를 한다. 이 법칙에 따르자면 '**문**'에 힘을 주고 '**화**'를 길게 읽어야 한다는 뜻인가 싶다. 그리고 서울을 두고 그냥 '도시都市'라 할 때는 '**도**'를 강하게 소리 내는데, 행정 '수도首都'라 하자면 굳이 '**도**'에 힘을 주지 않고 그냥 강약 없이 균등한 소리로 발음한다. '관關'자 역시 관계關係에서는 '**관**'에 힘을 주는데, 관절염關節炎은 평성으로 똑같이 그냥 '관절염'이라 하지 '**관**'에 힘이 실리지 않는다. 또한 물 수水자를 두고도 '**수**도水道'라 하면 '**수**'에 힘이 들어가는데, '**온**수溫水'는 '**온**'에서 강하게 소리를 낸다. 이처럼 같은 한자인데 강약의 무게가 어디로 쏠려야 하는지 헛갈릴 수가 있다. 대개 이런 소리내기의 차이는 지방에 따라 상이한 억양과 발음법에서 연유하는 수가 허다하므로 어느 것이 가장 정확한지를 전문가들이 밝혀 주면 좋을 것이다. 위에서 든 보기들을 찾아내고자 두 가지의 사전을 참조했는데 유감스럽게도 같은 단어의 발음 표기에 사전마다 차이가 나는 사례가 좀 있어서 분별이 있는 사례만 포함하였다. 기왕에 말 난 김에 역시 지방 사이의 차이와도 관련이 있어 보이는 사례도 점검한다. 가령, 주로 영호남 등 남부 지역에서 흔히 나타나는 예를 들자면, '관계'라든지 '권력'처럼 복합 모음을 그냥 '간계,' '건력' 식으로 말해 버리는 습관도 빼놓을 수 없다.

언어 습관은 사람들과 소통하거나 자신의 뜻을 전하려 할 때 나타나는 현상이지만, 저것이 도대체 외계어인가 싶은 표현으로 자신의 상품을 작명하는 보기도 한 번 되돌아볼 만한 현상이라는 생각이 얼핏 들었다. 우선 길가에 흔해 빠진 간판이나 상호가 온통 외래어투성이라는 것이 한 좋은 보기지만, 이른바 전 지구화라는 변화를 겪는 과정에서 세계화를 부르짖으며 온갖 물품에다 외래어 또는 외래어 비슷한 명칭을 수없이 만들어 크게 선전하는 예로서 가장 눈에 띄는 영역 한 가지만 더 따로 자세히 검토할 필요가 있지 않나 하는 생각에서 언급하려 한다. 우리나라에서 가장 길게 이름을 지은 사례로 아파트라는 주거용 건물이 유난하다. 자료를 일부러 뒤져 봤더니, 아니나 다를까 전남 나주에는 '광주전남공동혁신도시빛가람대방엘리움로얄카운티 1차 단지'와 25자의 이름을 가진 2차 단지가 있다고 한다. 경기도 동탄의 '동탄시범타운다은마을월드메르디앙반도유보라'처럼 20자 넘는 곳은 여럿이다. 시기적으로 전국 아파트 단지명의 글자 수를 조사했더니 1990년대에는 평균 4.2자였는데, 2019년에는 9.84자로 늘어났더라 한다. 해설하여, 아파트 브랜드 '고급화'와 맞물려 길어지는 추세라고도 했다.

게다가, 이름이 길면서 말하기도 어색하고 의미도 이해하기 어려운 것이 또 한 가지 특색이다. 이탈리아어 루체(luce: 빛)와 독일어 하임(heim: 집)을 합친 '루체하임,' 영어 그레이스(grace: 우아함)와 라틴어 움(um: 공간)을 결합한 '그라시움,' 불어 오트(haute: 고급)에 테르(terre: 땅)를 합친 '오티에르'

등 온갖 외국어를 동원하기 때문이다. 아파트 이름을 이렇게 짓는 나라가 한국 말고 또 있나 싶다는 것이 이런 기사를 보도한 기자의 말이다. 오죽하면 '시어머니가 찾아오지 못하게 일부러 어렵게 지었다'는 우스개가 생겨서 한때 웃음을 자아내더니, 언제부턴가는 '시어머니 못 오게 했더니 시누이 앞세워 오더라'라는 속편 농담도 돌아다닌다고 한다.

그래서 제법 체계적으로 공부하여 정리한 기사도 있다. 가령, 근처에 아무것도 없으면, 더퍼스트, 더프라임, 4차선 도로변은 센트럴, 강이나 호수 곁은 리버, 레이크, 바닷가에는 오션뷰, 마리나, 공원이 있으면 파크, 파크뷰, 산 가까이는 포레, 힐스테이트, 전철역 앞은 메트로, 전철역이 없으면 그린워크, 학교 근방은 에듀, 노후 건물 많은 곳은 시티, 시장이나 공장 곁은 스퀘어, 플레이스, 더클래스나 플래티넘은 어김없는 중대형 단지, 스카이라면 고층 단지, 올림픽 관련 지역에는 올림픽, 그리고 기타 이름으로는 카운티, 레전드 및 하이엔드라 명명한다는 보도는 꽤나 연구해서 작성했겠다는 생각이 들기도 한다. 여기에 건설회사마다 특이한 단지 이름으로 선전을 하는데, 대표적인 것으로 힐스테이트, 래미안, 자이, 롯데캐슬, 푸르지오, e편한세상, 아이파크, 더샵, 포레나, 꿈에 그린, 위브, 센트레빌, 스위첸, 블루밍, 메가트리움, 어울림, 리첸시아, 베르디움, 하늘채, 해비트리, 파밀리아, 더휴, 굿모닝힐, 쉐르빌, 스위트닷홈, 파라곤, 칸타빌, 엘리움 등이 있다.

여기서 잠시 아파트 이름 관련 농담 한 가지만 남긴다. 그러기 전에 우선, 실제 전언에 근거한 일화인데, 미국에 이민길이 열린 후에 우리나라 부모들이 자녀 조기 유학도 많이 보내고 경제 형편이 좋아지면서 국내의 교실 지옥을 벗어나게 하려고 유학생이 미국으로 다수 진출했을 때의 얘기를 먼저 한다. 미시건대학에서는 한때 교포를 포함하여 한국계 재학생이 일천 명을 넘겼다는 소식을 들은 적이 있는데, 공학 분야 강의를 한국말로 진행한다는 소문까지 돌았다. 담당 교수와 수강생이 모두 한국인이었다는 말이다. 그런 와중에 미국의 한 아이비리그 대학에서는 학업 성적이 가장 우수한 학생이 대거 한국 유학생이거나 교포였다는 풍문이 돌면서 만들어 낸 우스갯소리가 있고 여기에 아파트 이름이 등장한다. 요약하자면, 1등에서 3등까지가 모두 한국 유학생이었는데, 이들 중 한 명에게 특별 장학금을 주기로 하고 담당 직원회의에서 학생의 생활 형편에 따라 순위를 매기자고 의견을 모았다. 그래서 서류 심사를 진행할 때 저들의 한국 내 주거 상태를 주요 항목으로 잡았다. 그 가운데 한명은 로얄팰리스에 산다고 기록해서 왕족이면 일단 제치자 했고, 다음은 롯데캐슬이라 하니 귀족 자제임에 틀림없어서 역시 제척하고, 나머지를 보니까 아이파크라는 이름의 거주지가 나왔다. 아하, 이 학생은 집이 없어서 공원에서 생활하는 노숙 가족 출신이구나 하고, 그 학생에게 장학금을 제공하기로 결정했다는 얘기다. 실상은 강남 삼성동에 있는 아이파크는 가장 고급이라 제일 비싼 집에 산다는 걸 이 학교 심사위원회는 몰랐다는 얘기다.

아파트 이름 얘기를 하면서 한 가지 빠뜨린 사례만 지적하기로 한다. 지나가다 우연히 본 아파트 이름이 '미소지움'이었다. 아차, 이 사람들이 '지음'과 '지움'을 정반대로 알고 있는 게 아닌가 하는 생각이 떠올랐다. 『우리말 큰사전』에 의하면 지음은 주로 집을 짓다처럼 무엇을 지어서 만든다의 명사이고, 지움은 "그러지 아니하다고 하는 일," 그러니까 부정적인 뜻을 가진 단어다. 물론 지우다의 몇 가지 말뜻 중에는 '그늘을 지우다'와 같이 "어떤 상태가 생기거나 이루어지게 하다"를 의미한다는 풀이도 있다. 하지만 대개 지운다면 없앤다는 말로 이해하는 게 대세다. 그러니까 아파트 지으면서 뜻도 알기 어려운 황당한 외래어도 문제지만, 미소까지 지워 버리는 집이라면 행복한 집이 아닐 수도 있지 싶어 우리 말을 써도 제대로 썼으면 하는 아쉬움이 있다.

이쯤에서 적당히 마무리해야겠다 마음먹고 아침상 앞에서 겨우 30–40분가량이 지나는 동안, 무심히 텔레비전 아침 뉴스를 듣게 되었는데, 또 공연히 틀었구나 했다. 아니나 다를까 도저히 그대로 넘어갈 수 없게 자극이라도 하듯 아나운서와 기자는 물론 대담자까지도 합세해서 장단 발음을 제멋대로 하면서 사람을 놀리고 있었다. 원체 많아서 기억조차 전부 나지는 않지만, 몇 가지만 생각나는 대로 적고 마치려 한다. 주로 장음의 글자를 단음으로 재빨리 말해버리는 사례가 주종을 이루었다. 예를 들어, 고:백告白, 기:껏, 기:술技術, 사:정事情, 시:장市場, 자:극刺戟, 효:율效率 등이다. 그 반대도 가끔은 있어서 보태는데, 이 글 허두에서 일찌감치 지적한 '상황'이 여기서도 빠지지 않는 **상황**이 벌어졌다. 짧게 말해야 할 걸 길게 느리고 있었다. 더 길게 적어 보려 해야 또 되풀이하는 지루함만 선사할 터이라 컴퓨터라도 꺼 버리려 한다. 요컨대, 이제는 사람들이 그런 따위의 말버릇 왜곡쯤은 문제 삼지 않기로 작정한 모양이다. 그러니 생각해 보면 나만 머쓱해지는 처지가 되고 말았다.

그런데, 어느 날 새벽에는 또 깨어나자마자 전혀 의식하지 않은 상태에서 문득 머리에 떠오르는 기억이 있었다. 췌언이 되는 줄 알면서도 이 일은 꼭 적어야 할 것으로 생각되어 덧붙인다. 우리가 고등학교 다닐 때 한문 선생님의 이야기다. 이분은 키도 크고 훤칠한 모습의 점잖은 중년 신사였다. 행동거지나 언사가 아마도 예전의 선비가 이러지 않았을까 할 만큼 바르고 멋졌던 그런 분이었다. 한 가지 지금까지 생각이 나서 나도 조심하는 행동인데, 어떤 물건을 떨어뜨렸을 때 무심코 허리를 굽혀서

절하는 자세로 집어 올리는 걸 보시면 이 선생님은 그런 행동은 쓸데없이 누구에게 비굴하게 굽실대는 듯이 보이기도 하지만 허리 건강에도 좋지 않으니 반드시 무릎을 굽혀서 몸은 곧은 자세를 유지한 채 아래로 움직여 주워 올리라고 가르치셨다. 요즘 허리가 좀 예전 같지 않은데 어쩌다 흘린 것을 집어 올릴 때 그냥 몸을 숙여 버리는 순간 실은 그 선생님 생각이 나서 자세를 바로잡지만 이미 허리가 아픈 뒤다. 그 선생님은 우리가 지나가면서 하는 말을 예사로 듣지 않으시고 조금이라도 이상하다 싶은 점이 있으면 어김없이 그 자리에서 바로잡아 주시곤 하였다.

그분만이 아니다. 역시 우리 학교의 국어와 영어 선생님 중에 이런 분도 계셨다. 국어 선생님은 손수 쓰신 희곡으로 연극을 무대에 올리신 분인데, 그 주역을 나에게 맡기시고 꼼꼼히 대사 표현법까지 가르쳐 주셨다. 그리고 우리말 학생 웅변대회에도 원고까지 쓰시고 지도해 주셔서 서울에서 열린 대회에까지 진출한 일도 있었다. 또 영어 선생님은 내가 안동에서 처음 중학교에 입학했을 때 영어 선생님이 일제시대에 배운 대로 "지스 이스 아 구도 라지오"(This is a good radio) 식으로 읽는 걸 보시고, 영어 습득 능력은 괜찮은데 발음은 교정이 필요하다시며, 미군 병사 한 명을 소개해 주시면서 가서 소리 내는 법을 제대로 배워 오라고 하셨다. 그 병사는 프린스턴대학 학생으로 우리나라에 파견 받아 대구의 미 8군의 부대에서 근무하던 젊은이였다. 구체적으로 어떻게 발음 교정을 받았는지는 생략하고, 하여간 그 덕에 영어 선생님의 인정을 받아서 영어 웅변대회에 두 번이나 참가하여, 한번은 단어 한 마디를 깜빡 놓치는 실수로 준우승을 한 경력도 갖게 되었고, 서울대학교 문리과대학 교양과목 시간에는 영문과 선생님께서 "자네는 어디서 영어를 그렇게 배웠는가?" 라고 물으시던 경험도 있다.

이런 모든 언어 습관은 처음 말을 배우는 어린 시절부터 간단없이 습득한 것이 굳어 버리는 결과라서 애초부터 조심해서 가능하면 비정상적인 왜곡은 피하고 듣기 좋은 말하기를 터득하게 가르치고 장려하는 게 옳은 길일 것이다. 워낙 공교육이 정상 궤도를 한참 벗어나 버린 탓에 학교에서조차 말하기 법 같은 것은 가르칠 여지도 없는 현실이 그저 안타까울 따름이다. 어쨌든, 세상은 점점 급속한 변화를 경험하고 있어서 이 같은 습관 기르기가 더 어려워진 모양새다. 이 모두가 가정에서 일찍부터 적절한 체험 속에서 훈련 받도록 부모와 식구들이 잘 본보기를 보이며 계몽하고 정확한 정보를 제공하는 일에서 다시 출발할 필요가 있다. 이에 더하여, 공교육에서도 언어생활의 실천적 훈련에 충실해야 할 것이다. 한자 교육도 이 방면의 전문가 등이 끊임없이 당국에 호소하고 시민사회, 대학과 보통교육 부문 등에서도 이에 호응하고 있건만, 여전히 별반 변화가 없는 점을 명기하고 싶다. 한자를 섞어서 쓰는 일본의 언어생활이 디지털 시대에는 불리하다는 설도 있지만, 한자 혼용 교육과 생활이 추상적이고 학술적인 언어의 격을 높이고 더 많은 표현을 할 수 있다는 장점도 생각해 봐야 한다. 다시 언급하지만, 우리의 교육은 이만큼이나 퇴보하고 말았다는 얘기다.

정말이지 돌이켜 보면 그때 우리 세대가, 그것도 어느 특정 학교에서 받은 교육은 가히 말 그대로 전인교육이었음을 자랑스럽게 여기면서도 어쩌다가 오늘은 그런 교육이 어딘가로 사라지고 말았을까 한심하기도 하고 아쉽기도 하다. 본시 교육의 목표는 사람의 생각과 행동을 변화시키려는 인간의 특별한 양육법이다. 그 육영 과정이 곧 문화를 전승하는 길이다. 문화文化는 글자 그대로 글로써 사람을 변화시켜 금수와 다른 고귀한 존재로 기른 결과로 만들어 내는 개명의 양상이다. 그 문화의 핵심

요소가 다름 아닌 언어다. 이야말로 만물의 영장인 인간만이 누리는 특권 같은 문화의 열쇠요 자산이다. 그러므로 한 사회의 문화를 평가할 때 언어의 품격이 제일 중요한 기준으로 자리한다. 언어가 인격의 표상이기도 하기 때문이다. 그래서 언어는 일찍부터 갈고 다듬은 품위 있는 형식과 내용으로 서로 소통하는 방법을 잘 가르치고 배워야 한다. 특히 오늘날의 문명사적 관점에서 명심할 것은, 지금은 온 세계가 K-문화 배우기에 열을 올리기 시작하는데 거기에는 우리의 소중한 한글과 우리말을 배우려는 열기도 이미 그 한류의 물결을 타고 있다. 그렇다면 이제부터라도 우리 스스로의 언어문화를 하루 속히 순화해서 정갈하고 세련미 있는 언어 습관을 장려하여 언어의 품격으로 우리의 문화의 품위도 선양하도록 힘써야 할 것이다. 이러한 문화적 풍미가 해외로 제대로 번지는 한류를 탈 수 있었으면 하는 염원을 품어 본다. 그러니 이제부터라도 온 국민이 마음을 다져 먹고 우리말의 품위 격상을 위한 갖가지 노력을 하자는 운동이라도 전개해야겠다는 생각이 앞선다. ※

김명렬

친구
샌프란시스코

친구

渡水復渡水　냇물을 건너고 또 건너고

看花還看花　꽃구경하고 가다 또 구경하고

春風江上路　봄바람 살랑대는 강변길—

不覺到君家　어느새 자네 집에 도달했네 그려.

「심호은자尋胡隱者」라는 고계高啟의 이 시가 애송되는 것은 우선 즐거운 마음을 경쾌한 템포로 잘 나타내고 있기 때문일 것이다. 경쾌한 템포는 처음 기승起承 두 줄이 부復와 환還을 사이에 두고 같은 말이 반복됨으로써 조성되는데, 셋째 줄 전轉에 가서는 술부도 거추장스런 양 아예 생략되고 독자에게 맡겨짐으로써 독자는 경쾌감에 더해 활연한 해방감마저 느끼게 되는 것이다. 그러나 이 모두가 화자의 즐거운 마음을 나타내기 위한 것인데, 그 즐거운 마음은 친구를 찾아가는 길이기 때문임이 마지막 줄에 가서 밝혀진다.

친구가 은자라고 했으니까 자주 찾아가는 처지는 아닐 것이다. 어쩌면 겨우내 못 찾아갔다가 봄에 처음 찾아가는 길일지도 모른다. 그럴 수도 있는 것이 냇물이 겨울에 얼어 빙판이 되면 미끄러져 넘어질 수도 있고 얼음 위를 걷다가 깨지면 빠질 수도 있는데. 그런 내가 여럿이면 길 나서기가 쉽지 않았을 것이다. 또 강변길도 봄철에는 걷기 좋지만 한겨울에는 찬바람이 많이 불어 피하는 길이다. 그래서 정말 오랜만에 찾아가는 길이면 그만큼 더 즐거울 수밖에 없다.

이처럼 친구 찾아가기가 즐거웠던 것은 우리 어렸을 때도 마찬가지였다. 1950년대에 중고등학교를 다닌 우리들에게 오락거리라고는 전무하다시피 했고 유일하게 마음 붙일 것이 친구 사귀는 것이었다. 친구는 같이만 있으면 말이 없어도 마음이 편하고 즐거운 존재였다. 그러니 그를 찾아가는 길은 당연히 즐거웠던 것이다.

내게는 중학교 때부터 같은 학교를 다니며 한 동네에서 자란 친한 친구로 L과 H가 있다. 둘 다 집안이 상당히 부유하여 당시로는 드물게 전화가 있었으며, 둘 다 장남이어서 자기 방이 있는 등 집안에서 꽤 대접을 받았다. 나는 막내로 내 방도 없었으므로 시간만 나면 그 두 친구네로 갔었다.

L은 책 읽기를 좋아하는 등, 나와 취향이 비슷하였다. 우리는 학교 파하고 나면 학교 앞 신문로부터 종로 4가까지 함께 걸어오며 책방 순례를 하였다. 한 책방에서 눈치껏 나가라는 소리를 듣기 전까지 책을 읽고 다음 책방에 가서 그 책을 이어 읽고 하는 식으로 종로에 있는 책방을 다 들르는 것이었다. 그러다가 고등학교 올라갈 무렵 종로 4가에 세貰책방이 생겼다. 책 값을 보증금으로 맡기면 하루에 얼마큼 세를 받고 책을 빌려 주는 것이다. 보증금은 경제적인 여유가 있는 L이 늘 지불했다. 그가 책을 다 읽고 나면 나는 그것을 빌려다가 밤새도록 읽고 하루 세전貰錢만

더 내면 되었다.

L은 고등학교 1학년 때 급성 폐결핵에 감염되어 입원 치료를 받았다. 상당히 오랜 가료 후 그의 어머니가 "이제 병이 다 나아서 회복기에 들어갔는데 너를 보고 싶다 한다. 가 봐 주겠니?" 하시는 것이었다. 폐병은 그 시절은 무척 무서운 병이었고 우리 집안 형제들도 앓아 각별히 경계하는 병이었다. 그러나 사경을 넘고 나온 친구가 제일 처음 나를 만나고 싶어 한다는 것이 나를 감격시켰으며 그래서 나는 흔연히 응했다. 다음 날 설레는 마음으로 그의 병실을 찾아갔다. 노크를 하고 문을 열고 들어가니 누워 있던 L이 일어나 앉으며 웃으며 "명렬아, 나 많이 말랐지?" 하였다. 그 모습은 충격적이었다. 꼭 아우슈비츠 수용소 사진에 나오는 아사 직전의 유태인 모습이었던 것이다. 그처럼 피골이 상접하였고 창백하였으며 웃는 그의 뺨도 주름이 져 있었다. 그래도 나는 놀란 기색을 감추고, "몸은 말랐지만 얼굴은 그대로야"라고 거짓말을 둘러대며 그를 위로하였다. 이를 계기로 우리는 마치 생사의 위기를 함께 넘은 것처럼, 서로에게 깊은 신뢰와 우정을 느끼게 되었다. 그 이후 나는 L의 집에서 거의 식구처럼 대접받았고 그래서 그의 집을 내 집처럼 무시로 들락거렸다. 귀한 장남을 새로 얻은 것이나 다름없었기에 L의 부모님은 그가 원하는 책은 다 사 주셨다. 그 덕에 나는 그의 집에서 독일과 일본의 전후문학 작품들, 잭 런던(Jack London)과 너새니얼 호손(Nathaniel Hawthorne) 등의 미국 소설들, 그리고 톨스토이, 도스토옙스키 등 러시아 작가들의 작품을 읽을 수 있었다. 아, 그리고 우리는 『안네의 일기』를 읽고 또 읽으며 이 감수성 예민하고 발랄한 소녀와 사랑에 빠졌었다. 나치가 600만 유태인을 학살했다는 것은 너무나 엄청난 사건이어서 우리에게 아무런 구체적인 실감을 주지 못했다. 그러나 이 여리고 사랑스런 소녀를 이유 없이 죽였

다는 사실은 나치의 무도함과 잔인함을 절감케 했고 실제적인 분노와 가슴 아픈 상실감을 느끼게 했다.

L은 투병 후 1년 늦게 복학하는 대신 검정고시를 거쳐 우리보다 오히려 1년 빨리 대학교 정치외교학과에 진학했다. 그리고 미국 유학 후 정치과 교수 생활을 하는 동안 조금 격조했다가 그가 버클리로 옮긴 후 우리는 또다시 자주 만나게 되었다. 매년 여름이나 겨울 방학 동안 내가 그의 집에 가서 몇 주 쉬고 왔기 때문이다. 그의 부인은 텍사스에 직장이 있어 몇 주에 한 번 집에 들르는데 내가 온다고 하면 우리들끼리 마음껏 놀라고 아예 집을 비워 주었다. 그래서 우리는 어렸을 때처럼 각자 자기 일 할 때만 제외하고는 늘 함께 있으면서 먹고 얘기하고 운동하고 돌아다니면서 즐겼다.

H는 성향이 L과 전혀 달랐다. 그의 방에서는 교과서 외의 책이라고는 대중 잡지 한 두어 권밖에는 본 적이 없다. H는 초등학생 때 어머니를 잃고 새어머니를 맞았는데 둘 사이는 별로 좋아 보이지 않았다. 그의 방은 커다란 문간방이었는데, 가을부터 이듬해 봄까지 두꺼운 국방색 이불이 깔려 있었고 그 밑은 항상 뜨끈뜨끈했다. 그는 대개 그 이불 속에 있거나 마당에서 역기를 들고 있었기 때문에, 대문에서 작은 소리로 이름을 불러도 이내 문을 열어 주었다. 주말에 가면 그는 자주 점심을 해 먹자 하였다. 그는 능숙한 솜씨로 쌀을 씻어 안치고는 나가서 두부와 감자나 호박을 사 왔다. 그리고 그새 밥이 다 된 솥은 들어내 놓고 그 위에 사 온 재료를 썰어 넣고 고추장을 듬뿍 풀어 넣은 냄비를 올려 놓았다. 찌개가 다 되면 우리는 커다란 대접 두 개를 가져다 밥을 푸고 그 위에 찌개를 얹어 게 눈 감추듯 먹었다. 전쟁 직후라 아직 전시의 허기가 가시지 않아서였을까, 아니면 우리가 그때 한참 자랄 고비의 소년들이었기 때문

이었을까? 좌우간 그 갓 지은 흰 쌀밥과 고추장 두부찌개는 우리에게 꿀맛이었다. 그렇게 배를 잔뜩 채우고는 L의 집이나 우리 동네에 하숙하고 있던 P의 하숙방으로 마실을 갔다. H는 책만 많은 L의 집보다 예쁜 하숙집 딸이 있는 P의 하숙집을 선호했다. 그러나 실제로 마주치면 말 한마디 못 하고 도망치는 숙맥이었다.

그러다가 고등학교 때 H의 부친이 독일제 전축 텔레푼켄(telefunken)을 사서 마루에 놓자 우리에게 새로운 관심사가 생겼다. LP를 모으는 일이었다. H의 아버님과 작은아버님은 모두 동대문 시장에서 장사를 하셨다. H는 주말에 하루 시장에 나가 장사를 도우면 두둑한 보수를 받았다. 그 돈으로 LP를 샀던 것이다. 그런데 그는 클래식 음악에 대해 전혀 무지했고 나는 귀동냥을 한 것이 좀 있어서 그의 멘토 노릇을 하게 되었다.

처음에는 H의 흥미를 유발하기 위해서 〈이태리 기상곡〉, 〈경기병〉, 〈즉흥환상곡〉 같은 경쾌한 작품들이 들어 있는 소품집을 소개했다. 그는 곧 크게 흥미를 갖기 시작했다. 그 다음에 스테파노(Stefano), 질리(Gigli), 칼라스(Callas), 테발디(Tebaldi) 등의 아리아와 가곡들을 추천하였다. 그 무렵 영화 〈라프소디〉(*Rhapsody*)를 보고 감명을 받은 H가 차이코프스키의 〈바이올린 협주곡〉을 사겠다고 했을 때도 내 추천을 좇아 야샤 하이페츠(Jascha Heifetz)의 연주를 택했다. 또 베토벤의 〈피아노 협주곡 5번 황제〉를 살 때도, 두툼하고 뭉툭한 손가락으로 해머처럼 건반을 내리치는 루빈슈타인(Rubinstein)의 연주가 일품이라는 나의 호평에 따라 루빈슈타인의 판을 샀다. 나중에 교향곡들을 살 때도 나의 조언이 결정적인 역할은 한 것은 물론이다.

이처럼 선곡에서부터 연주자, 지휘자에 이르기까지 모두 내가 결정하다시피 했으므로 H의 LP 수집은 사실상 나의 수집이 되었다. 실제로 세

고비아(Segovia)의 기타 반주곡 모음은 내가 좋아해서 산 것이고 H는 클래식 기타에 관심이 없어 혼자서는 틀어 본 적이 없다 하였다.

H는 상과대학에 진학하여 실업가가 되었다. 워낙 아버지한테서 물려받은 재산이 많은 데다가 본인이 더 늘려 그는 평생 상당한 자산가로 살았다. 어쩌다 L이 귀국하면 그는 늘 우리를 고급 식당에 초대하여 저녁을 대접하면서 옛날이야기 꽃을 피우곤 했다.

이렇게 우리는 단짝 친구였지만 그것이 그냥 저절로 이루어진 것은 아니었다. L은 신경이 날카로운 성격이어서 집에서는 동생들에게 화도 잘 내고 부모님들께도 불평을 잘 했다. 그러나 그는 내게 평생 피침被侵한 소리 한마디 한 적이 없다. H의 성격은 괄괄한 편이었다. 거기다 욱하는 성질이 나면 상욕을 내뱉기도 했고 심하면 주먹다짐도 곧잘 하였다. 그런 그도 내게 눈 한 번 흘긴 적 없었다. 나는 막내로 자라 늘 특별 대접을 받으려는 이기심이 있었지만 이 친구들에게는 그런 성향을 적극 자제하였다. 우리가 절친한 친구가 되기 위해서는 우선 서로를 무척 좋아했고 그래서 서로에게 소중한 존재가 되었던 것이다. 그런 소중한 존재와의 관계 또한 소중한 것임을 알았기에 그것을 손상하지 않고 유지하기 위해 노력하였던 것이다. 그것은 '내가 양보하고 상대방을 포용하는 것'이었다. 원만한 인간관계를 담보하는 이 기본 원리를 우리는 어려서 친구 관계에서 터득하였고, 이것은 그 후 사회생활을 해 나가는 데에 귀중한 지혜가 되었다.

우리는 가진 것이 없어 물질적으로는 빈곤했지만 친구가 많아 정서적으로는 풍요로웠다. 친구들을 사귀면서 사람의 마음을 얻는 것이 가장 즐겁고 큰 행복감을 준다는 것을 절감하였고, 그래서 자연히 사람이 가장 중요하다는 인식을 체화했다. 이런 것이 우리를 건전하게 키워 주었던 것이다.

이런 점을 생각하면 물질적 풍요 속에 살고 있지만 인간적 접촉이 희소한 요즘 청소년들의 인성 발달이 우려되지 않을 수 없다. 일본에는 조직 문화에 적응하지 못하고 사회생활에서 도태되어 집 안에만 틀어박혀 있는 외톨이 청년이 70만 명이나 된다는 통계가 나왔다. 우리도, 통계가 없어 모르지, 그 수가 상당할 것이다. 집 밖에서는 시간만 있으면 휴대전화기를 들여다보고 집에 오면 컴퓨터 앞에 앉아 있으니 이들이 언제 사람과 사귀고 사람과 어울려 사는 법을 배울 것인가? 더구나 우리나라에 만연한 주거 형태인 아파트가 사람들 간의 단절을 심화시키고 있다. 아파트의 철문만 닫히면 외부 세상과 철저한 단절이 이루어지기 때문이다. 이 철문은 특별한 용건이 있는 사람이나 와서 열어 달라고 할 수 있지, 이웃집 아이들이 놀러 와서 열 수 있는 문이 아니다. 이런 단절된 주거 환경에서 사람과의 교섭이 없이 자란 사람 중에 인간 혐오적인 정신 이상자가 생기는 것은 조금도 이상하지 않다. 이래서 나는 내가 지낸 유, 소년기의 세상이 무척 고맙다. 저녁 먹고 나면 아이들이 대문 앞에 와서 "○○아 노올자!" 하는 소리에 집 안에 있던 아이가 뛰어 나가 놀고, 좀 더 커서는 친구 집의 지쳐 놓은 대문을 무시로 밀치고 들어가서 "○○ 있어요?" 하고 물어 있다면 곧 그의 방으로 들어가서 함께 시시덕거리며 놀던 때—그 건강한 인간 시대가 고맙고, 고마울 뿐만 아니라 그리운 것이다. ※

(2023년 9월)

샌프란시스코

오늘 아침 토니 베넷(Tony Bennett)이 96세를 일기로 별세했다는 기사가 났다. 그는 수많은 노래를 히트시켰지만 그중에서도 가장 유명한 곡은 아마도 〈나는 샌프란시스코에 내 마음을 남겨두고 왔네〉(I Left My Heart in San Francisco)일 것이다. 이 노래는 샌프란시스코의 아름다운 경관에 애틋한 연정을 더하여 샌프란시스코를 만인이 그리는 꿈의 도시로 만들었다.

이에 버금가게 샌프란시스코를 유명하게 만든 노래로 스콧 맥켄지(Scott Mckenzie)가 부른 〈샌프란시스코〉를 들 수 있다. "샌프란시스코로 가는 중이면 (또는 갈 참이면) 반드시 머리에 꽃을 꽂으시오"(If your're going to San Francisco / Be sure to wear some flowers in your hair)라고 시작하는 이 노래는 스스로를 '꽃의 자녀들'(flower children)이라고 일컬었던 히피들을 찬양한 노래다. 1967년 5월에 나온 이 노래는 선풍적인 인기를 얻어 그해 여름 샌프란시스코로 히피들을 모으는 데 크게 이바지했다. "샌프란시스코로 오는 사람들에게 여름은 사랑과 우정을 나누는 시간이 될 것이오"(For those who come to San Fransisco, / Summertime will be a love-in there)라고 한 이 노래의 마지막 가사가 예언했듯이 소위 '사랑의 여름'(summer of love)이라고 명명된 이 대축제에는 샌프란시스코에 무려 10만 명의 인파가 운집하였다. 이들은 팝음악을 들으면서 월남전 반대, 인종차별 철폐, 기존 질서와 규범으로부터의 해방을 부르짖었다. 이리하여 샌프란시스코는 아름다운 도시일 뿐만 아니라, 히피들이 표방한 평화, 사랑, 자유를 상징하는 도시, 인류의 숭고한 가치와 희망적 미래가 펼쳐지는 도시로 생각되었고, 그래서 모든 사람들이 와 보고 싶어 하는 도시가 되었다.

나는 절친한 친구 L 교수가 버클리(Berkeley)에서 가르치고 있어서 6년 전 그가 세상을 뜨기 전까지 10여 년간 매년 그의 집에 가서 2-3주씩 놀다 왔다. 그때에 샌프란시스코에 자주 가서 즐거운 시간을 많이 가졌기 때문에, 샌프란시스코는 내게도 개인적으로 애정이 많은 도시다. 멀리 돌아다닐 때는 대체로 L 교수가 드라이브를 하여 같이 다녔지만 시내에 갈 때는 나 혼자 가는 경우가 많았다.

버클리에서 샌프란시스코에 가는 데에는 두 가지 방법이 있다. 자동차로 2층 다리인 베이 브리지(Bay Bridge)를 건너가는 방법과 바트(Bart, Bay Area Rapid Transit)라는 고속 전철로 샌프란시스코만을 해저로 통과해 가는 방법이다. 이 해저 터널은 1989년 지진 때 베이 브리지의 상층 다리의 일부가 아랫층으로 주저 앉았을 때도 전혀 손상이 없었을 정도로 견고함을 자랑한다. 나는 주로 바트를 이용했는데 이것을 타고 처음 샌프란시스코에 갔던 때의 기억이 아직도 생생하다. 만을 지난 전철은 샌프란시스코의 주도로인 마켓(Market)가를 따라 지하로 운행하는데 파월(Powell)가에 내리니 거기가 바로 샌프란시스코 번화가의 중심이었다. 밖으로 나오자 눈부시게 쾌청한 날씨와 신선한 공기가 나를 맞았다. 나중에 알게 된 것이지만, 이것은 샌프란시스코가 거의 일 년 내내 누리는 천혜의 복락이었다. 마켓가의 인도는 무척 넓었지만 티끌 하나 없이 깨끗한 데다가 유리 가루를 넣어 포장하였는지 강렬한 햇빛을 반짝반짝 반사하였다. 그 포도 옆으로 잘 정비된 상가와 건물들이 늘어서 있어 잠시 보아도 매우 정갈한 도시라는 인상을 주었고 그래서 자꾸 걷고 싶은 충동을 주었다. 실제로 첫날뿐 아니라 그 후에도 나는 샌프란시스코에 가면 대체로 걸어 다녔다. 마켓가에서 파월가를 따라 북쪽으로 두어 블록 올라가면 유니온 스퀘어(Union Square)라는 작은 공원이 나오는데, 샌프란시스코의 백화점, 쇼핑 센터, 고급 상점 등이 이 스퀘어를 중심으로 사방 1–2백 미터 안에 밀집해 있기 때문에 충분히 걸어서 다 돌아다닐 수 있는 것이다.

샌프란시스코에는 가 볼 만한 데가 많다. 우선 가 봐야 할 데가 도심에서 가까운 차이나 타운이다. 좀 전에 소개한 유니온 스퀘어의 동북단에서 북쪽으로 조금만 올라가면 일주문 같은 문이 있고 거기서부터 차이나 타운이 시작된다. 차이나 타운은 영역도 넓을 뿐 아니라 완전히 중국인들만 모여 사는 곳이기 때문에, 일설에 의하면 중국인은 그 안에서 평생 영어 한마디 안 하고도 살 수 있다 한다. 취급하는 물건도 대체로 중국인과 관계된 것들이지만 중국 물건만은 아니다. 내 경우 독일제 졸린겐(Solingen) 가위를 사려고 검색해 보니까 뜻밖에 차이나 타운의 한 가게가 나왔다. 찾아가 보니 갖가지 가위, 칼, 발톱 깎는 집게 등 졸린겐 제품을 총 망라하고 있어서 마음껏 골라 산 적이 있다.

그런가 하면 샌프란시스코 서쪽에는 재팬 타운도 있다. 규모 면에서 차이나 타운에 비교가 안 되게 작고 그나마도 한인 상인들이 많이 들어가 차지하고 있지만 그래도 아직도 몇 개의 일본인 점포가 남아 있어 명맥을 유지하고 있다.

마켓가와 파월가가 교차하는 지점에 유명한 케이블 카의 시발점이 있다. 이 케이블 카는 허공에 매달려 가는 것이 아니라, 옛날 우리 전차 모양으로 지상의 궤도 위로 가는데, 언덕이 많은 관계로 밑에서 케이블로 끌기 때문에 케이블 카라고 한다. 이것을 타고 가면 피셔맨스 워프(Fisherman's Wharf)라는 어선들이 와 닿기 위한 선착장이 죽 이어진 부두가 나온다. 지금도 이른 아침에 어선들이 들어오는지는 모르지만 늘 낮에만 가 본 나는 해산물을 하역하는 어선들을 한 번도 본 적이 없다. 이곳은 보트 여행, 바다 낚시 등, 각종 해양 스포츠 시설과, 박물관, 수족관, 수많은 기념품점, 음식점들이 모여 있어 이곳만 돌아보는 데도 하루해가 모자랄 지경이다. 절대로 탈출할 수 없어 알 카폰(Al Capone)과 같은 흉악범들을 수감했던 감옥이 있었다는 알카트라즈(Alcatraz) 섬을 탐방하는 배도 여기서 떠난다.

가 볼 만한 곳으로 빼놓을 수 없는 곳은 금문교다. 샌프란시스코만 입구를 남북으로 연결하는 이 다리는 1937년 건설될 당시 세계에서 가장 긴 현수교였고, 그 후로도 그 명성을 오랫동안 유지했었다. 여기에 사용된 케이블들은 가는 강철 철사를 합쳐 만들었는데 주主케이블에 들어간 철사를 이으면 지구를 한 바퀴 돌고도 남는다 한다. 금문교를 자동차를 타고 건너면 여느 고속도로를 달리는 것과 별 차이를 못 느낀다. 금문교를 제대로 보려면 다리 남단에 있는 주차장에 차를 세워 두고 걸어서 해풍도 맞으며 주위 경관도 바라보면서 건너야 한다. 특히 다리에서 약 70미터 아래에 넘실거리는 시퍼런 바닷물을 보며 현기증을 느껴 봐야 이 다리의 거대함을 실감할 수 있다. 금문교라는 이름은 저녁 때 태평양에서 샌프란시스코로 들어오는 배에서 볼 때 석양이 오렌지색 다리에 비쳐 황금색으로 빛나기 때문에 붙여진 것이라 한다. 이리하여 샌프란시스코로 오는 배는 모두 황금문의 다리를 통과해 들어오니 이 또한 샌프란시스코에게는 축복이 아닐 수 없다.

샌프란시스코 주위에도 가 볼 만한 곳이 많다. 금문교에서 북쪽으로 가면 레드우드 보호림이 있는데 킹즈 밸리(King's Valley)에 있는 것들같이 상상을 초월할 정도로 크지는 않지만 둘레가 너댓 아름이 되는 나무들이 하늘을 찌를 듯이 임립한 것을 보면 미 대륙의 거대함과 막강한 힘을 실감하지 않을 수 없다. 금문교를 지나 샌프란시스코만을 따라 올라가면 소살리토(Sausalito)라는 부촌이 있다. 동네도 아름다운 데다가 고급 상점과 식당, 화랑 등이 잘 정비돼 있어 관광지로 손꼽힌다. 거기에 가면 우리가 점심을 먹는 식당이 늘 정해져 있다. 바다를 접한 커다란 식당인데 L 교수가 학생 때 여름 방학이면 와서 잡일 하는 버스 보이(bus boy)로부터 시작하여 웨이터로까지 일을 했던 식당이다. L 교수는 이제 손님이 되어 나와 함께 그곳을 찾아가, 비싼 해산물 요리를 시켜 먹으면서 회구懷舊의 한담을 즐기곤 했다. 그리고 나올 때는 옛날을 생각해서 팁을 각별히 후하게 놓고 나오곤 했다.

소살리토에서 북쪽으로 한참 더 올라가면 포도주 산지로 유명한 소노마(Sonoma)가 나온다. 그러나 정작 유명한 와이너리를 탐방하려면 샌프란시스코에서 베이 브리지를 건너 버클리를 지나 한 시간쯤 북상하면 나오는 나파 밸리(Napa Valley)로 가야 한다. 그곳에 갈 때마다 나는 마냥 즐거웠다. L 교수는 술을 못하기 때문에 운전을 전담해 주어서 나는 와이너리마다 들러서 시음을 즐길 수 있었기 때문이다.

나파 밸리에 가면 꼭 들르는 와이너리가 하나 있었다. 몬다비 형제가 운영하는 몬다비 와이너리(Mondavi winery)다. 시중 와인점에서는 구하기 힘든 이 와이너리 특산인 고급 백포도주 머스카토 도로(muscato d'oro)를 사기 위해서였다. L 교수가 이 와인을 아내에게 선물한 적이 있는데, 술을 못하는 아내가 이 술만은 한두 잔 즐겨 마시며 늘 감탄해 마지않았던 것이다. 375밀리리터 들이 우아한 병으로만 출시되는 이 와인은 '황금의 머스카토'라는 이름에 걸맞게 옅은 황금색인데 단맛은 여느 머스카토 와인처럼 강하지 않고 품위 있게 절제되어 그 풍미만 조금 느끼게 할 정도다. 그 대신 약간 발포성인 이 와인의 기포가 입안에서 터지면 산뜻한 청량감과 동시에 대단히 고상한 향기가 입안에 가득 퍼지면서 고급한 미각적 호사를 누리게 한다. 이 와인을 두 병 사 가는 것은 나 혼자만 여행 와서 잘 놀다 가는 미안한 마음을 조금이나마 덜어 보려는 뜻에서였다. 나파 밸리 와인 투어의 매력 중의 또 하나는 돌아올 때 와이너리들이 끝날 쯤에 커다란 아웃렛 몰이 있어 쇼핑도 즐길 수 있다는 점이다.

샌프란시스코에서 베이 브리지를 건너 남쪽으로 가면 스페인풍 건물의 캠퍼스가 아름다운 스탠퍼드대학과 고급 상점이 즐비한 시가지를 갖고 있는 팔로 알토(Palo Alto)에 가 닿을 수 있고, 거기서 조금 더 남쪽으로 가면 실리콘 밸리(silicon valley)로 유명한 산 호세(San Jose)에 도달한다. 앞으로 스타트업을 꿈꾸는 젊은이라면 이 두 군데를 들러 보며 진취적인 분위기를 체험할 수 있을 것이다.

샌프란시스코에는 먹거리도 풍부하여 먹을 만한 것도 많다. 차이나 타운이 있으니 중국 요리는 말할 것도 없고, 재팬 타운에 가면 정통 일본 요리도 맛볼 수 있다. 그러나 우리는 그곳 한국 식당에 가서 비지찌개 정식을 자주 먹었다. 두부를 빼지 않은 비지라서 고소하고 배틀한 데다가 약간 얼큰한 김치를 넣어 비위가 싹 가라앉는 맛이 일품이었다. 초밥을 먹고 싶으면 메이시(Macy) 백화점 여성점 옆에 있는 스시 하우스로 갔다. 여기서는 일인분이 8개이고 더 먹으려면 추가 주문을 해야 했다. 가장 맛있는 것이 'yellow fin'이라고 쓰여 있는 황다랭이 참치인데 가격이 제일 비쌌다. 그 황다랭이 두어 조각씩 더 시켜 먹고 성에 차지 않아 입맛을 다시며 나오면서 우리는 아카풀코(Acapulco)에 갔을 때 배 타고 나가 잡은 70센티미터 정도의 황다랭이를 근처에 일식집이 없어서 결국 호텔 쿡에게 주고 온 것을 못내 아쉬워하곤 했다.

피셔맨스 워프에서는 당연히 해물 요리를 먹게 되어 있는데, 그곳에 가면 누구나 사 먹는 길거리 음식이 하나 있다. 부뎅(Budin)이라는 이름의 큰 빵집이 있는데 그 집에서 파는 클램 차우더다. 이 집에서 파는 빵은 조금 시큼한 맛이 나는 '사우어 도우'라는 것인데, 밑이 평평한 공같이 생긴 둥근 빵의 윗동을 따고 속을 파내어 흡사 주발같이 만들어(이것을 bread bowl이라고 부른다) 그 안에 뜨거운 클램 차우더를 넣어 주는 것이다. 이곳은 여름철에도 추울 때가 많아 이 음식이 사철 잘 팔린다. 좀 격식을 갖춰 먹으려면 동쪽 끝 보드워크 이층의 식당가로 간다. 우리는 넵튠스 팰리스(Neptune's Palace)라는 곳을 자주 갔는데, 그곳 창가에 앉아 일광욕을 즐기는 바다사자들을 내려다보며 해물 요리를 음미하는 한유한 식사를 즐기곤 했다. 식사 후 또 들러야 할 곳이 있다. 샌프란시스코는 기라델리(Ghiradelli) 초콜렛의 본산지다. 피셔맨스 워프에는 그 직영점이 있어 할인하여 파니 선물용으로 아니 살 수 없는 것이다.

그러나 내가 샌프란시스코에서 가장 즐긴 음식은 프라임 립(prime rib)이다. '더 하우스 오브 프라임 립'(The House of Prime Rib)이라는 이름의 이 유명한 프라임 립 전문점은 저녁에만 열고 예약해야만 갈 수 있다. 고기는 크기에 따라 네 등급이 있는데 나에게는 작기로 두 번째 것이면 충분하였다. 부식으로는 샐러드하고 시금치 삶은 것하고, 으깬 감자나 군 감자 중 택일인데 나는 언제나 군 감자를 택했다. 좋이 20센티미터는 됨직한 아이다호 감자를 길이로 쪼개고 거기에 사우어 크림과 베이컨 가루를 넣어 먹으면, 맛으로나 양으로나 주主요리로도 손색이 없다. 고기는 찜통 채 밀차로 밀고 와서 쿡이 직접 썰어 준다. 오래 쪄서 기름기는 다 빠지고 조직은 부드러워져서 씹으면 식감이 연하고 육즙이 풍부하여 미국 고기 맛의 정수를 맛본다 할 수 있다. 여기에 적포도주 한 잔을 곁들이면 내게는 더 바랄 것이 없는 성찬이었다. 이런 성찬을 10년 전에는 30여 불이면 즐길 수 있었다.

이상 개략적인 나의 샌프란시스코 유람기에서도 볼 수 있듯이 샌프란시스코는 볼거리, 즐길 거리도 많고 여러 가지로 갖출 것들을 갖추고 있어 좋은 도시로 발전할 가능성이 높은 도시였다. 그러나 놀랍게도 이런 기대와는 달리, 요즘 범죄가 넘쳐나는 범죄 도시로 전락하고 있다 한다. 대낮에도 도심에서 절도와 강도가 버젓이 행해지고 있어 주요 상점과 음식점들이 철수하는 현상이 심화되어 도심이 동공화, 황폐화하고 있다는 것이다. 마약 때문이란다. 시에서 마약 중독자 구제책을 냈으나 중독자 수가 너무 빨리 증가하여 시도 손을 들고 말았다는 것이다.

샌프란시스코 몰락의 원인은 그 유명한 1967년 히피의 대집회에 이미 배태돼 있었다고 볼 수 있다. 그 축제에 참가한 젊은이들이 거의 다 마리화나를 피웠고 그중 상당수가 환각을 일으키는 마약을 사용했던 것이다. 이런 행동은 그들의 바람대로 기존의 규범과 질서를 파괴는 했을망정 새로운 건설의 비전을 제시하지는 못했다. 대안의 제시 없는 파괴는 무의미한 것이다. 새로운 규범과 질서는 필연적으로 절제를 요구한다. 그러나 히피들은 쾌락만을 추구했을 뿐이다. 무절제한 쾌락의 추구는 더 큰 쾌락을 갈구하게 하고 그런 과도한 현상은 몸과 마음을 상하게 하여 결국 자기파괴에 이르고 만다.

요즘 종말론적이 현상들이 빈번히 일어나 걱정이 크다. 기후 변화에 의한 전 지구적 이변들, 잦은 지진과 산불, 화산 폭발, 미증유의 전염병 창궐 등이 지구의 종말, 또는 인류의 종말을 예고하는 것이 아닐까하는 우려를 자아내고 있다. 샌프란시스코의 문제도 이런 예후의 일환이 아닌가 우려되는 것이다. 샌프란시스코의 마약 중독자들은 미국 전역에서 모인 사람들이기 때문에 이 문제는 사실상 미국 전체의 문제인 것이다. 그런데 미국은 현재 거의 모든 면에서 세계를 선도하는 국가이기 때문에 다른 나라들이 그를 따라가고 있는 실정이다. 예컨대, 우리나라도 미국을 좇아 정치, 경제의 발전을 이룩하여 선진국 반열에 끼이고 난 후부터 이제는 도저히 마약 청정국이라고 칭할 수 없게 하루가 멀게 마약 사범 뉴스가 터져 나오고 있다. 심지어 북한에까지 마약 문제가 심각하다니 마약은 전 지구적 재앙이라 아니할 수 없다. 그래서 마약에 의한 샌프란시스코의 몰락을 보면서 내가 사랑하는 도시를 잃는 안타까움보다 인류문명 종말의 전조를 보는 것이 아닌가 하는 두려움이 앞서는 것이다. ※

(2023년 9월)

김재은

한계 인식
아직은 우리가 일본을 이긴 것이 아니다
우리는 전쟁 중에도 공부를 했다

한계 인식

1

세상에는 명언을 지어 사람들을 감동시키는 명사들이 많지만, 어디 그들의 말대로 세상이, 인생이 굴러가던가? "꿈을 가져라, 꿈은 이루어진다." 이 말은 반은 맞고 반은 틀린다. 왜냐하면, 헛된 꿈도 많기 때문이다. "사랑한다는 것은 사랑을 받느니보다 행복하나니라." 유치환의 유명한 시 구절이다. 일면 진실이고 일면 허사虛辭다. '사랑싸움'은 대개가 사랑을 못 받아서 일어나는 싸움이다.

"노력은 배신하지 않는다"는 맞는 말이다. 윤석열 대통령은 사법고시를 여덟 번 쳐서 떨어지고 아홉 번 만에 붙은 기록을 가지고 있고, 그 뚝심으로 대통령 자리에까지 올랐으니까. 나폴레옹이 "내 사전에는 불가능이라는 낱말이 없다"라고 큰소리쳤으나 1812년 러시아 원정에서 20만 명의 병력을 잃고 패배했으며, 1815년에는 워털루 전투에서 패배함으로 황제 자리에서 축출되어 세인트헬레나섬으로 유배당해 거기서 사망했다. "불가능도 있다"가 맞다.

종교인들이 인생 수양서를 많이 써 내고 있는데, 그 말을 따라 살려면 종교인이 돼야 가능한 것들이 많다. 그런 수양서가 제시하는 방향이야 옳지만, 그 방향에 맞춰 무언가를 실천에 옮기기란 부담스럽다.

승려 법정法頂이 쓴 수필집에 『무소유』가 있다. 시민들의 호응이 너무 좋아서 80-90쇄를 거듭한 명저다. 그의 이 무소유의 사상에 큰 영향을 받고, 성북동에 있는 시가時價 수천 억을 하는 음식점 대원각을 법정 스님에게 무상으로 기증하겠다고 전하니, 무소유를 주장한 스님이 개인 재산을 가질 수 없고 세금 문제도 있고 하니 조계종에 기증하고 세상을 떠난 소유자 김영한 여사의 스토리는 감동 그 자체다. 그가 언론에 그 어마어마한 재산을 아무런 연고 없는 법정 스님에게 기증하면서 한 말이 이렇다. "1천억(전 재산) 줘도, 이 시 한 줄만 못하다."

그녀는 20대 초에 백석과 연인 사이여서 작고 전까지도 북한에 억류되어 있던 백석을 그리워하면서 살았다고 한다. 법정 글 몇 페이지가 사람의 정신을 감동시키고 흔들었다. '무소유'라는 말의 위력이 느껴진다. 이 말은 본래 산스크리트의 'simatiga'라는 불교 용어로서, 가진 것이 없이 번외의 범위를 넘어서 모든 것이 존재하는 상태를 말하는데, 아무것도 없을 때에는 세계가 전부 내 것이 되는 경지다. 역설적인 개념인 것이다.

그러나 일본의 아베 수상을 저격한 청년은 자기 어머니가 아베 수상이 지원하는 통일교에 전 재산을 바침으로써 집안이 파산되었다고 여겨 수상 암살을 시도했다고 실토했다. 이 경우, '무소유'는 화를 불러들인 격이 되었다. 명언의 뒷면에는 이런 역설도 숨어 있다.

2

테레사 수녀(Mother Teresa)는 근 50년 동안 인도의 빈민촌에서 가난한 사람들, 부모 잃은 아이들을 돌보고 살려 내는 일을 하다가 세상을 떠난 가톨릭의 수녀 성자이며, 노벨 평화상을 받은 위인이다. 그 분은 가난과 질병으로 인간답지 못하게 사는 많은 사람들의 비참함을 보고는 "천주시여, 어디 계시나이까?"라고 울부짖었다 한다.

인도에는 아직도 옛 소국의 왕족 및 귀족들이 많이 남아 있고, 신흥 재벌들이 굉장히 많다. 그들의 생활을 보면, 지금도 수십 명의 하인을 거느리며, 수십 개의 방을 가진 대저택에 살고 있고, 금은보석과 고가의 승용차를 여러 대 소유하고 있다. 그런데 왜 이들이 인도의 이 빈민들을 구제하지 못하는가? 카스트 제도 때문이다. 법으로는 폐지되었다고 하나, 최하층 계급인 불가촉천민이 약 16%인데, 14억 인구 중 2억 2천만 명이나 되어, 아직은 해결의 실마리가 안 보인다. 가구의 19%는 화장실이 없다. 약 2억 6천만 명은 화장실 없이 산다. 이런 불공평이 어디 있는가? 신은 과연 공정한가? 테레사 수녀의 절규가 이해된다.

1815년 6월 18일, 벨기에 워털루 인근의 연합군을 지휘해서 나폴레옹 군대를 격파해서 승리하고 돌아온 웰링턴 장군을 영국 왕 조지 3세가 버킹엄 궁(Buckingham Palace)으로 초대해 만찬을 베풀었다. 이 자리에서 조지 3세가 웰링턴에게 식사 기도를 하라고 권했다. 이에 웰링턴이 "주님, 감사합니다. 세상에는 식욕이 있으나 음식이 없어서 못 먹는 사람이 있는가 하면 음식은 있는데 식욕이 없는 사람도 있는데, 오늘 저희들에게 음식과 식욕을 함께 주셔서 감사합니다. 아멘." 이렇게 기도했단다. 정말 감사해야 할 일이다.

세계 은행 보고에 의하면 전 세계의 인구 중 약 5억 명이 절대 빈곤층이고, 상층 20%(34억 명)가 전체 자원의 86%를 차지하고 있다고 했다. 이 절대 빈곤층이 주로 아프리카 지역에 몰려 있는데, 특히 영양실조로 사망하는 영아와 유아가 엄청나게 많다고 한다. 왜 세상은 이렇게 불공평한가? 유럽이 잘사는 건 300년 동안 아프리카를 식민지화해서 자원을 수탈했기 때문이다. 신은 이런 정경을 외면하고 있지나 않은지?

그런데 세상은 희한하게 돌아가고 있다. 하버드대를 나왔고 상원의원이었던 존 F. 케네디(John Fitzgerald Kennedy)는 젊은 나이에 미국의 제35대 대통령이 되었다. 1960년대의 세계의 정치 정세를 뒤바꿔 놓은 미국의 이 위대한 젊은 대통령은 그 시대의 히어로였다. 그러던 그가 재임한 지 2년 만에 암살되었다. 그리고 5년 후 법무장관을 지낸 그의 동생 로버트가 또 암살되었다. 그들의 막냇동생 에드워드 상원의원은 비서 시신 유기로 재판을 받았고, 케네디 대통령의 부인이었던 재클린은 그리스의 선박왕에게 시집을 가고, 아들 존 2세(존 F. 케네디 주니어)는 비행기 추락사고로 행방불명되었다. 그들의 누이 가운데 한 사람(로즈메리 케네디)은 지적장애자였다. 이런 상황으로 집안은 풍비박산되었다. 그들은 미국의 상위 1%에 해당되는 최상류층이었다. 그들의 부친은 주영대사를 지낸 외교관이었다. 이른바 명문 가정이다. 신은 한 가정에 모든 것을 허락하지 않는 것 아닐지? 영광도 잠시요, 시련은 계속되었다. 그러나 예외도 있다. 신의 심판의 그물은 촘촘해서 그걸 벗어나기는 어렵다는 말도 있다.

우리말에 오복五福이란 말이 있다. "그 집안 복 받았어," "복이 터졌어," "그 노인 복도 많지" 등의 말을 한다. 그 내용은 이렇다. 수명[壽], 재물과 경제[富], 건강[康寧], 유호덕攸好德(덕을 좋아하고 즐겨 행하는 것), 고종명考終命(제 명대로 살다가 편안히 죽는 것)이 오복인데, 여기에 한국인들의 경우 자녀들이 성공해서 잘 먹고 잘살고 부모에게 효도하는 것을 가장 큰 복으로 여긴다. 이것을 포함해서 육복六福이라고 할까? 이 육복을 자세히 들여다보면 서로 상충되는 측면이 있다. 이 오복 · 육복을 모두 갖추기란 불가능한 일이고, 이 중 두세 가지만 누려도 행복하다고 보아야 한다. 부자들 중에는 의외로 단명한 인사도 많고, 오래 살기는 해도 노후 보장 장치가 없거나 오랜 지병이 있으면 장수에도 문제가 된다.

부자들은 늘 재산 상속 문제로 세상을 시끄럽게 하고 법원 신세를 지곤 한다. 본인은 고종명을 하는데 배우자나 자녀를 앞세운 경우도 있고, 유호덕을 하려 해도 재물과 경제나 건강이 방해 요소가 되기도 한다. 그러니 이런 한계 속에서 오복, 육복을 모두 다 누리려면 그것은 과욕이고 불가능에 가깝다.

3

인간에게는 몇 가지 한계가 있다. 그것은 신의 영역에 속한다. 일정한 수명, 이것은 영원한 삶이란 없다는 것을 알려 준다. 즉, 시간은 신의 영역임을 말한다. 우리는 지구라는 공간에 갇혀 산다. 우주로 주거를 옮기려고 하나 아직은 실현 가능성이 없다.

인간이 부모를 선택할 수는 없다. 간혹 방송에서 "저는 엄격한 아버지를 두고 있었습니다." 이 말은 망발이다. 자식이 부모의 존재를 결정하는 것이 아님에도 자기가 아버지를 두었다? 불가능한 일이고 불손하다.

세상일이란 자기 뜻대로 안 된다. 뜻대로 돼도 큰일이다. 사회가 붕괴될 터이니까. 인간이 하고 싶은 일, 갖고 싶은 재물, 맺고 싶은 인간관계에서 뜻대로 안 되는 것이 정상이다. 예수도 뜻대로 안 된다고 아버지 하나님께 불평을 했다.

「마태복음」 26장 39절에 보면, 예수가 빌라도 법정에 서기 전날 제자들을 데리고 겟세마네 동산으로 올라가 이렇게 기도한다. "조금 나아가사 얼굴을 땅에 대시고 엎드려 기도하여 가라사대, 내 아버지여 만일 할 만하시거든 이 잔을 내게 지나가게 하옵소서. 그러나 나의 원대로 마옵시고 아버지의 원대로 하옵소서." 「마태복음」 27장 46절을 보면, 십자가에 매달려서 마지막으로 이렇게 말했다. "나의 하나님, 나의 하나님, 어찌하여 나를 버리셨나이까." 하나님의 아들이라는 예수도 극형에 처해진 것이다.

우리나라 젊은이들 중에 유럽에 나가 있는 축구 선수, 미국에 나가 있는 야구 선수들의 연봉이 어마어마하다. 3–5년 계약 기간 중 수백억 원의 돈을 받는다. 이런 걸 생각하고 열심히 준비하고 있는 선수들이 많다. 일확천금一攫千金을 꿈꾸기도 할 것이다. 그러나 그런 기회는 흔치 않다. 천재일우千載一遇의 기회로 보아야 한다. 또한 그렇게 번 돈을 잘못 투자해서 한꺼번에 날리는 일도 있다. 꿈을 좇는 일은 즐겁고 보람된 일이나 꿈이 반드시 이루어지지는 않는다. 헛된 꿈을 좇다가 세월을 다 보낸 사람도 허다하다.

미국 펜실베이니아대학 사회학 교수인 샘 리처드 교수가 강의 중 한국의 발전을 극구 칭찬하는 말을 했다. 이에 한 베트남 학생이 "교수님, 우리 베트남도 곧 한국을 따라잡을 것입니다"라고 질문 겸 대답을 했는데, 교수가 이렇게 말했다 한다. "베트남은 불가능해. 그 이유는 역사적 배경이 전혀 달라." 베트남의 발전에는 역사적 한계가 있다는 말이다.

인간의 한계 중에는 생리적 한계라는 것도 있다. 옛날에 어느 100미터 육상 선수가 달리다가 심장 파열로 사망한 적이 있고, 마라톤에서도 비슷한 일이 있었다. 지금 100미터 달리기 세계기록은 자메이카의 우사인 볼트가 2009년에 세운 9초 58이다. 아직 그 기록은 깨지지 않고 있다. 마라톤에서는 케냐의 엘리우드 킵초게가 2022년 베를린 대회에서 세운 2시간 01분 09초가 세계 기록으로, 2018년의 세계기록 2시간 01분 39초에서 4년 만에 30초를 앞당겼다. 그러니까 100미터는 9초 벽을, 마라톤은 2시간 01분 벽을 못 깨고 있는 것이다. 인간의 생리적 한계 때문이다.

프랑스의 유명한 한 패션모델은 살찔까 봐 두려워 거식증에 걸려 결국 30킬로그램 미만의 체중으로 사망했다. 우리가 복된 삶을 누리다가 고종명을 하려면 자기의 한계를 인식해야 한다. 과욕이 화를 부르는 예는 많다. 분수에 넘치는 돈, 명예, 지위가 부담이 되어서는 안 된다. 아무리 좋은 약도 과용은 생명을 단축시킬 수 있듯이, 수 · 부 · 건강 · 명예 · 지위는 자기 몸에 맞아야 약이 된다.

세상일이 뜻대로 안 된다고 한탄하거나 슬퍼할 필요가 없다. 뜻대로 되지도 않지만 되어서도 안 된다. 미국 대통령이 백악관에서 서류에 결재하면 그것이 정책이 되는데, 국제 관계에서는 대통령이 마음대로 할 수 있는 일은 15퍼센트에 불과하다고 한다. 대통령이 어디 자기 마음대로 의사 결정을 할 수 있는가?

분수에 맞게 사는 것, 자성自省하면서 사는 것, 과욕을 부리지 않으면서 사는 것이 복된 삶을 보장받는 길이다. 아리스토텔레스는 자기가 그리스인으로 태어난 것, 남자로 태어난 것, 그리고 노예가 아니고 자유인으로 태어난 것을 신에게 감사한다고 했다. 자기에게 지워진 한계가 곧 축복이라고 여기고 살면 그것이 곧 행복의 걸음길이 된다. '오를 수 없는 나무는 아예 쳐다보지도 마라'는 우리의 속담은 어떤 명언보다도 더 의미가 있다. ❊

아직은 우리가 일본을 이긴 것이 아니다

우리나라의 대형 서점이나 일본의 대형 서점에 가보면 일본인이 쓴 한국 관련 서적이 굉장히 많다. 반면에 한국인이 일본에 관해서 쓴 책은 찾아보기 힘들다. 재일동포 중에 가끔 저서를 낸 사람이 있다. 김소운 선생, 이진희 교수, 도쿄대 강상중 교수 등의 책이 눈에 띈다.

수년 전 일본에 가서 오사카예술대 학장 후카다 나오히코 선생과 3일간을 같이 지냈는데, 그분 말씀이 일본에는 한국 관련 스터디 그룹으로 잘 알려지고 인쇄물까지 출간하는 곳이 200개가 된다고 했다. 그중 한 그룹의 6명이 우리 집까지 찾아와서 내가 그들을 안내해 준 일까지 있다. 우리에게 과연 일본 스터디 그룹이 몇 개나 있을까? 조사를 안 해 봤지만 간혹 언론에 비친 정도로는 10여 개가 되지 않을까 싶다.

일본은 1920년대에 이미 서구에 합류했다. 상하이의 조차지租借地를 개척해서 미국, 영국, 프랑스 등 열강과 함께 중국에 진출해서 무형 문화를 전파하고 이에 필요한 정치를 했고, 1894-1895년 청일전쟁淸日戰爭을 일으키고 북경北京을 점령하여 전쟁에 승리하고, 1930년대에 만주사변을 일으켰다. 그리고 1941년에는 감히 미국에 전쟁을 걸고 4년 만에 원자폭탄 두 발을 받고 미국에 항복하는 패전국이 되었지만, 지금 G7에 들어가 있지 않은가?

근래에 케이-팝(K-pop), 케이-컬처(K-culture)의 세계적 확산, 클래식 음악계와 발레계의 세계적 성취로 인해, 어떤 유럽의 평론가가 논평했듯이, 콩쿠르 우승 성적만 보면 한국이 러시아, 미국, 일본을 제친 것으로 보인다. 하지만 듣기는 좋으나 나는 그런 논평에 감동하지는 않았다. 왜냐하면 우리는 이제 겨우 불펜에만 있다가 필드로 나오기 시작한 후보 선수와 같은 지위에 오르게 된 것에 불과하다고 보기 때문이다.

이진희 선생이 일본 이와나미[岩波] 출판사에서 낸 『일본의 조선 침략사』를 보면, 일본이 조선을 먹기 위해 준비한 몇 가지 숨겨진 정책이 있었다. 일본이 우선 조선의 힘을 무력화하기 위해 대한제국의 외교권을 박탈하려고 강제로 '을사보호조약'이라는 것을 1905년에 체결했다. 그리고 5년 후에 합병했다. 이 조약 이후 일본 정부는 승려를 가장한 측량 기사를 수십 명 한반도에 파견해서 쇠퇴해 가던 절을 조사한다는 명목으로 전국 지역을 측량했다. 그리고 동양척식주식회사를 1908년 법으로 규정해서 이를 설립했는데, 이는 한국과 대만의 토지 자원을 수탈하고 경제적 이권을 착취하기 위해서 만든 조직이다. 합병 후 바로 이 이른바 동양척식주식회사는 전국에 포고령을 내려 토지 소유자 조사에 나서서 등기가 없는 토지를 모두 몰수했다. 그리고 스스로 이에 대한 관리에 나섰다. 이로써 몇백 년 조상 대대로 물려받은 땅도 등기가 없다는 이유로 빼앗아 갔다. 그리고 재분배 형식으로 전 소유주를 소작으로 전락시켜서 수탈했다.

합병 후 17년째 되던 해인 1927년에 일본의 동양협회東洋協会와 조선총

독부가 같이 발간한 책 두 권이 주목을 끈다. 동양협회가 낸 책은 『조선 민족사고朝鮮民族私考』이고 총독부가 발간한 책은 『조선인朝鮮人의 사상思想과 성격性格』이다.

일본은 조선과 조선인을 효과적으로 다스리기 위해 오래전부터 미리 준비해 온 것이다. 단순히 총칼로 침략한 것이 아니다. 우리는 남북통일을 앞두고 어느 정도의 대비를 하고 있는지는 몰라도 일본은 우리보다 1세기 앞선 사고를 가지고 있었다. 그러니 우리가 한 20여 년 동안 뭐 좀 했다고 결코 우쭐해할 이유가 없다. 문화계는 문화계대로, 정부는 정부대로 적어도 앞으로 1세대 — 그러니까 30년 — 의 세월을 내다보고 미리 대비해야 할 것이다.

일본은 겉으로 보기에 어깨가 좀 처진 것 같으나 속내는 아직도 선진국 중에서도 선두에 있는 나라다. 유럽도 그것을 인정하고 있다. 그러나 우리는 아직 일본을 대신할 실질적 실력의 면에서는 크게 밀린다. 한 예를 들면, 세계적 교향악단의 순회 또는 초청 공연 횟수라든지, 세계적 미술가들의 초청 혹은 개인 전시의 횟수라든지, 세계적 팝 음악 가수들의 순회 공연 횟수를 비교하면 우리는 아무리 인구비를 따져서도 일본의 반의반도 못 미친다. 일본의 클래식 문화는 아직 건재하고 우리보다 몇십 년 앞서 있다는 점을 간과해서는 안 된다. 공연 문화뿐만 아니라 패션 문화, 음식 문화, 메이크업 문화 그리고 제조업, 군수 산업, 바이오 산업 등등의 면에서 아직은 우리가 뒤따라가는 형편이다.

일본은 100년 동안 쌓은 역사의 흔적이 많다. 한국의 한식 홍보팀이 유럽의 여기저기에 다니면서 학교나 경기 단체 등에 한식을 맛보이고 그 결과를 평가하는 내용의 TV 프로그램이 있었다. 이때 언젠가는 김밥을 선보였더니 아이들이 "이거 스시잖아" 하는 반응을 보였다고 한다. '스시'는 이제 국제화된 음식이다. 따라서 일본을 만만히 보아서는 안 되는 것이다.

앞에서도 말했듯이, 대형 연주 그룹이나 미술 작가들이 일본까지 와서 쇼를 한 다음 한국에는 안 들르고 돌아가는 경우가 많다. 그 이유는 경제적인 여유나 문화적 식견이 일본에 못 미친다고 생각하기 때문이다. 그것이 사실이다. 세계의 인식도 그렇고, 우리의 준비 태세도 그렇다. 속일 수 없는 사실이다. 일본은 GDP에서 아직 3위에 속하고, 군사력이나 정치력과 외교력에서 우리보다 훨씬 앞선다. 그러니 우리는 스스로 실력을 더 키워야 한다. 공연히 허세를 부리지 말고 좀 더 차분히, 철저히 분석하고 정확하게 계획을 진행해 나아가야 할 것이다. 아직은 나설 때로 보기에는 덜 성숙한 것 아닐지? 국력, 민도, 소프트 파워를 키우고 기르는 데 지혜를 모아야 한다.

새로운 소프트 파워로 세계 문화 시장에 도전하고 있고 그럴 수 있는 에너지가 많으나, 새로운 혁신을 위한 창의적 전략이 안 따라가면 일시적 잔치로 끝날 수 있는 것이 한류의 특성이다. ❊

우리는 전쟁 중에도 공부를 했다

유튜브를 보면 "한국 사람 미친 사람들이야"라든가 "한국인 독종이야" 라든가 "한국인 못 말려" 식으로 약간 까는 듯 칭찬하는 듯 우리나라 사람들에 대해 언급하는 내용의 글이 많이 올라오고 있다.

나는 '6 · 25 사변'과 우리나라 '대학 교육의 실상'에 대해 글을 쓰려고 한다. 이 글은 하나의 역사적 기록물이다. 픽션이 아니다. 김일성이 한반도 적화통일을 꿈꾸면서 일으킨 6 · 25전쟁으로 인해, 두 달 만에 낙동강까지 전선이 밀려 대구와 부산만 성하고 나머지 국토가 일시적으로 붉게 물들기도 했다. 피와 붉은 깃발로.

대구와 부산으로 밀렸다가 3개월 만에 수복했다가 3개월 후 중공군의 개입으로 다시 피난길에 올랐으나 전투는 38선을 중심으로 치열하게 전개되고 2년 후 휴전을 하게 되었다. 그사이에도 남으로 피난 간 국민들이 지방 학교에 편입하거나 판자로 임시 교사를 만든 학교에서 공부했다. 당시 우리 집안은 대구로 피난을 갔었는데, 대구 외곽의 다부원에서 치열한 전투가 벌어지고 포성이 대구 시내를 울리고 있는 와중이었다.

그때 부산으로 피난 간 문교부는 '전시 연합 대학'을 운영했다.

서울대 학생들은 지방의 어느 국립대학에서 공부해도 학점을 인정해 주었다. 그래서 나는 경북대학교에서 1년간 공부하고 학점을 받았다. 여기서 나는 훌륭한 교수님들을 만났다.

양주동 선생님께서 담당하시는 '교양 국어'를 두 학기에 걸쳐 수강했다. 교재는 등사판으로 찍은 것이었다. "너희들 내가 누군지 알지? 내가 한국의 3대 천재야. 최남선, 이광수, 그리고 나." 선생님의 강의 열정은 대단했다. 전시니까 대충대충 해도 이해해 주는 상황인데도 선생님께서는 열정적으로 강의를 하셨던 것이다. 이광수의 「금강 기행」이란 글을 다룰 때에는 거의 감동에 겨워 춤을 추듯이 강의를 하셨다.

양주동 선생님께서는 대구서 영어 학원을 운영해서 거액을 모으시기도 했다. 가마니로 돈을 운반했을 정도라고 했다. 서울에 수복한 후에도 영어 학원을 운영해서 부자가 되셨는데, 동국대 출신의 제자 가운데 누군가가 급전이 필요해서 선생님께 돈을 꾸어 달라고 찾아왔기에 함께 은행에 가서 서류를 내고 기다리는 중이었다고 한다. 현금이 결제되었다고 은행원이 알리자 제자가 대기 중이던 선생님께 알리러 갔는데, 선생님은 소파에 앉은 채로 이미 숨을 거두셨다고 한다.

도쿄제국대학에서 교육학을 전공한 김위석 선생님은 올백 머리를 한 미남이셨는데, 옛 선비의 풍모를 지니고 계셨다. 그분은 음성의 고저가 없이 같은 톤으로 강의를 했는데, 강의가 좀 지루했다. 그때 '교양 영어'는 대구 동촌 비행장에서 근무하는 미국인 장교가 한 학기를 강의했다. 미군 부대에서 운영하는 메릴랜드주립대학(University of Maryland, College Park)의 분교 산하의 기관에서 강의를 하던 교관이었다.

1년 후 부산으로 내려가서 서대신동 구덕산 기슭에 세워진 서울대학교 판자 가교사에서 공부하게 되었다. 그때 교수님들의 면모를 보면 모두 쟁쟁한 분들이었다.

임석재 선생님은 경성제대에서 심리학과 민속학을 공부하신 분인데, 나는 그분의 '사회심리학'과 '민속학 개론' 강의를 수강했다. 그분은 강의 노트의 내용을 구술하셨고, 학생들은 열심히 이를 받아 노트에 적었다. 한 학기 동안 사회심리학 강의를 수강할 때 부산 대청동의 서점가에서 일본 도쿄대학의 사회심리학자 미나미 히로시 교수의 책 『사회심리학』을 샀다. 펼쳐보니 임석재 교수님 강의록의 원본이었다. 이를 알고 아연했던 것도 사실이다. "아! 그랬었구나!" 좀 근엄하셨던 분임에도 『창작 동요집』을 내셔서, 제자들이 출판기념회를 열어 드리기도 했다. 95세수를 하셨고, 『한국 구전 설화』 등 많은 저서를 남겼다.

경성제대 철학부에서 교육학을 공부하신 한제영 선생님은 좀 엄격한 분이셨고, '교육사'를 강의하셨다. 윤태림 선생님께서는 경성제대 법문학부에서 법학을 공부하시고 젊어서 고등문관 고시에 합격해서 군수까지 지내셨는데 철학부에 다시 들어가 심리학을 공부하신 분이자, 한국인의 성격 연구로 박사 학위를 취득하신 분이다. 숙명여대와 경남대학의 총장을 지내시기도 했는데, 경성제대에 다니실 때 오케스트라에서 바이올린을 연주하시기도 했다. 나는 선생님께서 경남대학 총장을 역임하시던 시절 주변 마산의 호텔에서 점심을 얻어먹은 적이 있다. 온화한 성품의 선생님께서는 제자들을 무척 아끼셨다.

김계숙 선생님은 일본 교토대학에서 철학을 공부하신 분으로, 일본 역도산力道山의 삼촌이기도 하다. 그분의 강의를 통해 나는 '서양 철학사'를 공부했다.

김기석 선생님은 일본 릿쿄대학에서 철학을 공부하신 분이고, 그분을 통해 나는 '교육철학'을 공부했다. 그분의 아들로는 김선양이라고 하는 나의 직계 후배가 있었는데, 그는 인천교대 교수를 지낸 사람이다.

김성근 선생님은 일본 와세다대학을 나오신 분으로, 나는 그분을 통해 '서양 근대사'를 배웠다. 김형규 선생님은 경성제대에서 국문학을 공부하신 분으로, 나는 그분이 강의하시던 '조선 서지학'을 수강했다.

정범모 선생님은 나의 대학 5년 선배로서 미국 일리노이대학에서 심리학을 공부하고, 시카고대학에서 블룸 박사의 지도 아래 교육심리학으로 박사 학위를 취득하고 우리를 가르치셨다. 해방 후 서울대 출신 1호 교수이셨던 정범모 선생님은 '교육통계,' '교육평가,' '교육과정' 등의 강의을 통해 우리를 가르치셨다. 나는 정범모 선생님의 1대 제자로, 대학 3학년 2학기부터 대학원 졸업할 때까지 그분의 조교로 일했다.

정범모 선생임의 부인이신 주정일 선생님으로부터 '아동발달'과 '아동복지'를 공부하기도 했는데, 그분은 서울대 가정학과를 나와서 테네시주립대학에서 박사 학위를 취득한 분이다. 서울대와 숙명여대에서 강의를 하셨던 주정일 선생님은 우리나라에 최초로 '아동복지학'을 도입하신 분으로 기억되어야 할 것이다.

나는 역사학을 부전공으로 택하였기 때문에, 고고학 공부도 했다. '한국 고고학'을 강의하시던 김원룡 선생님은 경성제대 마지막 졸업생이자 서울대학 1회 졸업생이며 이와 동시에 뉴욕대학에서 박사 학위를 취득한 고고학 박사 1호이기도 하다. 나는 그런 김원룡 선생님의 강의 '한국 고고학 1, 2'를 두 학기에 걸쳐 수강하였다.

심리학 쪽에서는 경성제대 철학부에서 심리학을 공부한 이진숙 선생님의 강의를 통해 '실험심리학'을 공부했는데, 그분은 제자들에게 A학점을 절대로 안 주셨다. 그 때문에 제자들이 미국 유학을 가는 데 장애가 되기도 했다. 아마도 그 때문인지, 작고하시기 전 제자들에게 유언으로 "너희들은 교수가 되거든 학점 잘 줘라"라는 말씀을 남기시기도 했다.

경성제대 철학부에서 심리학을 공부하신 이의철 선생님으로부터는 '동물심리학'과 '심리학사'를 공부했다. 그분의 부인은 이화여대 영문학과에서 드라마를 가르치시던 김갑순 교수다.

서울대학교 심리학과 1회 졸업생 정향윤 선생님은 해방 후 1세대 심리학자로, '생리심리학'을 가르치셨다. 함경도 출신인 선생님께서는 억양이 센 함경도 사투리를 쓰시곤 했었다. 일본 메이지대학에서 심리학을 공부하신 장병림 선생님은 '범죄심리학'을 가르치셨으며, 그는 서울시 경찰국의 자문 교수를 오래 하신 분이기도 하다.

서울대 교수 외에 외부 강사들에게도 많은 배움을 기회를 얻었다. 나는 제2외국어로 불어를 택했는데, 일본 호세이대학을 나온 손우성 선생님의 지도로 '초급불어'와 '중급불어'를 배웠다. 선생님께서는 문장을 암기하는 것으로 기말시험을 대신하고 했던 것이 기억에 남아 있다. 그 아드님 손석린 교수는 이화여대 불문과 교수로 재직하게 되어, 나와 20여 년 가까이 같이 한 직장에서 근무하는 동료로 지냈다. 독일어 강의는 선택으로 수강했다. 독일인 강사 아이젠슈타트(Eisenstadt) 선생님의 강의를 두 학기 동안 수강했는데, 주로 회화 지도를 받았다.

캐나다 토론토대학을 졸업하신 엄요섭 목사님은 '사회학'과 '교회와 사회'를 제목으로 강의하셨는데, 나는 그분이 발행하는 월간 잡지 『교회와 사회』에 투고해서 글을 처음 세상에 선보이는 기회를 갖기도 했다. 이것이 나의 글쓰기의 최초의 경험이라고 할 수 있겠다. 제목은 「이 시대의 젊은이들의 고뇌」였다. 그런 일이 있고 40년 후, 엄 목사님이 80줄에 들어섰을 때 50대의 지적장애자 아들을 보라매공원 안에 있는 서울시

장애자복지관에 데리고 와서 교육 · 훈련과 운동을 시키는 것을 목격하고 감동을 받았던 것도 어제 일 같다.

당시에는 '연희대'였던 오늘날의 '연세대'의 교수로 재직하시던 김은우 선생님의 지도로 '학교와 지역사회,' '영어 강독'이라는 제목의 강의를 수강하기도 했는데, 그분은 연희전문과 미국 컬럼비아대학에서 공부하신 분이다. 그분의 아들 김인회 씨는 나중에 연세대와 이화여대 교수를 역임했다. 부산 피난 시절 김인회 씨는 배재중 학생이었는데, 1960년 내가 연세대에 강사로 있을 때 연세대 교육학과 학생으로서 나의 강의를 수강하였기에 이에 따른 각별한 인연이 있다. 내가 대학 4학년 학생이던 시절 2학기 때 미국 교육 사절단이 와 있었는데, 그들 중 한 사람인 맥홀랜드(MacHolland) 박사님께서 강의하시던 '정신위생'이라는 과목을 처음 수강했던 일과 켈시(Kelsey) 박사님께서 강의하시던 '심리검사'라는 강의를 수강했던 일도 또렷이 기억에 남아 있다.

*　　*　　*

이것이 나의 대학 학업 수행 과정의 대강이다. 전시 중이었으니까 교수들은 두 대학의 전임을 할 수 있어서 강의가 부실했고, 강의가 끝나면 다른 대학에 가기가 바빴다. 어떤 교수나 강사는 한 학기 16주 중 대여섯 번 출강하고는 리포트로 성적을 주었다. 어떤 강사는 학기 첫 시간에 참고서 소개하고, 다음 시간에 서론 소개하고 다시 안 나오기도 했다. 우리는 전쟁 중에도 공부는 학생들이 자발적으로 주도적으로 했고, 학습 활동은 중단 없이 계속되었다.

텍스트가 귀한 시절 미군 부대의 메릴랜드주립대 한국 분교에서 흘러

나온 EM판(Educational Manual Edition)을 구해서 등사판으로 긁어서 동료 학생들끼리 나누어 보면서 스터디 그룹 활동을 한 것이 큰 소득이었다. 그때 사용한 텍스트인 *Psychology and Life*의 1977년 판을 나는 아직도 간직하고 있다. 우리가 부산에서 사용했던 텍스트는 1948년 초판으로 2, 3년마다 개정판을 냈는데, 우리가 스터디 그룹에서 사용한 것이 1948년 초판이었다. 70년 전의 일이다. 우리는 공부하는 데는 이력이 나 있었다. 지금 그 성과가 초고속 성장을 이룬 우리나라가 발전하는 데 밑거름이 된 것이다. 당시 교수진들도 쟁쟁한 분들이었다. 학문적 배경은 괜찮은 분들이셨다. 거의 제국대학 출신의 수재들이셨으니까. ※

김학주

일을 하면서
군자의 올바른 행실
우리나라의 나라 이름에 대하여

일을 하면서

사람이 산다는 것은 일을 하는 것이다. 따라서 일은 인간 생활의 중심을 이루고 있다. 아무 일도 하지 않는다면 살고 있을 까닭이 없을지도 모른다. 그러니 사람의 삶의 뜻은 그가 하는 일에 의하여 좌우된다고도 할 수 있다. 때문에 사람은 자기가 해야 할 가장 값진 일을 찾아야 하고, 가장 뜻있는 일을 추구해야 한다. 그것은 자기 삶의 목표를 세우는 것과도 통한다. 그래서 옛날부터 훌륭한 선생님들은 아이들에게 공부를 하라고 권할 적에도 먼저 공부할 뜻을 세우라고 가르쳐 왔다. 조선시대 율곡栗谷 이이李珥가 아이들에게 공부하는 요령을 가르쳐 주기 위하여 쓴 『격몽요결擊蒙要訣』을 보아도 첫째 장이 「입지立志」다. 무엇보다도 먼저 공부하려는 젊은 사람은 '공부하려는 뜻을 먼저 세워야 한다'고 가르치고 있다. 학생이라면 공부하는 것뿐만이 아니라 지금보다 더 위의 학교로 진학을 하고 학교를 졸업한 뒤 하고자 하는 일을 정해야 할 것이다. 이것이 공부하려는 사람이 먼저 뜻을 세우는 것이다. 먼저 공부하려는 사람의 뜻이 올바로 서야 공부가 제대로 되기 때문이다. 율곡 선생은 젊은이들에게 공부하는 방법을 가르치면서 앞으로 올바로 살아갈 수 있는 길까지도 계시啓示하고 있는 셈이다. 공부하려는 뜻을 세울 뿐만이 아니라, 공부를 한 뒤 무슨 일을 하게 되거나 먼저 그 일을 하겠다는 뜻을 세워야 한다는 것이다.

우리가 매우 작고 간단한 일을 한다 하더라도 우리에게는 그 일을 하는 목적이 있다. 그리고 그중에는 우리 뜻대로 되지 않는 많은 일들도 있다. 그래도 일에 열중하게 되면, 늙어서 죽을 날이 얼마 남지 않았다 하더라도 밥 먹는 일도 잊고 자기가 늙었다는 것도 의식하지 않고 살아가게 된다. 『논어論語』를 보면 공자孔子는 만년에 자기 성격에 대하여 이렇게 말하고 있다.

> 일을 하느라 분발하여 밥 먹는 것도 잊고, 즐거움에 걱정도 잊으며, 늙음이 닥쳐온다는 것도 모르고 지낸다.
>
> 發憤忘食, 樂而忘憂, 不知老之將至.

우리는 무언가를 이루려고 살고 있고 또 노력하고 있다. 그리고 일은 그 일을 이루기 위하여 한다. 어찌 보면, 이루지 못한 일은 아무런 가치도 없는 것으로 여겨질 수도 있다. 그러나 우리가 추구하는 일 중에는 사람의 힘으로는 이룩하기 어려운 것들도 많다. 공자께서 “분발하여 밥 먹는 것도 잊고” 추구하던 일도 먼저 공부를 하고 모든 사람들을 어질[仁]고 의義롭고 예禮를 지키며 올바로 살아가도록 가르치고 온 세계를 평화롭게 이끄는 것이었을 것이다. 이러한 공자의 목표는 아무리 유능한 사람이 나와 죽을 때까지 온 힘을 다 기울인다 하더라도 절대로 완전하게 다 이룩할 수가 없는 일이다. 그러나 공자는 일생을 걸고 그 일을 즐기면서 자신이 늙어가고 있다는 것도 잊은 채 추구하였다.

우리가 값지다고 생각하고 있는 많은 일들 중에는 실은 이루기 어려운 것들이 적지 않다. 보기를 들면, 남을 사랑하는 일만 해도 그렇다. 이상적으로 '사랑'이란 원수도 사랑하고 이웃의 모든 사람을 사랑해야 하는 덕목이다. 그러나 실제로 원수를 사랑하기는 무척 어려운 일이고, 이웃 사람들을 모두 사랑한다는 것도 가능하지 않은 일이다. 심지어 자기가 진심으로 사랑하는 어느 한 사람이 있다고 해도 만족스럽게 충분히 그를 사랑해 준다는 것은 쉽지 않은 일이다. 우리는 많은 일을 하고 있지만 정말로 만족스럽게 그 일을 완성시켜 놓는 경우는 매우 드물다. 그러니 일이란 그 일을 목표대로 완성시키는 것도 중요하지만, 그 일을 하고 있는 과정이 더 중요한지 모른다. 곧 그 일을 왜 어떻게 추구하고 있느냐가 더 중요할 것이다. 원수도 사랑하기 어렵고 이웃도 사랑하기 쉽지 않다. 그러나 제대로 사랑을 못 하더라도 그러한 사랑을 하려는 자세나 마음가짐을 갖고 있는 것이 더 중요한 것이다. 세상의 모든 사람들을 행복하게 살도록 해 줄 수는 없다. 보다 부유하게 살도록 해 주기도 힘들다. 그러나 그런 목표 아래 꾸준히 그런 목표를 위하여 애쓰는 사람은 훌륭하다. 공자 같은 분은 그런 목표를 위하여 자기 일생을 바쳤기 때문에 우리는 그 분을 성인이라 우러르고 있다.

『순자荀子』의 「자도子道」에는 다음과 같은 공자의 말이 인용되고 있다.

> 군자는 자기가 바라는 것을 얻지 못하였을 적에는 그가 얻으려고 하는 뜻을 즐기고, 바라는 것을 얻은 다음에는 또 그것을 다스리는 일을 즐긴다.
>
> 君子, 其未得也, 則樂其意. 旣已得之, 又樂其治.

곧 군자라면 자기가 일할 뜻을 세우고 그 뜻을 추구하면서 또 자기가 추구하는 뜻을 즐기면서 살아가라는 것이다. 그리고 자기 뜻대로 그 일이 이루어졌을 적에는 그 이루어진 일을 유지하거나 처리하는 일을 즐기라는 것이다. 그렇게 하자면 물론 우리는 먼저 우리가 할 일을 잘 선택해야 할 것이다. 공자는 일이 이루어진 뒤의 일까지도 가르치고 있지마는, 먼저 우리는 적어도 일을 하는 몸가짐만은 잘 배워야 할 것이다. ❊

(2017년 3월 1일)

군자의 올바른 행실

『논어論語』「술이述而」편을 보면 공자가 군자君子의 올바른 행실에 대하여 한 마디로 다음과 같이 가르치고 있다.

> 도에 뜻을 두고, 덕을 꼭 지키고, 인에 의지하고, 예에 노닐어야 한다.
>
> 志於道, 據於德, 依於仁, 游於藝.

사람에게 가장 중요한 것이 '도'와 '덕'과 '인'과 '예'의 네 가지라는 것이다. 꼭 사람들이 마음에 새겨두고 살아가야 할 말이라고 생각된다. 이것은 이 세상에서 사람들에게 가장 중요한 교훈이 되는 말이기 때문에, 이 공자의 말뜻을 좀 더 철저히 추구해 보고자 하는 의욕이 솟았다. 먼저 '도'와 '덕'과 '인'과 '예'란 어떤 뜻을 지닌 말인가 알아 보고, 그것을 사람들이 어떻게 다루어야 하는가를 밝히기로 하자.

'도'는 보통 '길'의 뜻으로 쓰이고 있지만, 여기에서는 사람들이 살아가면서 꼭 지켜야 할 올바른 '도리道理' 또는 '규율規律'이다. 道라는 글자는 首수 자와 辶착 자가 합쳐져 이루어진 글자다. 글자의 본뜻에 대하여는 여러 가지 해설이 있다. 그러나 首는 사람의 '머리' 또는 '으뜸가는 것'이나 '가장 중요한 것' 등을 뜻하는 글자다. 그리고 辶은 辵이 본 글자인데, '사람이 움직이어 어디론가 가는 것' 또는 '행동하는 것'을 뜻하는 글자로 보는 것이 가장 무난할 것이다. 따라서 道의 본뜻은 '사람이 움직이어 어디론가 갈 때의 가장 중요한 방향' 또는 '사람이 행동할 적의 가장 올바른 길'을 뜻하는 글자다. 그것은 바로 '사람의 도리' 또는 '사람이 살아가는 규율'이라는 말로 풀이될 수 있음을 뜻한다. 그러기에 『논어』「안연顔淵」편을 보면 공자는 "아침에 도에 대하여 들어 알게 된다면 저녁에 죽어도 좋다"(朝聞道, 夕死可矣)라고까지 말하고 있는 것이다. 성인 공자도 '사람의 도리'에 대하여 완전히 알지 못하고 있었던 것이다. 그처럼 '도'는 완전히 파악하기가 쉽지 않은 것이다. 노자老子와 장자莊子가 대표하는 도가道家에서 중시하는 '도'는 사람뿐만이 아니라 우주만물宇宙萬物을 생성케 하고 존재케 하는 '절대적인 원리'를 뜻하는 것이다. '도'의 뜻을 이해하고자 할 때 도가에서 중시하는 '도'의 뜻과 잘 분별하여야 할 것이다.

'도'란 위대한 성인조차도 완전히 알고 그대로 실천할 수는 없는 것이다. 같은 일이라 하더라도 때와 장소 그리고 환경에 따라 최선의 길은 언제나 달라지고 있기 때문이다. 사람들은 '도'를 언제나 정확히 파악하고 '도'를 그대로 실천할 수가 없는 것이다. 그렇다고 '도'를 내팽개쳐서는 안 된다. 공자가 "도에 뜻을 두라"(志於道)고 한 것도 그 때문이다. 志자는 본시 '간다'는 뜻의 之지 자와 마음을 뜻하는 心심 자가 합쳐져 이루어진 글자다. 본시 사람의 '마음이 가는 것' 곧 '마음의 향방'이란 개념을 살려 사람들 마음속의 '뜻'을 가리키는 글자로 쓰이게 된 것이다. 『논어』「위정爲政」편에서도 공자는 "나는 열다섯 살에 학문에 뜻을 두었다"(吾十有五而志於學)고 말하고 있다. "도"는 올바로 알고 그대로 실천하기 어려운 일이지만, 사람은 언제나 '도'를 추구하며 '도'를 따라 살겠다는 뜻을 지니고 있어야 한다는 것이다.

다음의 '덕'이라는 글자는 도덕道德이란 경우처럼 '도'와 합쳐져 흔히 쓰이고 있다. 그러나 '도'는 사람 없이도 존재하는 올바른 도리나 규율 같은 것이지만, '덕'은 그 '도'가 사람을 통하여 발휘되어 생겨나는 덕목德目이다. 곧 인仁, 의義, 예禮, 지知, 신信 같은 종류의 것이다. 德덕이라는 글자는 彳척 자와 悳덕 자가 합쳐져 이루어진 것이다. 悳은 悳덕으로도 쓰는데, 直직 자와 心심 자가 합쳐진 것으로, "곧은 마음"을 가지고 행동한다는 뜻으로 옛날에는 德덕 자와 같이 쓰였다. 彳척은 본시 사람의 행동을 뜻하는 行행과 같은 뜻을 지닌 글자다. 그러니 '덕' 자는 '곧은 마음을 지니고 행동하는 것'을 뜻하는 글자였다. 『논어』「안연」편에서 공자는 '덕을 숭상하는 것'(崇德)은 "충실과 신의를 위주로 하고 의로움으로 나아가는 것"(主忠信, 徙義)이라고 말하고 있다. 때문에 뒤에 사람들이 사는 세상에서의 도리를 강조하기 위하여 '도'와 '덕'을 합쳐 '도덕'이란 말을 쓰게 되었을 것이다. 그러기에 공자는 "덕을 꼭 지키라"(據於德)고 가르친 것이다.

據거 자는 扌수 자와 豦거 자가 합쳐져 이루어진 것이다. 허신許愼(58?–147?)의 『설문해자說文解字』에서는 "몽둥이를 굳게 잡고 있는 것을 뜻한다"(杖持)로 풀이하고 있다. 그러나 扌수는 手수와 같은 사람의 손을 뜻하는 글자이고, 豦거는 다시 虍호 자와 豕시 자가 합쳐져 이루어진 글자인데 虍호는 虎호와 같은 '호랑이'를 뜻하는 글자이고 豕시는 멧돼지다. 따라서 據거의 뜻은 "사람의 손으로 호랑이나 멧돼지처럼 힘세게 잡고 버티는 것"을 뜻한다. 따라서 앞머리에 "덕을 꼭 지키고"라고 옮긴 "거어덕"(據於德)은 사람이라면 무슨 일을 하거나 누구와 어디에 있거나 언제나 '도'를 바탕으로 하여 이루어지는 '덕'을 실현하려는 뜻을 굳게 지니고 있어야만 한다는 것이다. 보기를 들면, 사람들을 상대할 적에는 언제나 상대방을 위해 주고 사랑하려는 마음을 지니고 인仁의 덕을 실현하도록 노력하여야 한다. 세상에서 활동을 할 적에는 언제나 바르게 행동하며 올바르게 일을 처리하여 의義의 덕을 실현하도록 노력하여야 한다. 사람들은 사람마다 성격도 다르고 능력이나 취향도 다르고 살고 있는 환경이나 직업도 모두 다르기 때문에, 완전한 덕을 언제나 실현할 수는 없다. 그러나 언제나 '덕'을 추구하여 꼭 지키려는 마음을 지녀야만 한다는 것이다.

'인'은 공자의 윤리사상을 대표하는 덕목德目이라고 할 수 있다. 때문에 『논어』에는 '인'의 덕을 강조한 대목이 도처에 보인다. 심지어 「위령공衛靈公」편을 보면 공자는 "뜻을 올바로 지닌 '인한 사람'은 삶을 추구하기 위하여 '인'을 해치는 일은 없고, 자신을 죽여서라도 '인'을 이룩한다"(志士仁人, 無求生而害仁, 有殺身以成仁)고까지 강조하고 있다. 仁인 자는 人인 자와 二이 자가 합쳐져 이루어진 글자이다. 곧 '두 사람' 이상의 원만한 관계를 뜻하는 글자다. 『논어』「안연」편을 보면 공자에게 한 제자가 '인'의 뜻을 묻자 스승은 바로 "사람을 사랑하는 것"(愛人)이라 대답하고 있다. 이를 근거로 당唐대의 한유韓愈(768-824)가 「원도原道」라는 글에서 "널리 사랑하는 것을 바로 '인'"(博愛之謂仁)이라 말한다. 그 뒤로 세상 사람들은 흔히 인애仁愛라는 말을 많이 쓰게 되었다. 때문에 기독교적인 '사랑'과는 완전히 같을 수가 없는 말이지만 그것에 가까운 말임에는 틀림이 없다. 자기 못지않게 남을 위하고 도와주고 아껴주는 것이 '인'이다. 인덕仁德이라는 말을 쓸 정도로 '덕'을 대표하는 덕목이 '인'이다. 군자君子는 무엇보다도 '인'해야 되기 때문에, 곧 남을 사랑하고 위하는 사람이어야 하기 때문에 여기에서 '도'와 '덕'에 이어 '인'을 논하고 있는 것이다.

공자는 군자의 행실을 논하면서 "인에 의지하라"(依於仁)고 하였다. 이 말의 依의 자는 흔히 의지依支하다 또는 의뢰依賴하다의 뜻으로 쓰인다. 그런데 依의 자는 人인 자와 '옷'의 뜻을 지닌 衣의 자가 합쳐져 이루어진 것인데, 보통 衣의는 이 글자의 읽는 음을 나타내고 있다고들 풀이하고 있다. 그러나 '의' 자는 이 글자의 읽는 음을 나타내고 있을 뿐만이 아니라 뜻도 나타내고 있다. 곧 '사람'들이 몸에 '옷'을 걸치고 지내듯이 사람이라면 언제나 자기 몸에 지니고 있어야 할 것을 뜻한다. 따라서 사람들이 지켜야만 할 덕목에는 여러 가지가 있지만 '인'이라는 덕만은 언제나 몸에 지니고 있어야 한다는 뜻에서 공자는 "의어인"(依於仁)이라 말하고 있는 것이다. 남을 사랑하고 남을 위하는 '인'은 여러 가지 덕목 중에서도 가장 소중한 것이기 때문이다.

끝으로 '藝예'는 『주례周禮』 「지관地官」 보씨保氏에 보이는 서주西周시대 학교에서 가르치던 교육과목인 육예六藝를 말한다. '육예'란 곧 예禮, 악樂, 사射, 어御, 서書, 수數의 여섯 가지 과목이다. 예禮란 곧 예의禮儀의 뜻으로 사람들이 세상을 살아가면서 꼭 지켜야 할 도덕규범道德規範 및 여러 가지 예의제도禮儀制度를 말한다. 악樂은 곧 음악과 시가詩歌, 무용을 말한다. 주나라 사람들은 '예'로서 사람들의 행동과 사람들 사이의 관계를 바로잡고, '악'으로서 사람들의 마음과 감정을 깨끗이 지니도록 하려 하였다. 이처럼 '예'와 '악'은 단순한 예의와 음악에 한정되지 않고 매우 넓은 뜻으로 쓰였다. 그리고 옛날의 교육과목 중에서도 가장 중요한 것이었다. 사射는 본뜻이 '활쏘기'다. 그러나 여기의 '사'는 활쏘기에만 국한되지 않고 여러 가지 운동 곧 스포츠와 검술劍術 같은 무예武藝까지도 포함하고 있다. 어御는 '수레몰이'의 뜻이다. 중국은 나라 땅이 무척 넓어서 옛날부터 가장 중요한 교통수단이 말이 끄는 수레였다. 나라의 군대의 중심 세력도 전차부대戰車部隊였다. 때문에 여러 나라가 갖고 있는 수레의 수는 바로 나라의 세력을 표시하기도 하였다. 일반적으로 천자天子는 만 대의 수레 곧 만승萬乘을 지니고 있어서, 만승천자萬乘天子라고 불렀다. 그 밑의 제후諸侯들은 천 대의 수레 곧 천승千乘을 갖고 있었고, 대부大夫는 백승百乘의 수레를 보유하고 있었다. 가장 대표적인 수레는 복마服馬 두 마리와 참마驂馬 두 마리를 합쳐 네 마리의 말이 함께 한 대를 끄는 수레였다. 물론 그 밖에도 여러 종류의 수레가 있었다. 때문에 '수레몰이'의 기술은 군자라면 반드시 갖추어야 할 기능이었다. 서書는 글씨쓰기 곧 서예書藝다. 한자를 상용해 온 중국에서는 지금까지도 글씨쓰기는 중요한 공부 과목 중의 하나다. 그러나 '서'도 다만 글씨쓰기에만 한정되지 않고 글씨로 쓰여 있는 책을 중심으로 하는 모든 공부를 지시한다. 수數는 셈하기 곧 산수算數다. 그러나 여기에서도 '수'는 산수뿐만이 아니라 숫자와 관계되는 과학科學을 비롯한 여러 가지 공부를 지시한다. 그러므로 육예는 여섯 가지라 하였지만 기본적으로는 현대 초등학교에서 대학에 이르는 여러 학교에서 가르치는 학과목 전체가 그 속에 포함된다고 할 수 있다.

앞머리에서 공자의 가르침인 "유어예"(游於藝)를 "예에 노닐어야 한다"고 옮겼다. 유游는 遊유로도 쓰고 일반적으로 '노는 것' 또는 '노니는 것'을 뜻하는 말로 쓰이기 때문에 '노닐어야 한다'고 옮겼던 것이다. 그런데 游유 자는 물을 뜻하는 氵수 곧 水수와 같은 자와 '깃발'을 뜻하는 斿유 자가 합쳐져 이루어진 것이다. 여기에서 氵수는 연못이나 호수의 물처럼 언제나 바람결을 따라 잠시도 쉬지 않고 물결치고 있는 물이다. 따라서

"유어예"(游於藝)는 군자라면 일을 하는 여가에는 조금도 쉬지 않고 물결치고 있는 물처럼 언제나 학교에서 가르치고 있는 학과목인 육예六藝 중의 한 가지를 접하고 있어야 한다는 것이다. 斿유는 游유 자의 읽는 음을 나타내고 있다고 하지만, 깃발도 언제나 바람결을 따라 한 편으로 펄럭이고 있기 때문에 역시 氵수 자를 도와 '언제나 쉬지 않고 꾸준히 하라'는 뜻도 나타내고 있다고 할 수 있다.

"지어도, 거어덕, 의어인, 유어예"(志於道, 據於德, 依於仁, 游於藝)라는 말 네 구절을 놓고 볼 때, 앞의 것이 뒤의 것보다는 더 근본적이고 중요한 말이라고 볼 수 있다. 곧 '도'가 가장 중요한 것이고, '덕'은 '도'를 바탕으로 이루어지는 것이며, '인'은 다시 '덕' 중의 한 종목이다. '예'는 여러 가지 학교의 교과과목임으로 전체를 종합하여 말하면 사람들에게 매우 중요한 것들이지만 한 과목 한 과목 따로 떼어 놓고 보면 앞의 '도,' '덕,' '인'과는 성격이 전혀 다른 것이다. 그리고 '예'는 사람의 현실 생활과 직결되어있는 것이다. 먼저 잘 "예에 노닐어야"(游於藝), 이어서 "인에 의지할 수도 있게 되고"(依於仁), 다시 "덕을 꼭 지키게 되고"(據於德), 또 "도에 뜻을 둘 수 있게 되는"(志於道) 것이다. 그러니 군자는 언제나 육예六藝를 닦아 가지고 모든 사람들을 사랑하고 위하는 '인仁'을 추구하여 '덕德'을 이룩함으로써, '도道'로부터 벗어나는 일이 없어야 한다. 그래야만 군자가 되는 것이다. 이것은 고금을 통하여 변할 수가 없는 진리다. ❊

(2022년 7월 1일)

우리나라의 나라 이름에 대하여

우리나라는 한국이라고 부른다. 그 '한'을 크게 보이기 위하여 위에 '대'자를 붙여 대한이라 하고, 다시 '민주주의 국가' 또는 '민중의 나라'라는 뜻으로 '민국'을 붙여 대한민국이라고도 부른다. 그런데 그 나라 이름 '한'은 어디에서 온 것인가? 정말 알 수가 없는 일이다.

우리나라 역사를 보면 옛날 조선 땅 남쪽에 삼한三韓이라 부르는 마한馬韓, 진한辰韓, 변한弁韓이라는 세 나라가 있었으나 모두 나라 구실도 제대로 하지 못하고 신라新羅(기원전 57년-기원후 935년)와 백제百濟(기원전 18년-기원후 660년)에 흡수되었다. 그리고 조선 고종高宗(1864-1907) 말엽에 나라 이름을 대한(1897-1910)이라 고친 일이 있다. 어떻든 한은 우리나라를 대표할 만한 나라 이름이 못 된다.

중국에도 동주東周인 춘추시대春秋時代(기원전 770년-기원전 403년)에 한나라가 있었으나 큰 나라로 행세하지 못하고 진晉나라에 멸망당하였으며, 전국시대戰國時代(기원전 402년-기원전 221년)에는 일곱 개의 큰 나라인 전국칠웅戰國七雄 중의 하나였으나 역시 크게 활약하지는 못하였다. 역시 중국에서도 한나라는 중국 역사상 시원치 않은 나라의 하나였다.

그런데 우리가 무엇 때문에 나라로서 제대로 된 업적도 이룩하지 못한 한을 따다가 우리나라 이름으로 삼는단 말인가? 아무리 앞머리에 크다는 뜻의 '대'자를 붙이고 뒤에 민주주의 국가라고 '민국'을 붙여 대한민국이라 하여 보아도 나라 이름으로 좋다고 여겨지지 않는다.

나라 이름뿐만이 아니다. 나라를 대표하는 깃발인 태극기는 더 큰 문제이다. 태극기는 완전히 그 표식이 중국의 『역경易經』에서 나온 것이기 때문이다. 태극기의 네 개의 괘卦인 사괘는 『역경』의 육십사괘六十四卦 중에서 네 개의 괘를 따온 것이고, 가운데 태극이란 표식은 『역경』에 보이는 "태극"이란 말을 후세 학자들이 도상圖像으로 그려 놓은 것을 따온 것이다. 북송 주돈이周敦頤(1017-1073)의 『태극도太極圖』가 가장 중요한 근거가 되었을 것이다. 『역경』 계사繫辭를 보면 "'역易'에는 태극이 있다. 여기에서 두 개의 '의儀'가 생겨났다"고 하였다. 여기의 '의'란 음양을 가리킨다. 주돈이는 다시 『태극도설太極圖說』을 지어 음양에서 시작하여 우주가 이루어지는 원리를 해설하였다. 우리나라에서는 이를 근거로 태극이란 표지와 사괘를 가져다가 국기를 만든 것이다. 말도 안 되는 국기의 모양이다. 더구나 『역경』은 본시 점을 치는 도구여서 경전이 되기에도 어려운 책이었다. 태극기는 되도록 빨리 바꾸어야 한다.

이에 따라 우리나라의 나라꽃인 무궁화가 머리에 떠오른다. 도대체 무궁화가 어찌하여 나라꽃이 되었는가? 우리나라 어느 지방을 간다 해도 잘 볼 수나 있는가? 꽃이 아름다운가? 그 꽃나무가 빼어난 모습인가? 우리나라 사람들이 좋아하기나 하는가? "무궁화, 무궁화, 우리나라 꽃"하고 노래 부르게 할 것이 아니라 나라꽃을 바꾸어야 한다. 우리나라에는 무궁화보다 훨씬 아름답고 우아한 꽃도 많이 있다.

애국가 가사에도 문제가 있어 보인다. "동해물과 백두산이 마르고 닳도록"으로 시작되는데, 왜 우리나라를 둘러싸고 있는 바다 중에 "동해"인가? 동해물은 그릇에 떠 놓으면 곧 말라 없어진다. 백두산에는 늘 많은 사람들이 올라가 길이 나서 "마르고 닳고" 있다. 나라를 사랑한다고 하면서 어찌하여 "동해물과 백두산이 마르고 닳는 것"을 생각하는가?

우리나라 나라 이름과 나라를 대표하는 깃발인 태극기, 그리고 우리나라 나라꽃이라는 무궁화와 우리가 늘 부르는 애국가의 가사를 모두 바꾸어야만 할 것이다. 이 중요한 것들을 어떻게 해야만 바꿀 수가 있을 것인가? ※

(2023년 1월 1일)

안삼환

평생의 궁리
이무기와 깡철이
바이마르 산책

평생의 궁리

— 김광규 시인의 열두 번째 시집을 읽고서

김광규 시인(1941년생)이 열두 번째 시집 『그저께 보낸 메일』(문학과지성사, 2023)을 출간했다. 반가운 마음에 얼른 들춰 보던 중 "안산 골짜기에/독일가문비나무"를 노래한 시편이 눈에 들어온다. 「바늘잎 소리」다. "바람에 실려 퍼지"면서 "들릴 듯 말 듯 아련하게," "보일 듯 말 듯 허공에 자취를 남기는" 독일가문비나무의 '바늘잎 소리'는 아무나 들을 수 있는 것이 아니다. 시인만이 이런 아련하고도 은미한 소리를 들을 수 있다.

고개를 끄덕이며 계속해서 책장을 넘긴다. 시인은 "방금 떠올랐던 생각"과 "귓전을 스쳐 간 소리," 그리고 "혀끝에 감돌던 한 마디"가 무엇인지 떠올리며 살아왔다(「바로 그런 사람」). "그것을 뭐라고 해야 할지" 모르겠다. "바로/그것을/어떻게 되살려낼까/궁리하다가 평생을 보낸 사람," 그가 바로 김광규 시인일 터다.

이 '궁리'의 덕분으로, 김광규 시인의 시는 일견 쉽게 읽히는 듯 느껴진다. 그러나 독자들은 한 편의 시를 쓰기 위해 김 시인이 기울인 각고의 시간과 '궁리'를 잊은 채, 시를 그저 쉽게 읽기 쉽다. 김 시인은 "비록 나무 한 그루 자라지 않는/메마른 사막에 감춰진 수맥이라도/촉촉하고 부드럽게 살려내는/그 짧은 글이 바로 시 아닌가/어려운 시학 잘 모른다 해도"(「그 짧은 글」)라고 읊으면서 "너무 단호한 시학"을 나무라는 것 같지만, 실은 그의 시야말로 김광규 특유의 '세심하고도 면밀한 시학'의 산물이다.

필자가 보기에 이 시집에서 가장 압권이라 할 만한 것은 「달맞이」라는 제목의 시다. "소나무 우듬지 위로" "떠오르는 보름달"을 바라보는 달맞이의 순간, 시인은 "달맞이"와 비슷한 단어 하나가 생각나지 않아 애를 먹는다. 1941년생인 시인에게 가벼운 기억력 감퇴가 와서, "반세기 동안 즐겨 마신 원두커피"의 상표 이름 '달마이어'가 갑자기 생각나지 않았던 듯하다. 보름달이 떠오르는 걸 보면서, ㄷ과 ㅁ은 생각나는데, "혀끝을 뱅뱅 돌면서 그 이름" 생각이 잘 나지 않는다. 앞서가고 있는 "동행"(반려자)에게 "물어볼까/하던 참에 마침 인왕산 동쪽에서/둥근 달이 솟아오른 것이다." "달맞이? 달마중?"

치매 현상을 얘기하는 노인들은 많지만, 누가 그 아련하고도 막막하며 답답한 심경을 이렇게 쉽고도 아름다운 서정시로 풀어낼 수 있단 말인가? "바로/그것을/어떻게 되살려낼까/궁리하다가 평생을 보낸" 김광규 시인의 본령이 아닐까 싶다.

이런 시 말고도 이 시집에는 「지킴이 나무」, 「호박 그 자체」 등 주옥같은 시들이 은은한 광채를 발하며 독자를 기다리고 있다. 그것은 휘황한 유혹의 빛이 아니라, 김 시인이 사랑하는 나무와 새처럼 '그 자체'로서 존재하면서 누군가를 기다리고 있는 그런 은은한 서광이다.

김광규 시인의 '평생 배우고 간직해 온 이름들'과 "평생의 궁리"에 삼가 경의를 표하며, 시인의 건강과 앞으로의 건필을 축원하는 바이다.

사족:

어젯밤에는 생략했던 「호박 그 자체」라는 아름다운 시를 아침에 다시 읽어 보다가 여기에 추가로 몇 줄 적지 않을 수 없다. 호박을 따 먹을 수도 있겠다 싶은 잔잔한 욕심이 일지만, 이웃과의 "다툼의 여지"가 없지 않겠다 싶고, "옆집 영감이 투덜거리는 소리"도 미리 들리는 듯하다. 잔잔하게 일렁이는 자신 속의 욕망을 조용히 억누른 '서정적 자아'는 결국 "짙푸르게 익어가는 호박 그 자체만 바라볼 수는 없을까" 하고 생각하며, "가을이 가 버리기 전에 그렇게 될 수 있는" 자신의 평정심을 간구한다.

우리의 일상 속에 떴다가 가라앉는 사소한 욕망들을 잘 제어하고, '자연의 푸르름' 그 자체를 완상할 수 있는 경지에 도달하는 사람이야 많지는 않지만, 다행스럽게도 아직은 더러 있는 듯하다. 하지만, 누가 이 사소한 마음의 움직임, 현명한 극기, 그리고 마침내 도달한 안온한 평정심을 이렇게 섬세하고도 은미하게 한 편의 '쉬운 시'로 표현하여 우리에게 속삭여 줄 수 있을 것인가? 바로 여기에 김광규 시인의 '평생의 궁리'가 있다. 어찌 경의를 표하지 않을 수 있으랴! ❊

(2023년 3월 2일)

이무기와 깡철이

도동道東 마을에서 논길을 따라 동강포東江浦로 내려가는 길목에 큰 늪이 하나 있다. 저 위의 산기슭에 있는 저수지 청제菁堤 아래의 논들[畓野]에서 좁은 농수로들을 타고 여러 갈래로 내려오던 물이 모두 이 늪에 모이게 되어 있다. 늪에 물이 가득 차면 마치 포석정의 귀처럼 생긴 작은 도랑 하나를 통해 넘친 물이 조금씩 인근의 금호강 본류로 흘러든다.

늪 옆으로 길게 밤나무 숲이 뻗어 있는데, 이 밤나무 밭은 광주廣州 안씨의 집성촌인 도동 마을의 안씨 문중 소유다. 늪을 따라 밤나무 밭길을 금호강 방향으로 반쯤 걸어 내려가자면, 해묵은 버드나무 한 그루가 늪을 향해 거의 수평으로 곧게 뻗어 있는 지점이 나온다. 늪의 한 가운데를 향해 수평으로 5미터쯤 뻗어 있는 그 나무 밑동 아래는 이 늪에서 수심이 제일 깊은 곳으로, 늘 음습해 보였고, 나무 밑동에는 모기, 무잠자리, 장수하늘소 등 온갖 벌레들이 잔뜩 서식하고 있다. 이따금 동네 아이들이 그 버드나무 둥치 위로 올라가려고 하면, 발을 헛디뎌 물에 빠지면 이무기의 밥이 된다며, 어른들이 야단을 치거나 크게 겁을 주곤 했다. 그래서 아이들도 대개는 무서워서 밤나무 밭 기슭에 앉아서 그 컴컴하고 무서운 곳을 그저 구경만 하곤 했다.

그러나 서당 사장師丈의 아들 안재준은 달랐다. 그는 또래의 동네 친구인 안재수와 정도상이 보는 앞에서 그 버드나무 둥치에 올라가 늪 안쪽으로 두어 발자국 더 들어가면서 자기 체중으로 나무를 약간 꿀려 보기까지 했다. 그러나, 버드나무 둥치는 소학교 2학년 아이의 체중으로써는 흔들 수 없을 만큼 육중하였다. 재준은 밤나무 밭 기슭에 앉아 있는 친구들을 향해 말했다.

"너희들 알아? 여기 이 나무 아래 깊은 물속에 이무기가 살고 있다는 거?"

"정말이야?" 재수가 물었다. "이무기가 어떻게 생겼는데?"

"울 아부지 말로는 이무기는 백 년도 더 묵은 큰 뱀이래!"

"그래?" 도상이 물었다. "넉 아부지가 이무기를 봤대?"

"봤단 말은 못 들었지만. . . ." 재준이 조금 자신 없이 어물거렸다.

"못 들었지만?" 재수가 재준의 말꼬리를 되풀이하면서 궁금한 듯 다음 말을 재촉했다. "그런데?"

"이무기의 꿈은 용이 되어 승천하는 거래."

"승천이 뭔데?" 도상이 물었다.

"승천, 하늘로 올라간다는 말 아이가!" 재준이 말했다.

"어떻게? 뱀이 어떻게 하늘로 날아오르지?" 재수가 다시 물었다.

"울 아부지 말로는, 큰 번개가 치고 폭풍우가 심하게 부는 날, 이무기가 용트림을 하면서 하늘로 치솟아 오른다는 거야. 승천을 하면, 용이 되는 것이고. . . ."

"용이 못 되면?" 도상이 되물었다.

"만약 용이 못 되면, 땅에 떨어지고 마는데, 몸이 번갯불에 그을려서 이무기로 되돌아갈 수는 없고, 그만 깡철이가 돼 버린다는 거야."

"깡철이? 깡철이가 뭔데?" 재수가 물었다.

"글세, 울 아부지도 잘 설명을 못 하시더라. 번개와 폭풍우를 타고 하늘로 올라가려다 날개와 몸이 그만 그을려 버려서, 새카맣다나? 우리가 그림에서 보는 용하고 비슷하게는 생겼는데, 승천을 못했으이까 평소에는 강변의 숲속 같은 곳에 숨어 살다가 큰비가 오면 치르륵 치이 하고 그을린 날개 소리를 내면서 야산이나 들판의 상공을 낮게 날아다닌다던가? 사람들은 깡철이가 곡식을 말려 죽이거나 가축에게 해를 끼친다고도 한다던데, 왜 그러는지 그 이유를 모르겠어. 뭘 묵고 사는지도 잘 모르겠고. . . ."

여기서 재준은 그만 더는 말을 잇지 못했다.

"도상아, 저기 네 형님 오신다!" 재수가 소리쳤다.

재준과 도상이 재수가 가리키는 금호강 쪽을 바라보니, 도상의 형님인 정도언 씨가 도동으로 올라가는 길인지 늪길을 따라 밤나무 밭 쪽으로 걸어오고 있었다. 재준은 급히 버드나무에서 내려와 재수와 도상이 앉아 있는 밤나무 숲 기슭으로 와서 가만히 앉았다. 그래서 이제 세 친구는 버드나무 밑동 아래의 깊은 물을 함께 그윽이 바라보고 있었다.

"너희들, 여기서 뭘 하고 있노?" 참외와 가지, 애호박 등이 든 망태기를 어깨에 둘러멘 도언 씨가 아이들에게 다가오면서 물었다.

"아, 예! 이무기 얘기를 하고 있었어요." 재준이 대답했다. 재수와 도상은 고개를 숙인 채 그저 가만히 앉아 있었다.

"너희들 방학이라 여기 밤나무 숲에서 놀고 있구나." 도언 씨가 말했다. 그러고는 "참외나 하나씩 먹을래?"라고 물으면서 망태기에서 샛노란

참외 세 개를 꺼내어 아이들한테 나누어 주면서 말했다. "흙이 약간 묻었지만, 뭐 쓱 닦아 버리고 묵어라! 나머지는 서당의 선생님께 갖다 드릴 참이다."

"깡철이 얘기 좀 해 주세요!" 하고 재수가 참외를 한 입 덥석 베어 먹으면서 말했다. "이무기가 용이 못 되면 깡철이가 된다는데, 맞아요?"

"아, 나도 이무기나 깡철이를 직접 보지는 못했어. 내 어릴 적에 동네 어르신들께서 여기 이 버드나무 밑 깊은 물속에 이무기가 살고 있다고들 하시더라만! 그때 이미 백 년도 더 묵어서 곧 승천을 할 때가 되었을 거란 말씀을 하시더라. 그런데, 만약 그 이무기가 승천을 못해서 용이 되지 못하면, 강철强鐵이, 또는 깡철이가 되어 비 오는 산기슭과 들판을 날아다닌다고 하시더구나!"

"왜?" 도상이 자기 형님께 물었다. "가축이나 사람을 잡아묵을라고요?"

"간혹 그렇게 생각하는 사람들도 없지 않더라만, 난 깡철이는 용이 못 된 자신의 한 때문에 그렇게 슬피 울며 다닌다고 생각해." 도언 씨가 물끄러미 늪의 수심을 바라보면서 말했다. "사람이나 가축에게 해를 끼치는 것 같지는 않고, 굳이 말하자면, 좀 불쌍한 녀석이라고나 할까! 승천을 못 했으니, 슬프고 한 많은 짐승이지. 어차피 사람들의 상상 속에 살고 있는 존재니까 아무도 자기 말이 딱 맞다고 장담할 수는 없지. 무엇을 먹고사는지도 알 수 없고 말이야! 좀 황당무계한 얘기지. 여기가 수심이 제법 깊은 곳이긴 하다만, 무슨 이무기가 살고 있을 것 같지도 않단 말이야!" ❊

(2022년)

바이마르 산책

클라라 폰 쥐트휘겔(Clara von Südhügel)의 저택을 나온 나는 바이마르(Weimar) 시내 쪽으로 천천히 걸었다. 훔볼트 슈트라세는 예전과 다름없이 꾸부정하게 시내 쪽으로 뻗어 있었다. 저기 시외 쪽으로 조금 더 올라가노라면, 훔볼트 슈트라세 36번지에, 내가 두어 번 연구 생활을 했던 '니체 서고'가 있을 것이었다. 하지만 '니체 서고'는 다음에 따로 들러 보기로 하고, 지금은 그 반대쪽인 시내 방향으로 걸어 들어가서, 정든 바이마르 시내를 그냥 한번 죽 둘러보며 산책이나 하고 싶었다. 이윽고 나는 '선사시대 역사박물관' 옆을 지나 '빌란트 광장'(Wielandplatz)에 이르렀다. 독일 문학사라는 밤하늘에 계몽주의의 큰 별로 반짝이는 빌란트. 그의 동상은 변함없이 그 자리에 서 있었다.

"빌란트여, 그대는 괴테보다 16년 연상으로 독일 계몽주의 문학의 완성자로 추앙을 받고 있다. 그대는 괴테보다 3년 먼저, 그러니까 1772년에 아나 아말리아 공작부인의 초청을 받아, 여기 바이마르라는 작은 공국公國으로 왔다. 그대의 셰익스피어 번역은 독일어의 어휘 영역을 넓혀 놓았고, 그대의 소설 『아가톤의 이야기』(*Geschichte des Agathon*)는 독일 산문의 품격을 한층 더 높여 줌으로써 독일 계몽주의 문학의 완결판이 되었다. 1775년에 젊은 괴테가 바이마르에 오자, 그대는 그의 천재성을 누구보다도 먼저 알아보았고, 괴테가 그대보다 더 찬연한 빛을 발할 새로운 시대의 별임을 알아보자 질투하거나 시기하지 않고 한적한 구석 자리로 물러나 후배의 빛나는 행보를 바라보는 기쁨을 누릴 줄 알았다. 그래서 지금 나는 그대를 바이마르의 현자賢者로서 삼가 경배하는 바이다."

나는 빌란트를 향하여 잠시 고개를 숙였다. 여기 빌란트 광장에서부터는 바로 바이마르시의 도심이 시작된다. 얼마 걷지 않아서 금방 '괴테 국립박물관'이 나왔다. 이른바 '괴테의 집'으로서 괴테가 바이마르에서 살던 저택이었는데, 오늘날에는 '괴테 국립박물관'으로 확장되었고 바이마르 최대의 관광 명소다.

오늘날의 바이마르가 세계적 관광 도시로 되고 1999년도 '유럽의 문화 수도'(Kulturhauptstadt Europas)로 지정된 데에는 괴테의 영향이 압도적이다. 빌란트에 이어 바이마르 궁정으로 초대받은 시인 괴테는 여기서 자신의 젊은 날의 걸작 『젊은 베르터의 괴로움』(*Die Leiden des jungen Werther*)의 시절, 즉 '폭풍우와 돌진'(Sturm und Drang) 시대의 한계성을 극복하고, 인문적으로 한 단계 더 성숙한, 조화와 균형을 추구하는 바이마르 고전주의라는 찬연한 인문 문화의 꽃을 피웠다.

나는 '괴테 국립박물관'을 오른편에 둔 채 조금 더 걸어가다가 '쉴러의 집' 앞에 멈춰 섰다. 괴테보다 10세 연하로서, 괴테를 도와 바이마르 고전주의의 또 다른 주인공이 된 이상주의적 시인 프리드리히 쉴러가 살던 집은 '괴테의 집'에 비해 얼마나 초라한가! 그는 이 집에서 병고와 싸우며, 아니, '죽음'이란 귀신 자체와 씨름하면서 작품을 썼다. 1805년 5월 19일, 그를 검시檢屍한 의사 후쉬케(W. E. Chr. Huschke)는 "이런 상황을 감안할 때, 우리는 이 불쌍한 사람이 그토록 오래 버틸 수 있었던 데에 대해 놀라움을 금할 수 없습니다." 그는 카를 아우구스트 공에게 이렇게 서면으로 보고했다. 바로 그날 괴테는 쉴러의 부음에 접하여, "나는 이제 한 친구를 잃었고, 그 결과 내 현존재의 반을 잃었다"고 말했다. 초라하던 '쉴러의 집'도, 지금 내가 자세히 살펴보자니, 다행히도 바이마르시 당국에서 그 뒤편에 있던 건물과 땅을 사들여, '쉴러 박물관'으로 증축 및 확장해 놓았다. 그의 사후 200여 년이 지난 이 시점에 쉴러가 괴테에 비하여 그 초라하던 모습을 약간이나마 만회하게 된 것은 그나마 다행이라 할 만했다.

'쉴러 박물관'을 오른편에 두고 서쪽으로 조금 더 걸어가니 바로 '과수궁寡守宮'(Wittumspalais)이 나왔다. 1772년에 에어푸르트(Erfurt)대학 교수였던 빌란트를 바이마르로 초대했던 아나 아말리아 공작부인이 1775년에 성년이 된 아들 카를 아우구스트에게 국정을 물려 준 뒤 물러나서 기거하던 대비궁大妃宮이다. 그 이후 괴테, 헤르더, 쉴러 등 3인은 공식적으로는 카를 아우구스트(Carl August) 공이 초대했지만, 실은 그의 모후母后인 공작부인의 뜻에 따른 것으로도 볼 수 있다. 그녀는 그렇게 당대 독일 문학의 4대 거인을 바이마르로 불러들였다. 그리하여, 그녀는 잠시나마 '인문성 이상'(Humanitätsideal)을 보여 준 바이마르 고전주의를 꽃피운 장본인으로 존숭받고 있다.

"아나 아말리아 공작부인이시여, 당신의 원대한 안목이 없었던들, 오늘의 독일은 문화적으로 아주 초라한 나라일 것이고, 오늘의 바이마르는 튀링엔 주의 한 소도시에 불과할 것입니다. 당신의 지원과 비호庇護 하에 당대 독일 최고의 문인 네 사람이 바이마르로 와서, 조그만 바이마르 공국이 당시 독일 최고의 문화 대국으로 찬연히 빛나게 되었습니다.

시대를 앞선 영민한 여인이시여, 당신의 아들 카를 아우구스트 공은 나폴레옹이 독일 땅에서 물러나자 1816년에 독일 군주로서는 최초로 언론의 자유와 국민의 자유로운 의사 표출권을 보장한 '바이마르 공국 헌법'을 제정하고, 1817년에는 입헌군주제를 지향하는 진보성을 보였습니다. 나폴레옹 치하에서 독일의 군주들은 자신들의 신민臣民들에게 약속했었지요, 만약 자기들 군주들을 도와 독일 땅으로부터 나폴레옹을 물리치는 데에 합심, 투쟁해 준다면, 그 이후에는 그들을 위해 입헌군주제 헌법을 제정해 주겠노라고! 그러나 나폴레옹이 물러가고 나자 군주들은 이 약속을 뒤집고 지켜 주지 않았습니다. 하지만 당신의 아들만은 이 약속을 최초로 지켜 준 독일의 군주가 되었습니다.

그래서 1918년 독일이 제1차 세계대전에서 패하고 빌헬름 2세 황제가 홀란드로 도주한 뒤에 황제권 포기를 선언함으로써, 신성로마제국을 이은 독일의 '제2제국'이 멸망하고, 전승 연합국들의 요청에 따라, 독일은 1919년 민주공화국 체제로 전환해야 했습니다. 그래서 당시 독일인들은 독일 땅에서의 첫 민주공화국을 출범시키기 위해 옛 프로이센의 베를린이 아닌 이곳 튀링엔의 바이마르에서 유명한 '바이마르 헌법'을 선포했으니, 문화의 도시 바이마르가 잠시나마 독일 전체의 중심이 되는 순간이었습니다. 이것은 카를 아우구스트 공의 '바이마르 공국 헌법' 덕분이었고, 괴테와 쉴러의 찬연한 바이마르 고전주의 문학의 후광 때문에 가능했던 일이지요.

괴테를 사랑하셨나요?

어리석은 질문, 용서하소서!

사랑하셨지만, 질펀한 욕망의 늪에 빠졌다가 권태를 건져 올리는 그런 사랑이 아니고, 천재의 목 휘감고 늘어져 골방 바닥에 주저앉히는 그런 사랑도 아니라, 자신의 외로움 달래면서 궁정 사람들의 온갖 질투와 시기라는 독화살로부터 천재를 지켜 주어 그가 마음껏 활동하도록 도와준 사랑! 그래서 온 바이마르, 온 독일, 온 세계가 200여 년이 지난 지금도 그 천재를 사랑하도록 만드시고, 결국 당신 자신도 찬탄과 사랑을 한 몸에 받으시는 그런 깊고도 원대한 사랑!

영명하셨던 공작부인이시여, 사랑의 참뜻을 선구적으로 깨닫고 실천하신 현명하신 여인이시여, 멀리 대한민국에서 온 보잘것없는 한 노인은 오늘 당신을 향해 이렇게 삼가 경모하는 마음을 바칩니다!"

나는 금색 칠이 되어 있는 과수궁을 향해 잠시 경배하고 나서, 바로 그 지척에 있는 바이마르 국립극장 쪽으로 천천히 걸어갔다. 극장 건물 정면에는 '외교를 통해 평화를 되찾자!'라는 현수막이 높이 걸려 있었는데, 그것은 아마도 우크라이나 전쟁의 평화적 해결을 촉구하는 바이마르 시민들의 염원을 담고 있는 슬로건인 듯했다. 극장 앞 광장에는 예나 다름없이 검푸른 청동 동상으로 괴테와 쉴러가 나란히 서 있었다. 나는 관광객들이 사진을 찍는 데에 방해가 되지 않도록 조금 떨어진 곳에 서서, 그 두 시인의 모습을 그윽이 바라보았다.

'이상주의자 쉴러의 시선은 약간 하늘을 향해 있고, 현명한 현실주의자 괴테는 정면을 바라보고 있구나! 바로 그대들 두 시인이 합심해서, 균

형과 조화를 이상으로 하고 인문적 사랑을 시원한 분수처럼 내뿜는 바이마르 고전주의를 완성해 낸 것이다!' 나는 두 시인을 향해, 관광객들이 보거나 말거나 온 마음을 다해 합장했다. 내가 고개를 드니, 괴테의 두툼한 눈두덩이 바로 내 눈앞까지 바짝 다가와 있었는데, 그것은 바이마르의 정신(Geist) 괴테였으며, 그 '바이마르의 신령'이 내게 말했다.

"○○○ 교수, 그대는 벌써 네 번째로 바이마르에 왔구나! 그때마다 잊지 않고 이렇게 우리 둘을 찾아 주니 고맙군! 나 괴테는 그대가 청년 시절에는 나보다 쉴러를 더 좋아했었다는 사실을 잘 알고 있다. 바이마르 궁정에 초빙되어 군주에게 봉사하고 나중에는 귀족 칭호까지 받은 나를, 젊었던 그대가 좋아할 수 없었다는 사실을 나는 이해한다. 대학생 시절의 그대는 신군부 독재에 항거하던 열혈 청년이었으니까 말이다.

하지만, 지금은 그대도 깨달았는가? 이상주의만으로는 그대의 조국과 그대 자신의 공동체를 지킬 수 없다는 사실을! 특히, 너희 한반도 사람들은 그렇지! 한반도는 4대 강국에 둘러싸여 있는 데다 남북으로 분단되어 있지 않으냐! 실은 남북으로만 분단된 것이 아니라, 지금은 남한 자체가 또 친미 및 친일 우파와 노동, 분배 정의, 환경, 그리고 통일을 지향한다는 좌파로 극심하게 분열되어 있지! 양쪽이 말만 했다 하면, 한쪽은 다른 쪽을 '종북 좌파'라고 규정하고, 그 다른 쪽은 또 상대를 '토착 왜구'라 욕하는데, 그게 다 지나친 '이름[名]'이라는 것을 깨닫지 못한단 말이냐? 한때는 '빨갱이'라고, '친일파'라고 서로 욕하며, 칼부림, 총싸움이 극성이더니, 요즘은 그 '이름'만 더 악독해졌단 말이냐! 그렇게 서로 자기주장만 되풀이할 뿐, 상대방을 무조건 비방만 하고 있으니, 쉴러의 위대한 이상주의가 거기로 간다 해도, 오히려 독이 되어 너희들의 싸움에 부채질만 하게 되지 않을까 걱정이구나! 지금 거기서야말로 나의, 이 괴테의 현명한 현실주의가 더 도움이 될 것이야! 세계를 향해 활짝 열려 있고 세계를 다 품고도 남을 이 내 너른 가슴! 게다가 머리는 냉철해서 온갖 변수를 다 예견할 수 있고, 손발은 절제를 알아 함부로 움직이지 않지! 요즘의 너희 한국 사회에서 이런 나를 모범으로 삼으면 어떨까? 하지만 모두 영어에, 미국의 신자유주의에, 냉혹한 경쟁과 이기적 승리에 정신이 팔려 아들과 딸에게 프랑스어와 독일어는 필요 없다 하고 신자유주의를 '새로운 자유사상'으로 떠받드는 모양이구나! 딱하도다, 낙후된 정치 때문에 온 나라가 몸살을 앓고 있으니! 어리석은 지도자를 뽑아 놓고는 온 국민이 아첨꾼들과 비판자들로 분열되어, 무엇이든 자기편 말만 옳고 상대방의 말은 거짓말이라고 우기면서, 언어의 본원적 의미마저 왜곡하고 있구나! 그로 인한 혼동과 혼란이 말이 아니로다! 너희들 동아시아의 성인 공자의 '정명正名'도 잊었느냐? 이미 200년 전에 나도 공자한테서 배웠던 바로 그 정명 사상 말이다. 이름을 잃으면, 언어도 힘을 잃고, 올바른 의사소통이 되지 않아 국가의 기본 강령이 무너진다는 걸 꼭 이 '바이마르의 신령'인 내가 말해 줘야 알겠느냐? ○○○ 교수, 그대는 동서양을 다 아우르는 철학자가 아니더냐? 뒤늦게 여기 바이마르에서 무엇을 찾고 있느냐? 어서 한국으로 돌아가 그대 자신의 몫을 다 하여라! 지금 그렇게 유유자적, 바이마르 시내를 산책하고 있을 때냐 말이다!"

이런 괴테의 질타를 들으니, 나는 할 말도, 면목도 없어서, 슬그머니 그를 등지고 걸어 나왔는데, 바로 괴테 광장에 이르렀다. 이 바이마르라는 도시는 '괴테'의 동상을 떠나도 또 '괴테 광장'이다! 괴테 광장 바로 한가운데에 있던 옛 영화관은 지금은 현대식 건물로 개축되어, '청년을 위한 문화 센터, 모나미'로 이름을 바꾼 채 산뜻한 모습으로 나를 반기고 있었다. 그래서 내가 그 입구에 다가가 보니, 영화, 연극 그리고 음악회를 알리는 포스터들이 즐비하게 게시되어 있었다. 나중에 다시 와서 찬찬히 들여다보며 체크하기로 하고, 나는 그 옆길로 접어들어 다시 동쪽으로 걸어 내려갔다.

'어디로 가고 있는가? 그렇다! 이제는 헤르더 광장(Herderplatz)이다.' 헤르더 광장에 이르기 직전에 나는 오른편 도로변에 '낙화유수'라는 한국 음식점이 들어서 있는 것을 보았다. 클라라는 이메일에서, 바이마르에도 한국 식당이 두 군데나 생겼다고 했지. 한국의 음식 문화가 그새 독일에도 널리 전파되어 있는 것은 좋은 징후일까? 지금 들어가 보자! 아니, 아니다! 오늘 벌써 한국 음식을 찾다니! 음식 향수에 젖기에는 아직은 너무 이르지 않은가! 오늘은 아직 아니지!'

내가 시선을 드니, 지척에 우뚝 솟은 웅장한 교회 건물이 보이고, 그 앞에 청동색 동상으로 헤르더가 훤칠하게 서 있었다.

"헤르더여! 멀리 동東프로이센의 모룽엔(Mohrungen) 시 출신으로서, 일찍이 '북방의 신령스러운 마인'(Magus des Nordens)이었던 하만(Johann Georg Hamann)의 영향을 받은 그대는 남쪽으로 여행하던 중에 마침 눈병이 나서 안과 치료를 받기 위해 잠시 슈트라스부르크에 머물게 되었다. 그때, 아, 바로 그때, 그러니까 1770년에 다섯 살 아래인 21세의 슈트라스부르크 대학생 괴테를 만나서, 새 시대를 맞이하여 바야흐로 움트기 시작하는 독일 문학을 위해서는 민요 등 민속 문학과 영국의 셰익스피어 연극이 중요함을 열심히 설파해 주었다. 그래서 지금도 그대는 슈트라스부르크를 중심으로 일어난 '폭풍우와 돌진'의 시대를 열어 준 선구자로 추앙

받는다.

괴테는 잊을 수 없는 선배요 세기의 선각자인 그대를 바이마르로 초청하여 슈트라스부르크에서의 옛 추억과 그 당시의 돈독한 우정을 되살려 바이마르라는 소공국小公國을 그대와 함께 문화 대국으로 만들고자 했다. 하지만, 헤르더여, 그대는 역사학자, 민속학자, 언어학자로서 시대정신을 앞서 깨달아 후배들에게 전달한 그 혁혁한 공적에도 불구하고, 금도襟度가 넉넉하지 못하여 바이마르 궁정에서 큰 명성을 얻은 후배 괴테를 괜히 질투하고 시기하는 마음을 일으켰다. 그대는 어찌하여 빌란트를 본받지 못했던가? 하긴, 모든 사람이 다 빌란트의 지혜를 갖추고 태어나는 건 아니지!"

헤르더의 곁을 떠나, 나는 아나 아말리아 도서관 방향으로 천천히 걸음을 옮겼다. 발바닥이 조금 아파 오기 시작했다. 바이마르 시내의 거의 모든 길에는 차량의 진입이나 과속을 막기 위해 작은 돌들을 박아 길바닥이 우툴두툴 하도록 포장해 놓았다. '고양이머리'(Katzenkopf)라고 부르는 이런 포석鋪石을 깔아 놓은 길바닥은 발을 쉬이 피곤하게 만든다. 이윽고, 왼편, 즉 동편에 검정색 첨탑이 보이고 그 아래에 노란색 궁성 건물이 나타났다. '이것이 바이마르의 공작이 기거하며 공국公國을 다스리던 바이마르 궁성이다. 괴테의 소설 『빌헬름 마이스터의 수업 시대』에서 빌헬름이 귀족 로타리오를 찾아가던 그런 성, '탑의 모임'의 본부가 있던 그런 성탑이 보인다. 내가 열람증을 발급받으려는 아나 아말리아 도서관이 이제 곧 길 오른편에 나타나리라.' 그런데, 도서관으로 올라가기 직전, 오른쪽에 '레지덴츠 레스토랑'이란 간판이 보였다. 그것은 이름 그대로 '대공의 거처' 바로 건너편에 자리 잡고 있는 유서 깊은 '공관公館 식당'으로, 전에 바이마르에 체류하던 때 나도 몇 번 식사한 적이 있는 곳이었다. 식당 바깥 공터에 내어 놓은 탁자들 주위의 의자에는 이미 많은 손님이 자리를 잡고 앉아서 햇볕을 즐기며 식사를 하거나 커피를 마시고 있었다. 이방인인 내가 그런 탁자들 중의 하나를 혼자서 떡 차지하고 앉기는 좀 부담스러웠다. 내부 구조를 잘 아는 식당이었으므로 나는 사람들 사이를 지나서 조그만 계단을 올라간 다음, 식당 안으로 들어갔다. 흰 앞치마를 두른, 튀르키예계로 보이는 여종업원이 친절하게 인사를 하면서 나를 바이마르 궁성의 검정색 성탑이 건너다보이는 창가의 어느 한적한 자리로 안내했다. 식당 안에도 여기저기 손님들이 앉아 담소를 나누고 있었다. 나는 우선 튀링엔산의 게스너(Gessner) 맥주 큰 잔 하나를 주문하고는 튀르키예계 여인이 건네 주는 메뉴판을 들여다보았다. 그녀가 시간에 쫓기는지 조금 있다가 다시 오겠다면서 일단 내 곁을 떠났다. 이윽고, 그녀가 게스너 한 잔을 갖고 다시 와서, 나에게 적당한 음식을 골랐는지 물었다.

"전에는 '튀링엔 스타일의 돼지고기구이'란 게 있었던 듯한데, 여기 메뉴판에서는 찾을 수가 없군요."

"아, 예, 그건 특별 메뉴인데, 저기 흑판에 따로 게시되어 있습니다." 그녀가 홀 한가운데에 세워 둔 흑판을 가리켜 보이면서 말했다. "저기 위에서 두 번째에 적혀 있는 '튀링엔식 브레틀'(Thüringischer Brätl)을 말씀하시는 듯하네요. 그걸 주문하시겠습니까?"

"예, 고맙습니다! 그걸로 할게요."

"예, 잘 알았습니다!" 그녀가 미소를 남기고 돌아서서 카운터로 되돌아갔다.

나는 맥주잔을 들고 한 모금 마셨다. 기대했던 바로 그 독일 맥주 맛이 오랜만에 내 목구멍을 감돌았다. 그리고 식사가 나오자 나는 초록색 동록銅綠이 낀 검정색 성탑을 올려다보면서, 구운 돼지고기 덩어리를 적당한 크기로 썰어서, 볶은 양파, 구운 감자와 함께 조금씩, 천천히, 마치 내가 굉장한 식도락가라도 되는 것처럼, 음미해 가면서 먹기 시작했다. '바쁠 것이 전혀 없는 식사도 참 오랜만이군!' 나는 이렇게 생각했다. '그 복닥거리는 한국을 떠나 여기 바이마르로 흘러왔으니, 한 번쯤 이렇게 여유를 부릴 자격은 있지 않을까?' 이렇게 나는 잠시 터무니없는 자기변명을 하기도 했지만, 여행자라고 해서 자만심에 빠져도 괜찮은 특권 같은 건 애초에 있을 수 없다는 사실은 자명했다.

아나 아말리아 도서관의 접수대에는 금발이 회색으로 곱게 변한 한 여인이 앉아서 나를 맞이했는데, 그녀의 앞 접수대 위에는 분쉬케(Wunschke)라는 명패가 놓여 있었다. 내가 여권을 내어 주며 열람증을 발급받고 싶다고 말하자, 그녀는 컴퓨터 모니터에다 서식을 띄워 놓고 내 인적 사항을 거기에 입력하면서 말했다. "성함이 제 기억에 아련하게 남아 있네요. 바이마르에는 처음이 아니시지요?"

"예, 네 번째입니다." 내가 이렇게 대답했다. "이 도서관에서 열람증을 발급받는 것은 이번이 세 번째고요. 왜냐하면, 네 번 중 한 번은 관광객으로서 1박 2일로 그냥 지나쳐 갔을 따름이었으니까요. 잘 부탁드립니다!"

"기꺼이 도와드리겠습니다! 이제는 열람증이 전자 카드로 발행되므로, 평생 유효하니까 다음에는 이 카드를 갖고 오셔서 바로 쓰시면 되겠습니다." 그녀가 이렇게 말했다. "제가 이 도서관에서 20년 가까이 근무했습니다. 교수님의 얼굴이 아마도 제 기억에 남아 있었던 것 같습니다. 아까

문 안으로 들어서실 때부터 어딘가 안면이 있었으니까요."

"고맙습니다. 그러고 보니, 저도 부인께서 아주 처음 뵙는 분 같지만은 않네요. 반갑습니다, 분쉬케 부인!"

"원래는 크리스티네 카우프만이었습니다. 아마도 제가 그새 결혼을 해서 성姓이 달라졌기 때문에 알아보시기 어려웠을 듯합니다. 반갑습니다, 교수님!"

나는 도서관에서 신문과 잡지를 뒤적여 보기도 하고 철학 분야의 신간을 살펴보기도 하면서 시간을 보내다가 바이마르 시내의 중심지인 마르크트 플라츠(Marktplatz)의 한 카페에서 치즈케이크 한 조각을 포장으로 구입한 다음, 내 방으로 돌아와 부엌에서 커피를 끓여 간단히 저녁 식사를 때웠다. 저녁 식사를 간단히 해야 생산적인 저녁을 보낼 수 있다는 것은 나의 평소 지론이기도 하다. 이윽고 나는 책상 앞에 앉아 노트북을 펼치고, 드디어 어제 시작한 그 글을 계속 쓰기 시작했다. ※

(현재 집필 중인 『바이마르에서 무슨 일이』의 한 장면)

이상옥

문식이네 집 사람들
내 대학 동기생 김용년
기억이 부리는 조화
들꽃 찾아 반백 년

문식이네 집 사람들

— 기억 속의 스냅샷 (4)

다시 설날을 맞는다. 하지만 우리 집에서는 설날이 여전히 '구정'일 뿐이다. 1960년대에 양력 새해 차례 모시기를 시작한 우리는 근년에 설날이 다시 명절 반열에 오른 후에도 '신정' 차례를 고수하고 있다. 그러니 설날 아침에 혹시 떡국이나 끓일까 차례상을 차리지 않고 아이들의 새해 인사를 받지 않으니 명절 기분은 나지 않는다. 우리는 이렇게 설날을 여느 휴일이나 다름없이 보내고 있지만 해마다 이날이 되면 나에게는 한 가지 옛일이 떠오른다. 우리가 음력으로 설을 쇠던 1950년 전후에 한동네에 살던 문식이네 가족 생각이 난다는 말이다. 문식이는 우리 이웃에서 두 오라버니와 함께 홀어머니를 모시고 살고 있었다. 내가 당시의 6년제 중학교 저학년 학생이었을 때 그는 시내의 여자중학교 고학년 학생이었으니까 나보다는 나이가 세 살쯤 위였다.

어느 설날 아침 제상을 치운 뒤였다. 마당에서 문식이가 외쳤다. "저 문식인데요. 엄마 심부름 왔습니다. 상철이가 『토정비결土亭秘訣』 좀 가지고 와 주면 좋겠답니다." 상철이는 나의 아명이었다. 우리 집에는 한지에 필사해서 단정하게 엮은 『토정비결』이 있었는데 해마다 연초에 선친은 그 오래된 책을 펴 놓고 식구들의 한 해 운수를 보곤 했다. 생년, 생월 및 생일에 해당하는 세 개의 숫자를 찾아내어 그 괘卦에 적혀 있는 비결을 읽고 해석하는 것이 모두였다. 지금 생각하면 그런 식으로 신수를 보는 것이 무슨 의미가 있을까 싶지만 당시 많은 가정에서는 토정비결 보는 일이 연중행사로 되어 있었다.

문식이네 가족은 『토정비결』과 책력을 들고 온 나를 반색하며 맞아 주었다. 나는 새해 문안을 드린 후에 문식이가 내어놓은 강정과 단술을 먹으며 가족들과 이런저런 잡담을 나누었다. 이윽고 "이제 토정비결을 보자"는 말이 나왔고 나는 맨 먼저 문식이 엄마의 생년월일부터 물었다. 내가 해당 괘를 찾아내면, 그분은 "그래, 뭐라고 돼 있노?"라며 궁금해 했다. 나는 네 글자씩으로 된 한문 구절을 읽으며 더듬더듬 뜻풀이를 해냈다. 나의 한문 독해력이 내 또래 아이들 중에서는 좀 나은 편이었겠지만, 토정 선생이 엮었다는 그 한문 구절들을 내가 얼마나 올바로 해석했을까 싶다. 더러 모르는 한자가 나오면 건너뛰면서 그 비유적이고 우의寓意적인 구절들의 뜻을 이럭저럭 풀이해 내면 문식이 엄마가 "상철이 너는 어예 그리 한문을 잘하노?"라며 칭찬해 주었고 나는 철없이 우쭐하곤 했다.

옆에 앉아 있던 그 댁 맏아들은 대학을 갓 나온 뒤 중학교 교원이 되어 공민 과목을 가르치고 있었다. 내가 중학교에 입학하니 첫 공민 시간에 그분은 "국가의 기원"이라는 논제의 '강의'를 하면서 허버트 스펜서니 적자생존의 원리니 하는 생소한 말들을 들먹였다. 우리 신입생들은 그 내용을 받아쓰면서 국민학교와 중학교 사이의 엄청난 교수법 차이를 처음으로 실감했다. 그 설날 선생님은 내가 부리던 그 어설픈 재주를 곁에서 지켜보면서 빙그레 웃고만 있었을 뿐 아무 말이 없었지만, 속으로는 얼마나 주제넘다—아니면, 바라건대, 귀엽다?—고 여겼을까 싶다. 어쨌든 나는 부끄러운 줄도 모르고 당돌하게 네 식구의 한 해 운세를 찾아 말해 주었다. 그 후에도 나는 『토정비결』을 들고 두어 차례 더 문식이네 집에 드나들었다.

문식이 엄마는 성격이 너글너글한 분으로 입가에는 늘 가벼운 웃음을 띠고 있었다. 우리 집에 자주 들르는 편이어서 이따금 저녁으로 문식이를 데리고 오거나 혹은 혼자 '마실'을 와서는 엄마와 한참씩 한담을 나누곤 했다. 한여름에는 모시 적삼 차림으로 찾아와서 대청마루에 앉아 부채를 부치다가 이따금 주변에서 서성이는 나에게 "이리 와서 여기 엎디리 바라"고 했다. 내가 시키는 대로 가서 엎드리면 그분은 내 런닝셔츠를 목덜미까지 걷어 올린 후에 등을 쓰다듬으면서 설렁설렁 부채질을 해주었다. 국민학교 시절에 밥을 잘 먹지 않아 깡말라 있던 내 등허리에 살림을 하느라 거칠어진 그분의 손바닥이 스치면 어찌 그리 시원하던지! 나는 그 손길과 부채 바람을 사양치 않고 한참씩 즐겼다.

문식이네 집은 널찍한 마당에 두 채의 집이 서 있었다. 마당에서는 각가지 채소가 재배되었고, 담에는 호박 덩굴이 덮여 있었던 것으로 기억한다. 네 식구는 위채에서 기거했고, 아래채에는 하숙생들이 들어 있었다. 중학교 시절에 나는 우리 반 친구 하나를 그 댁에 하숙생으로 소개했는데, 훗날 일본에서 살게 된 그 친구는 귀국할 때마다 그 댁에 신세 지던 나날을 즐겁게 회고하곤 한다. 아마 해방 직후의 그 험하고 각박하던 시절에 그 댁 사람들이 베풀어 주었을 후덕함이 그에게 잊을 수 없는 추억을 남겼기 때문일 것이다.

그 시절에 나는 어른들이 문식이네 집을 가리켜 "그 댁은 연안延安 이씨李氏 양반"이라며 칭송하는 말을 숱하게 들었다. 그분들의 고향은 김천 시내에서 약 10여 킬로쯤 떨어진 구성면龜城面이었다. 그곳에는 상좌원上佐院이라는 연안 이씨 집성촌이 있었고, 많은 사람들이 그 동네 이씨들을 양반이라며 높이 보고 있었다. 우리 가족은 1950년 6·25사변 피란길에 상좌원의 어느 댁 사랑채에서 하룻밤 신세를 진 적이 있는데, 오늘까지도 나는 그곳을 양반 가문의 조촐한 풍모를 지닌 단정한 마을로 기억하고 있다. 훗날 그 동네 앞을 지날 때 냇가에 "백세청풍百世淸風"이라는 큼직한 명각銘刻이 보이기에 가서 살펴보니 바로 그 이씨 집안을 기리는 비석이었다.

다시 설날을 맞으니 한때 가까이 지내던 그 온유했던 분들 생각이 간절하다. 문식이 엄마는 연세로 보아 지금 이 세상에 계실 분이 아니다. 하지만 그분의 자녀 삼 남매는 모두 연세가 90대일 텐데 지금 어떻게들 지내는지 궁금하다. 맑은 선비 얼굴에 귀티가 나던 맏아들은 평생을 교사로 봉직했는지 그 후일담을 듣지 못하고 있다. 둘째 아들은 의과대학을 졸업한 후 대구에서 개업했다는 소식을 들은 지 오래다. 종말이 문식이는 어떤 점잖은 집안으로 시집가서 현모양처가 되었을 것으로 여기지만 역시 아무 소식도 모르고 있다. 70여 년 전에 정답게 지내던 분들과의 관계가 이처럼 소원해졌는데도 수소문 한 번 해 본 적이 없으니 이토록 야박할 수가 있을까, 내 자신이 한심하다. ※

내 대학 동기생 김용년

— 기억 속의 스냅샷 (5)

1959년 늦여름쯤이었을까. 당시 영등포의 양평동에 있던 육군 제6관구 사령부 군사고문단실에서 사병으로 근무하고 있던 나는 사령관실 전속부관으로부터의 호출을 받았다. 대체 무슨 용무일까 몹시 궁금해하면서 사령관 부속실로 들어가니 한 포병 장교가 나를 맞아 주었다. 그는 얼마 전에 사령관으로 부임해 온 박정희 소장을 모시는 이낙선 소령이었다. 그는 내 관등성명을 확인한 후에 물었다. "김용년金用年이라는 사람을 아는가?"

"네, 잘 압니다."

"어떻게 아는가?"

"문리대 동기생이고, 작년에 제2훈련소에서 신병 훈련을 함께 받았습니다."

그는 며칠 전에 안동에 들렀다가 자기 고모로부터 남편 김용년의 안부와 행방을 알아봐 달라는 부탁을 받았다고 했다. 그는 또 김용년이 자기보다 연하이지만 고모부가 된다고 했다. 그 자리에서 나는 김 군이 내 친구라는 것을 어떻게 알게 되셨느냐고 물었고, 그는 고모 집에 배달되어 있던 내 안부 엽서를 보니 내가 김용년의 행방에 대해 알고 있을 듯해서 나를 불렀다고 했다.

아, 그 엽서! 그 전해 10월에 훈련소의 30연대 1중대 1소대에서 함께 8주일간의 전반기 신병 훈련을 마친 김용년과 또 한 친구 박연朴鍊 그리고 나는 신병 배출대에서 헤어지면서 장차 부대 배치를 받으면 서로 연락할 수 있도록 각자의 집으로 엽서를 보내자고 약속했었다. 그 후 육군 부관학교를 거쳐 제6관구 사령부에서 복무하게 된 나는 약속대로 김 군과 박 군 집으로 안부 엽서를 보냈다. 포병 학교로 간 박 군으로부터는 연락이 왔지만, 훈련소에 남아 후반기 교육을 받은 김 군으로부터는 아무 소식이 없어 나도 김 군에 대해 궁금해 하던 중이었다.

마침 육군본부 부관감실에서 근무하던 친구가 생각나기에 그에게 김용년의 근무지를 알아봐 달라고 부탁해 보았다. 김 군이 후반기 교육을 마친 후 제2훈련소 경비대대로 배치되었다는 통보를 받자 나는 그 사실을 이 소령에게 알린 후 김 군의 부대로 엽서를 보내 보았다. 하지만 내가 제대하는 날까지도 그의 답신은 없었다.

김용년! 그는 처음부터 우리에게 좀 특별했다. 1954년에 그가 문리대 불문과에 들어왔을 때 그는 동기생들보다도 나이가 서너 살 많았고 이미 결혼한 몸이었다. 함께 여러 교양과목들을 이수하면서 가까워졌던 그와 나는 같은 날 서울서 입대하게 되었다. 8주일간 전반기 훈련을 거치는 동안 법대를 졸업한 박연 군까지 포함해서 우리 세 사람은 한 내무반에서 고락을 함께했다. 안동 김씨 후예였던 김 군은 내력 있는 집안 출신답게 언행이 올바르고 점잖았다. 게다가 그는 몸집이 아주 커서 당시 훈련병들 사이에 만연하던 거칠고 야만스럽던 언행도 그의 사람됨 앞에서는 기승을 부리지 못했다. 그리고 대학에서 주먹을 좀 썼다고 으스대던 몇몇 소대원들도 김 군에게만은 온순하게 굴었다. 그의 그늘에서 박 군과 나 같은 좀생이들도 무사히 지낼 수 있었다.

내무반에서 김 군은 '영감' 또는 '황소'라는 별명으로 통했다. 그 당시 훈련소의 급식 사정은 부식이 부실한 편이었으나 밥은 많이 주었다. 그래서 입이 짧은 서울 출신 훈련병들이 밥을 남기기 일쑤였다. 이따금 배식이 끝나고 누군가가 "어이! 영감! 밥 더 먹을래?"하고 외치면, 김 군은 으레 "그래, 갖고 온나!"라고 화답했다. 그럴 때면 그의 반합에는 밥이 수북이 쌓였고 그는 그것을 모두 먹어 치웠다.

하지만 그가 그저 덩치만 큰 '황소'는 아니었다. 그의 성품과 행동거지에서 배어나는 끈기와 듬직함도 황소를 연상케 했다. 그는 불문학과를 졸업하고 입대했지만 자기의 불어 실력에 대해 늘 불만이었다. 그래서 그랬는지 그는 일본 하쿠수이샤[白水社]에서 간행한 콘사이스 불화사전佛和辭典을 한 권 챙겨 들고 입영했다. 그는 그것을 한 장씩 뜯어 얇은 투명 셀룰로이드 신분증 홀더에 접어 넣고 다니면서 틈만 나면 끄집어내어 읽으며 외웠다. 한번은 내가 한밤중에 잠이 깨어 보니 M1소총을 메고 불침번을 서고 있던 김 군이 방 한가운데에 켜져 있던 딱 하나의 희미한 전등 아래서 불어 낱말을 익히고 있는 모습이 보였다. 그처럼 황소 같은 무던함과 끈기가 있었으니 3년 동안 군 복무를 하면서 그가 그 사전을 A부터 Z까지 모조리 외워 버렸을 것임을 나는 의심치 않는다.

그의 심성 또한 곱고 느긋했다. 하지만 입대한 후 1년이 다 되도록 그가 자기 집에 엽서 한 장 보내지 않았다고 한다면 믿을 사람이 있을까? 고향 안동에는 어른들이 계셨고 아내와 서너 살 난 아들까지 있었는데도 말이다. 제2훈련소의 경비대대에서 밤낮으로 보초나 서면서 틈을 내어

불어 낱말을 외우면서도 안부 편지 한 줄 쓸 시간을 내지 않았으니, 아마도 그는 수도원에 들어가는 신참 수사의 마음가짐으로 군에 입대했을 것이라는 생각까지 들었다. 아무튼, 그의 인품을 알지 못하는 사람들이라면 그 무심함과 비정함을 용서하려 하지 않았을 것이다.

우리 세 사람이 다시 한자리에 모인 것은 1961년 가을 김용년 군이 만기제대를 한 후였다. 박연 군은 외무부에 복직했고, 나는 서울고등학교에 취직해 있었다. 그 당시는 5 · 16 군사정변이 난 지 몇 달 되지 않아 박정희 소장과 휘하 장교들의 서슬이 시퍼럴 때였다. 쿠데타가 일어난 당일 시청 앞에서 박 소장 옆에 서 있던 이낙선 중령 — 그는 그새 진급해 있었다 — 의 기세도 물론 하늘을 찌를 듯했을 것이다. 그날 3년 만에 만난 우리 셋은 어느 중국집에서 고량주를 마셨다. 그 자리에서 김 군이 처자식을 위해 교직 자리라도 찾아야겠다고 하기에, 나는 슬그머니 그에게 수작을 걸어보았다.

"어이, 용년이, 이낙선 중령이 처조카 된다고 했지?"

"그래."

"그 양반 요즘 세도가 당당할 텐데 찾아가서 한 자리 달라고 해 보지 그래."

"뭐? 내가 낙선이를 찾아간다고? 야야! 말도 안 되는 소리 하지 말아라이!"

이 단호한 거부에서 나는 체면과 법도를 무엇보다 중요시하는 한 양반집 후손의 높은 기개를 읽으며 입을 다물고 말았다. 그 후 이내 그는 한 고등학교에 취직했고, 나중에는 대학으로 옮겨 가 평생 불어불문학을 가르쳤다. 그런데 내가 그를 마지막으로 만난 지는 어느새 50년이나 된다. ✻

기억이 부리는 조화

올해 서해의 안면도를 찾아가서 매화노루발 꽃을 다시 보았을 때 내 마음속 첫 반응은 "아니, 꽃이 왜 이리 작지?"였습니다. 여기저기 옹기종기 모여 떨기를 이루고 있는 꽃들이 하나같이 너무 작아 보였던 겁니다. 2년 전에 같은 곳에서 같은 꽃을 보며 비슷한 생각을 했는데 올해도 여전히 작아 보이니 기억력의 기능에 필경 무슨 곡절이 있나 봅니다.

내가 매화노루발을 처음 본 것은 약 15년 전쯤입니다. 그 당시만 해도 들꽃 탐사가들 사이에서 매화노루발은 아주 희귀한 꽃으로 간주되고 있었지요. 그러니 그 자생지에 대한 정보를 얻게 되자마자 나는 대부도에 연접된 한 작은 섬으로 달려갔습니다. 오전 내내 여기저기 뒤진 끝에 한 나직한 능선의 솔밭에서 서너 포기의 꽃을 발견했습니다. 그때의 그 날아갈 듯하던 기분은 아직껏 생생합니다.

그날 저녁 나는 접사해 온 꽃을 모니터에 올려놓고 요모조모 뜯어보며 시간 가는 줄 모르고 황홀해했습니다. 그렇게 모니터 위에서 확대된 꽃을 꼼꼼히 들여다본 탓인지 지금까지도 내 기억 속에서는 매화노루발 꽃이 적어도 엄지손가락의 첫 마디만큼 큽니다. 그러니 해마다 그 꽃이 나에게 낯설 정도로 작아 보일 수밖에요.

실물과 기억 속의 잔상殘像 사이에서 이런 차이를 볼 수 있는 것은 매화노루발뿐이 아닙니다. 광대나물, 꽃마리, 반디지치, 호자덩굴, 병아리풀 같은 비교적 작은 꽃들도 다시 볼 때마다 한결같이 "이렇게 작았던가?" 싶은데 이 역시 모니터에서 꽃의 디테일을 세세히 살펴보곤 했던 탓일 겁니다. 한편 동의나물과 한계령풀처럼 비교적 부피가 있는 꽃들도 늘 실제보다 훨씬 컸던 것으로 기억되는데, 아마 널찍하거나 여러 갈래로 갈라진 잎을 배경으로 삼고 꽃이 피기 때문에 생긴 착시효과일 겁니다.

이처럼 우리의 기억력은 실체를 과장하기 일쑤지만 이런 과장이 들꽃에 한하지 않습니다. 그 한 가지 예로 내가 어릴 때 이따금 다니던 비포장 길 한 곳이 생각납니다. 김천 시내에서 외가가 있던 구읍까지 가려면 직지천直指川을 건넌 후 당시 우리가 '신작로'라고 부르던 직선 길을 한참 걸어야 했습니다. 넓은 논을 가르며 나 있던 그 길 양쪽에는 봇도랑이 있어서 걷다가 지루해지면 이따금 걸음을 멈추고 방게, 송사리, 붕어 같은 것들이 노는 것을 한참씩 들여다보곤 했습니다. 실제로는 6-7백 미터쯤 되는 그 길이 나에게는 그처럼 한없이 걸어야 할 것처럼 멀기만 했던 겁니다. 하지만 많은 세월이 흐르고 나서 그 길을 다시 걸어 보니 "아니 이 길이 이렇게 짧았어?" 싶지 않겠습니까. 긴 세월의 간격을 고려한다 해도 기억 속의 신작로 길이와 실제 길이 사이의 격차는 너무 커서 놀랄 지경이었습니다.

나는 또 어린 시절에 헤어졌다 다시 만난 친구 앞에서도 비슷한 체험을 한 적이 있습니다. 해방이 되기까지 3년 반 동안 국민학교의 같은 반에서 공부하던 H 군은 이웃에 살았기 때문에 나와는 아주 친했습니다. 그는 학교 공부를 잘해서 모든 과목 성적이 늘 갑甲이었습니다. 하지만 체조 과목만은 그도 나처럼 언제나 을乙도 아니고 병丙이었습니다. 거의 모든 급우들이 우리보다는 한두 살 또는 세 살까지 나이가 많았기 때문에 우리는 학교에서 늘 '요와무시[弱虫]'로 따돌림을 당했습니다. 일본말로 용기 없고 나약한 못난이라는 뜻이지요. 학교에서 그런 처지를 공유했기 때문이었든지 하여간 나는 그와 친하게 지냈습니다. 그러다 4학년 여름방학 때 우리가 해방을 맞자마자 갑자기 H 군이 보이지 않았습니다. 들려온 소문으로는 그의 가족이 어떤 피치 못할 사정으로 김천을 떠나 고향으로 갔다고 했습니다.

그 후 오랫동안 나는 H 군을 잊고 지내다가 그에 대한 관심을 되살린 것은 대학에 입학할 무렵이었습니다. 나는 두 가지 근거에서 그를 한번 찾아봐야겠다고 마음먹었습니다. 첫째, 그간 그가 어디서 살았든 국민학교 때 공부를 잘했으니 필경 대학에 진학했을 것이고, 둘째, 우리나라의 가성家姓 중에서 그리 드물지 않게 볼 수 있는 L 씨는 창씨개명을 하지 않고 L이라는 한자를 일본어 식으로 훈독訓讀하여 H라고 호칭했으므로 H 군이 해방 후에도 일제 때 쓰던 한자 성명을 그대로 지니고 있을 거라고 추정했던 겁니다. 그래서 나는 『대학신문大學新聞』에 게재된 합격자 명단에서 그 이름을 찾아보았습니다. 하지만 수천 명의 명단 속에서 그의 이름은 보이지 않더군요. 나는 포기하지 않고 다음 해인 1955년에도 합격자 명단을 꼼꼼히 살펴보았는데 놀랍게도 그의 이름이 눈에 띄지 않겠습니까. 내가 다니던 문리과대학에 그가 합격했던 겁니다.

신입생들이 첫 수강신청을 하는 날 나는 학과 사무실을 찾아갔습니다. 10년 만에 다시 만난 그는 훤칠한 키에 마른 체격이었고 근시 안경을 끼고 있었는데 나는 대번에 그를 알아보았습니다. 반가워서 어쩔 줄 모르며 나는 그에게 다가갔습니다. 하지만 그는 놀란 기색이 역연했을 뿐 그리 반가워하는 것 같지 않더군요. 그도 나처럼 중고교 시절에 전쟁을 겪었고 그의 가족 역시 여러 가지 곡절을 겪었을 겁니다. 그런데 놀랍게도 그의 모습에서 스무 살 안팎의 청년에게서는 기대하기 어려운 체념이랄까 달관의 표정이 읽히지 않겠습니까. 그래서 나는 그의 가족들 안부조차 마음 편히 묻지 못하고 말았습니다. 그 후 3년간 같은 캠퍼스에서 자주 스치면서도 함께 다방이나 대폿집으로 옮겨가서 따뜻한 환담을 나눈 적이 없었습니다. 요컨대, 내가 기억하는 국민학교 4학년 때의 그 어린이와 10년 후에 다시 만난 그 청년 사이에는 참으로 하늘과 땅 사이만큼의 차이가 있었고 그때의 그 거리감을 나는 아직껏 극복하지 못했습니다.

영어권 사람들 사이에서 어쩌다 들을 수 있는 말로 "Good old days!"가 있습니다. 한때 가까이 지낸 사람들이 오랜만에 만나 지난날을 회고할 때 더러 들먹이는 일종의 관용적 감탄사지요. "그 좋았던 옛 시절!" 혹은 "그때는 좋았지!" 정도로 옮길 수 있겠습니다. 그런데 그 좋았다는 시절이 실제로 그렇게 좋았더냐고 다그쳐 묻는다면, 글쎄요, 언제나 그렇다는 대답만을 듣게 될까요? 아마 그렇지 않을 겁니다. 이를테면 젊은 시절에 함께 군 복무를 하거나 직장 생활을 하면서 많은 고생을 한 사람들도 훗날 안정된 삶을 살게 되면 그 옛 시절을 되돌아보며 "Good old days!"라며 떠들 수 있겠습니다. 이런 경우에는 그 지난 시절 자체가 실제로 좋았다기보다 그 시절의 고생마저 이제는 애틋한 추억으로 받아들일 수 있다는 심경에서 부지불식간에 뇌까리는 탄성에 불과할 공산이 높습니다.

L 군의 경우도 그렇습니다. 나는 오랜만에 다시 만난 그가 나의 기억 속에 남아 있던 어린 시절의 H가 아니고 너무 변했다며 섭섭해했지만 어쩌면 내가 그날 본 그의 모습 그대로가 그의 타고난 모습이었을 수도 있습니다. 그는 말이 적고 내성적인 천성을 가지고 태어났지만 어린 시절에는 그런 성격이 드러나지 않았거나 드러났어도 내가 그것을 눈치채지 못했을 수도 있다는 뜻입니다. 그뿐만 아니라 그는 나의 창씨개명된 이름만 기억하고 있었거나 그 이름마저 까맣게 잊어버렸을 수도 있습니다. 그렇다면 내가 전혀 다른 이름으로 불쑥 나타나서 국민학교 저학년 시절의 친분을 되살리겠다고 다가오는 것을 그로서는 쉽게 받아들이기 어려웠을 겁니다. 그런데도 10년 동안에 그가 변해도 너무 변했다며 내가 야속하게 여기거나 섭섭해했다면 그것은 그에게 공평한 처사라 하기 어려울 것입니다.

인간의 기억력은 컴퓨터가 메모리 칩 속에 저장된 데이터를 원래 저장된 대로 되살리듯 그렇게 정확히 옛일을 되살리지 못합니다. 이런저런 경위로 우리의 기억은 변질되거나 심하면 왜곡될 수 있을 테니까요. 특히 우리의 마음이 허영심, 자존심, 또는 욕심에 휘둘린다면 그런 심적 요인들이 우리의 기억을 상대로 농간을 부릴 수도 있겠습니다. 그러므로 예전에 사귄 사람들과의 관계나 옛날에 있었던 일들을 회고하며 그 성격을 임의로 재단하며 일희일비하는 것은 온당치 않습니다. 더욱이 우리가 과거의 기억 하나만을 믿고 또는 지난날의 인연에 대한 회포만을 근거로 옛일을 되살리려 하거나 옛사람들을 다시 만나 보겠다고 덤빈다면 그런 접근은 쉽게 좌절될 수도 있겠습니다.

어쩌다 들을 수 있는 영어권 속담 "Let bygones be bygones"가 생각납니다. 대체로 지난날에 겪었던 섭섭한 대접이나 억울한 피해를 이제는 깨끗이 잊자는 좁은 뜻으로 쓰이지요. 하지만 "지난 일들은 지나가 버린 것으로 여기자"쯤으로 직역될 수 있는 이 속담의 자의字義를 살려 과거에 가까이했던 사람이나 겪었던 일에 두루 적용될 수 있는 하나의 포괄적 잠언으로 삼고 싶습니다. 내가 이런 생각을 하는 것은 어린 시절의 작은 인연 하나에 집착하며 사람 찾기를 하려 한 것이 과연 옳은 결정이었을까 싶고 또 조금은 후회되기도 하기 때문입니다.

꽃 이야기로 시작된 사설이 곁가지를 치고 나가 너무 장황해졌습니다. 올 장마는 유난히 길어 끝없이 계속될 듯하더니 이제 며칠 후면 끝난다고 하네요. 몇 주 만에 카메라를 챙겨 들고 늦여름 혹은 초가을 꽃이나 찾아 나서야겠습니다. 그런데 올해는 또 무슨 꽃을 다시 만나 이전의 기억들을 어떻게 들춰내게 될지 모르겠습니다. ※

들꽃 찾아 반백 년

— 탐화 이력서

일제 말기였던 1940년대 초반에 내가 어린 시절을 보낸 시골집은 마당의 반쪽이 화단이었습니다. 대문에서 한쪽 담을 따라 단풍나무, 매화나무, 자목련이 서 있었고 두세 포기의 장미도 있었지요. 해마다 해동이 되면 우리가 '난초'라고 부르던 상사화 잎이 맨 먼저 올라왔고, 철이 되면 달맞이꽃과 원추리꽃도 피었습니다. 훗날 알게 되었는데 원추리는 예로부터 훤초萱草라 일컬었고 길하고 이로운 꽃으로 여겨졌다니 마당에서 자란 것이 그리 놀랄 일이 아닙니다. 하지만 그 당시 우리가 쓰키미소[月見草]라는 일본 이름으로 부르던 달맞이꽃이 우리 집 마당에 오게 된 경위는 모르겠습니다. 아무튼 그 시절에는 달맞이꽃이 산야에서 요즘처럼 흔하지는 않았던 것 같습니다. 봄이 되면 접시꽃, 당국화, 채송화, 분꽃 등의 씨를 뿌리던 기억이 아직도 새롭습니다. 하지만 정원 가꾸기는 언제나 선친의 일이었고, 내가 특별히 꽃을 사랑한 것은 아니었습니다.

꽃 특히 들꽃에 대한 나의 관심이 조금이나마 의식적으로 싹트게 된 것은 1961년에, 그러니까 60여 년 전에 교직 생활을 시작하면서부터였습니다. 지금은 잘 기억나지 않는 어떤 계기로 나는 주말 등산을 시작했는데, 그 최종 목표지는 거의 언제나 북한산 백운대였지요. 대개 정릉에서 보국문을 거치는 코스를 택했는데 더러는 우이동에서 도선사 쪽으로 오르거나 구파발에서 대서문을 거치기도 했습니다. 광화문에서 걷기 시작하여 자하문 고개를 넘은 후 세검정과 대남문을 거쳐 백운대에 이르는 긴 코스를 택하는 객기를 부린 적도 있습니다. 간혹 도봉산도 올라갔는데, 대개 천축사 또는 망월사를 거쳤고 드물게는 우이암이나 송추 코스를 택하기도 했습니다.

한강 남쪽에 관악산, 청계산, 남한산 및 수리산이 있는 것을 알고는 있었으나 어쩐지 '먼 산'으로만 느껴져서 무시했습니다. 그러다가 1960년대 말엽에 김신조 일당의 침투 사태로 인해 북한산이 사실상 폐쇄된 후에야 비로소 이 남쪽 산들을 찾아다니기 시작했습니다. 하지만 1970년대 중엽에 직장과 생활 근거지가 한강 남쪽으로 옮겨 온 후에는 도리어 북한산과 도봉산을 경원敬遠하며 지내는 편입니다.

철을 가리지 않고 산행 중에는 많은 들꽃이 눈에 들어왔고 그 아름다움과 향내에 마음이 쏠리기도 했습니다. 그럴 때면 꽃 이름이 궁금했으나 그것은 언제나 건듯 지나가는 궁금증이었을 뿐입니다. 그러니 그 많은 꽃들이 오랫동안 나에게는 '이름 모를 꽃'으로만 남아 있었지요. 그러면서도 마음이 조금도 불편하지 않았으니 지금 생각하면 참으로 무감각하게, 아니, 시쳇말로 무개념하게 살던 시절이었습니다.

1960년대 중엽부터 나는 이런저런 카메라를 들고 다녔는데 언제부턴지 꽃 사진을 찍어 보면 좋겠다 싶더군요. 하지만 이내 그런 생각을 버렸습니다. 필름 값이며 현상 및 인화 비용 등을 고려할 때 섣불리 시도해 볼 일이 아니었기 때문입니다.

한편, 사진 찍기는 포기하더라도 꽃 이름만은 알아야 꽃이 더 예뻐 보일 것이라는 생각이 들더군요. 그래서 1980-90년대에는 산야에서 만난 꽃들의 특징을 머릿속에 담아 와서 밤새 도감과 씨름하며 그 이름을 알아내려고 끙끙거리곤 했습니다. 더러 정확한 이름을 알아내기도 했지만 이름을 잘못 짚은 사례가 부지기수였지요. 그런데 꽃 이름 알아내기를 하다 보니 탐화探花 기록도 하게 되더군요. 하지만 언제 어디서 무슨 꽃을 보았다는 식의 간단한 기록이었을 뿐입니다. 내가 식물의 분류 체계에 대한 관심을 가지기 시작한 것도 그 무렵이었고요.

1990대 말엽에 디지털 카메라라는 게 등장했다는 소문은 내 귀에 솔깃했습니다. 무엇보다 필름이 필요 없고 현상과 인화를 하지 않고도 사진을 볼 수 있다는 점에 마음이 끌렸던 거지요. 마침 2001년에 교직에서 퇴임했기에 시간적으로 여유로웠던 나는 당시에 한창 유행하던 '똑딱이' 카메라를 하나 구입했습니다. 하지만 그걸 가지고 들꽃을 찍어 보니 대번에 이건 아니다 싶더군요. 그래서 이내 SLR 카메라로 갈아탔고 첫 카메라는 캐논(Canon) 300D였습니다. 이내 100mm 마크로 렌즈와 17-40mm 줌렌즈를 갖추었고요.

평생 소망하던 꽃 사진 찍기가 그런 식으로 시작되었습니다. 그 당시나 지금이나 나는 주로 혼자 나돌아다니는 편이지만, 꽃 벗들과 함께한 날도 많았습니다. 나와 비슷한 시기에 퇴임한 국어학자 모산茅山 이익섭 교수 그리고 영어영문학과 동료였던 백초白初 김명렬 교수와 산여山如 천승걸 교수와도 빈번히 어울려 산행을 하면서 꽃 사진 찍기를 본격적으로 시작했습니다. 강원도 지역은 주로 강릉이 고향인 모산의 길 인도로 탐사했는데, 한번 나가면 2박 3일간 쏘다니기 일쑤였습니다. 서해의 유명한 꽃 섬 풍도도 1박 2일 일정으로 서너 차례 다녀왔고요.

2005년 봄에 우연한 계기로 나는 자연과 들꽃 사랑을 표방하는 취미 공동체인 인디카에 가입했는데 그게 나에게는 하나의 커다란 전기轉機였습니다. 무엇보다 그간 내가 참으로 우물 안의 개구리처럼 살아왔구나 싶더군요. 인디카에는 식물 생태에 대해 전문학자에 버금가는 식견을 갖춘 아마추어들이 있는가 하면 뛰어난 사진 촬영가들도 있습니다. 그중에서 주도적인 역할을 하는 분들은 대체로 1950년대 출생이므로 나보다는 20년쯤 연하였습니다. 하지만 나는 이 눈치 저 눈치 보면서 그들에게 다가갔고, 고맙게도 그분들은 처음부터 나를 스스럼없이 대해 주었습니다. 이제 스무 해쯤 지나 되돌아보니 그분들은 나에게 하나같이 다정한 꽃벗들이요 훌륭한 스승이었습니다. 그분들과의 교유함으로써 그간 나는 꽃 탐사에서 외롭지 않았고 부지불식간에 들꽃에 대한 이해와 애정을 심화할 수 있었습니다.

종일 산야에서 찍어 온 사진들을 펼쳐 놓고 밤이 이슥하도록 들여다보곤 하는 사이에 들꽃 탐사에 대한 평소의 애착이 차츰 더 집요해졌습니다. 꽃을 찾아 나서는 일도 더 잦아졌고요. 동절기를 빼고 1년 내내 매주 두어 차례 꼴로 집을 나서곤 했는데 한번 나가면 수백 장씩의 사진을 찍어 왔습니다. 그러다 보니 사진을 저장하는 문제가 생기더군요. 찍어 온 사진 중의 많은 것을 버리고 일부만 저장한다 해도 꽃의 종류가 늘어나고 종별 사진의 분량이 급증했기 때문입니다.

그래서 처음부터 식물의 분류 체계를 이용하기로 했습니다. 그 상위 구분에 해당하는 문門, 강綱 및 목目은 제쳐 두고 모든 종種을 과科별로 분류했습니다. 과와 종 사이에는 속屬이라는 분류 단계가 있으므로 몇몇 과는 임의로 속별 분류까지 하는데, 이는 물론 순전히 나 자신의 참조를 위한 추가 조처입니다.

사진을 식물 분류 체계에 따라 저장해 두는 데에는 몇 가지 묘미랄까 이점이 있더군요. 무엇보다 개개 종의 식물을 그것이 속한 특정 프레임 속에서 살펴볼 수 있게 해 줍니다. 이를테면 백합과(Lilaeaceae)의 식물은 꽃잎과 수술이 여섯 개씩이되 그 씨방은 대체로 세 갈래더군요. 그리고 지치과(Borraginaceae)의 식물은, 내가 자주 접하는 꽃받이속, 지치속 및 꽃마리속을 중심으로 관찰하건대, 한 장의 꽃이 꽃부리[花冠]을 중심으로 다섯 갈래로 나뉘어 있고 흔히 갈래마다 능선이 보이며 다섯 개의 나직한 수술은 화심에서 꽃잎에 붙어 있거나 거의 보이지 않을 경우도 있다는 점에 착안하게 되었습니다.

속屬별 분류의 경우에도 가령 용담과의 쓴풀속(Swertia) 식물 중에서 쓴풀, 개쓴풀 및 자주쓴풀은 꽃잎이 다섯 장씩이고 화심에 꼬부라진 털이 밀생하는 데 비해, 큰잎쓴풀과 네귀쓴풀 및 대성쓴풀은 꽃잎이 네 장씩이고 화심에 이렇다 할 털이 보이지 않으므로 이 여섯 종은 같은 속의 식물이되 두 그룹으로 나누어 생각할 수도 있겠다 싶습니다. 한편 미나리아재비과의 으아리속(Clematis)은 으아리 말고도 큰꽃으아리, 개버무리, 종덩굴, 사위질빵, 요강나물, 자주조희풀 같은 잡다한 종을 포함하고 있어서 처음에는 어리둥절했으나 차츰 살펴보니 그 암술대가 자라서 흔히 깃털 뭉치 같은 것을 이룬다는 공통점이 있더군요.

식물을 과별 혹은 속별로 분류하며 살펴보는 습성은 처음 보는 식물을 '동정同定하는' 안목도 키워 줍니다. (이때의 '동정하다'는 들꽃을 찾아다니는 이들이 즐겨 사용하는 '식별하다'의 뜻을 갖는 말입니다.) 이를테면 외풀이나 큰개불알풀 같은 식물을 처음 만났을 때 그 꽃의 생김새를 보고 도감의 현삼과 부분을 맨 먼저 뒤져보게 된다든지, 또는 골무꽃이나 송장풀의 꽃과 꽃차례를 보고 혹시 꿀풀과가 아닐까고 추측하게 된다는 말입니다.

이처럼 여러 식물을 두고 그 분류 체계의 관점에서 접근하려는 노력에는 여러 가지 부수적 이점이 있습니다. 그래서 나는 이런 방식의 분류 및 저장에 집착하는 편입니다. 하지만 어디까지나 식물분류학을 피상적으로 이용하는 데 그칠 뿐이고 한 학문 분야로서의 분류학을 깊이 이해하거나 활용하고 있다는 뜻은 물론 아닙니다. 어쨌든, 내 컴퓨터의 꽃 사진 창고에는 1천 종이 넘는 식물이 100여 개의 과로 분류되고 더러는 속별로 추가 분류되어 가나다순으로 저장되어 있습니다.

2005년에서 2009년에 걸치는 5년간에는 탐화 일지를 쓰기도 했습니다. 하루, 이틀, 혹은 사흘에 걸친 일정과 탐방지 및 만나 본 꽃들을 기록하는 한편 탐화 소감을 글로 쓰는 식이었지요. 그 일지를 다시 들춰보니 이런 구절이 눈에 띕니다.

> 2007년 10월 20일 (토)
>
> 오전에 강화도로 좀바위솔을 보러 가지 않겠느냐는 전화가 왔다. 한국비교문학회의 점심 모임이 예정되어 있었으나 회장에게 전화해서 양해를 구했다. 명색이 그 학회의 전임 회장이었던 내가 기왕에 날짜가 잡혀 있던 학술 간담회를 외면하고 들꽃을 보러 간다? 그러면서도 조금도 마음의 거리낌이 없으니 이래도 괜찮은 건지 모르겠다.

2007년이면 퇴직한 지 7년째 되는 해인데 그 무렵에는 내가 학술 활동보다 들꽃 탐사에 더 열정을 쏟고 있었음을 위 구절은 분명히 드러냅니다. 그뿐만 아니라 나는 현직에 있을 때 캠퍼스의 동료들과 어울려 서예 공부를 했는데 그 모임도 그 무렵에는 이미 그만두었습니다. 지금 생각하면 들꽃을 보러 다니기 위해 학문적 관심에 소홀했던 것이 별로 아쉽지는 않습니다. 하지만 1989년부터 16년간 한 주일에 한 차례씩 먹을 갈던 모임을 그만둔 것은 아무리 생각해도 잘못된 결정이라 무척 후회됩니다.

한편 나는 꽃을 찾아다니는 길에 느낀 소감이나 생각으로 토막글을 쓰기 시작했습니다. 인디카 홈페이지의 "삶의 향기"라는 공간이 눈에 띈 것이 그 계기였지요. 2005년부터 나는 "월류재통신月留齋通信"이라는 연재 제목으로 쓴 일련의 잡문을 "삶의 향기"란에 올렸는데 그 첫 번째 글은 「쇠무릎과 우슬초牛膝草」였습니다. 한 인디카 회원이 제기한 성경 속의 우슬초와 쇠무릎의 관계에 대한 궁금증에서 출발한 짤막한 글이었지요. 그 후 나는 2013년에 이르도록 들꽃 및 들꽃 탐사에 관계되는 잡문을 50편 넘게 써서 "삶의 향기"란에 게재했습니다.

몇 해 동안 잡문을 쓰다 보니 이걸 엮어 책을 내 봐? 하는 생각이 들더군요. 그래서 나온 책이 『가을 봄 여름 없이 — 늘그막에 찾아다닌 꽃 세상』(신구문화사, 2010)입니다. 2005년에서 2010년까지 쓴 "월류재통신"과 탐화 일지에서 가려 뽑은 글에다 기왕에 여기저기 청탁을 받고 쓴 글들을 보태어 한 권의 잡문집을 만들었던 겁니다.

그 후에도 글쓰기는 계속되었는데 그 주제는 주로 식물 명칭의 유래와 그 적정성 여부를 따지는 일에 집중되어 온 편입니다. 이처럼 엄벙덤벙 써 낸 글을 부끄러운 줄도 모르고 공개한 데에는 내 나름의 변명이 있습니다. 무엇보다 독자들 중의 몇 분이 글 속에 드러난 오류와 미흡함을 지적하거나 유익한 논평을 해 주면 그게 나에게는 소중한 보탬이 되었습니다. 최근에는 인디카의 "삶의 향기"란에 "횡설수설"이라는 새 연재 제목으로 열 편의 글을 올린 바 있고 앞으로도 몇 편 더 써 볼까 합니다.

나의 꽃 탐사 이력에서 결코 빠뜨릴 수 없는 대목은 고 남정南汀 김창진 교수(1932-2016)와의 교유입니다. 나는 대학의 2년 선배였던 국문학자 김 교수와 전혀 면식이 없었는데 약 25년 전에, 그러니까 1990년대 말엽에 우연한 계기로 그와 사귀게 되었습니다. 그는 나에게 자기의 "초우재 통신草友齋通信"을 보내 주었고, 오랫동안 그것을 일방적으로 받아 보기만 하던 나는 어느 출판 기념 모임에서 그와 처음 마주쳤습니다. 그 후 그가 주도한 산문 동인지 "숙맥菽麥"에 내가 창간 멤버로 참여하게 되자, 그때부터 우리의 교분이 두터워졌습니다.

내가 카메라를 들고 다니기 시작하자 남정은 내 들꽃 사진에 관심을 보였습니다. 모산, 백초와 어울려 풍도니 곰배령이니 하는 곳으로 탐사를 다닐 때면 그가 동참하기도 했습니다. 하지만 그는 사진 찍기에 별로 관심이 없었고 오직 꽃을 꼼꼼히 들여다보기만 했습니다. 그리고 꽃 탐사에 열중하는 우리를 신기하다는 듯이 바라보았습니다.

나는 이따금 이메일 편으로 남정에게 꽃 사진을 보냈고 2009년부터 그는 내가 보낸 들꽃 사진에 시를 지어 화답하기 시작했습니다. 새로 찍어 온 사진 중에서 한두 가지 꽃을 골라 메일에 첨부해 보내면 이튿날쯤 그가 그 꽃을 즉흥시로 읊어 보내오는 식이었습니다. 더러는 한 가지 꽃을 놓고 두 편 혹은 세 편의 시를 쓰기도 했습니다. 그의 시상詩想은 무궁무진한 듯 거의 모든 꽃을 읊었는데 시가 늘 참신했습니다. 더구나 그는 내 꽃 사진에만 시를 쓴 것이 아니고, 모산의 사진에 대해서도 똑같이 시를 썼습니다. 그는 작시作詩의 부담을 전혀 느끼지 않음이 분명했습니다. 하지만 혹시 그에게 부담을 주게 될세라 내 쪽에서 사진 보내기를 망설인 적은 여러 차례 있었습니다.

이처럼 모산과 내가 메기고 남정이 화답하는 방식의 주고받기가 2, 3

년 계속되니 꽃 시가 1천 편쯤 모이더군요. 그러자 남정의 꽃 시집을 엮어 보자는 의견이 나왔습니다. 그냥 시집이 아니고 꽃 사진을 곁들인, 이를테면, 시사집詩寫集이라고 할 만한 책을 한번 발간해 보자는 것이었지요. 그래서 나온 책이 『오늘은 자주조희풀 네가 날 물들게 한다』(신구문화사, 2013)입니다. 발문은 백초가 썼고요.

이 책이 발간된 후 몇 분의 인디카 회원들도 남정에게 들꽃 사진을 보내기 시작했고, 남정은 거침없이 화답했습니다. 그렇게 해서 다시 2백여 편의 시가 새로이 수합되자, 남정의 두 번째 시집을 내자는 의견이 나왔습니다. 그래서 나는 새로 동참한 회리 김광섭(이분의 아호는 순우리말 '회오리'의 사투리인 '회리'), 운죽雲竹 백태순, 유연悠然 송민자, 무산霧山 이재능, 혜당蕙堂 이종숙 님(본명 가나다순) 이외에 모산, 백초와 나까지 포함하는 여덟 사람의 꽃 사진을 보고 쓴 남정의 시를 수합해서, 개화 시기별로 나누어 편집했습니다. 그렇게 나온 책이 『저 꽃들 사랑인가 하여하여』(신구문화사, 2015)입니다.

한편, 『오늘은 자주조희풀 네가 날 물들게 한다』의 발간을 계기로 남정과 나는 2013년 5월에 주간지 『노년시대신문』— 2014년에 『백세시대』로 개제 — 으로부터 재능 기부 형식의 기고를 해 달라는 요청을 받았습니다. 매주 꽃 사진에 시를 달아 신문에 연재해 달라는 것이었는데, 우리 두 사람은 그 요청을 기꺼이 수락했습니다. 매주 나는 계절에 맞는 꽃을 골라 간략한 해설을 달고 남정의 시에 대한 짤막한 논평을 써서 신문사로 송고했습니다. 그렇게 시작된 연재가 2016년 8월까지 3년 3개월 동안 계속되었고, 연재가 중단된 것은 시인이 별세했기 때문입니다.

나와 교유하고 있는 동안 남정은 두어 가지 신양身恙에 시달리고 있는 눈치였는데 2016년 여름에 병세가 악화했던 겁니다. 8월에 그는 솔나리를 시로 읊은 후 이 세상을 떠났습니다. 그러므로 병상에서 아드님이 받아 썼다는 다음 시는 남정의 절명시絶命詩라고 할 수 있습니다. "가을은 입신의 달/아니 현신의 시월/하늘의 구름 붙잡고/저 꽃으로 태어날 수 있을까/귀멀고 눈멀어가는/나에게/솔나리도/솔나리도/우주를 날으면서/첫 날파람 소리가 되겠다/그 세상 태어나서/시인의 나의 첫 꿈/솔나리 피다."

나는 150여 편에 달하는 연재물 모두를 수합해 두었다가 2018년에 『들꽃, 시를 만나다』(신구문화사, 2018)라는 제목의 책을 출간했습니다.

기왕에 나온 남정의 시집 두 권과 이 세 번째 책이 증언하고 있듯이 나의 탐화 경력에서 남정은 아주 중요한 자리를 차지합니다. 하지만 그에 대한 이야기가 너무 길어졌네요. 그와의 교유가 단순한 개인적 친교에 그치지 않고 나로 하여금 꾸준히 들꽃을 찾아다니게 하는 동력의 일부였기 때문일 겁니다. 그러므로 그가 떠나면서 남긴 내 마음속의 빈 공간은 허전하기 이를 데 없었습니다.

지난 3년간은 코비드-19라는 역병이 우리 사회를 많이 위축시켰으나, 본래 혼자 다니는 데 익숙한 나는 그 괴질에 별로 구애받지 않고 열심히 쏘다닌 편입니다. 늘 입으로는 "꽃 사진 찍기보다는 꽃 탐사 자체가 더 중요하고, 꽃 탐사보다는 그것을 핑계로 등산을 하는 것이 더 의미 있다"는 모토를 되뇌면서 말입니다. 하지만 실제로는 등산을 핑계 대며 꽃 탐사에 열중했고, 꽃 탐사 자체보다는 꽃 사진 찍기에 더 열을 올림으로써 표리부동한 처신을 하지 않았나 싶습니다.

해마다 여러 종의 새 꽃을 처음으로 보기도 하지만, 대체로 같은 시기에 같은 곳을 다시 찾아다니며 늘 보던 꽃들을 보고 또 보곤 합니다. 그러면서도 지루해하거나 지치는 일이 없다고 할까요. 한편 내가 그러고 다니는 사이에 들꽃에 대한 사랑은 단순한 애착을 넘어 편집偏執이 되고 순박한 탐화探花가 볼썽사나운 탐화貪花로 타락하지 않았을까 두려울 때도 있습니다. 하지만 여기서 한 가지 말해 두고 싶은 것은 꽃 찾아다니기와 꽃 사진 찍기가 상승작용을 했을 거라는 점입니다. 그리고 그 덕에 60여 년 전에 시작된 나의 산행 습관이 아직껏 이럭저럭 이어지고 있고요.

이미 오래전부터 너무 욕심을 내지 말라는 경고음이 귓전을 두드리는 듯합니다. 게다가 배낭에 넣고 다니는 두 대의 카메라와 렌즈들도 오랫동안 험한 대접을 받은 탓으로 삐걱거리기 시작한 지 오래됩니다. 그런데도 여전히 쏘다닙니다. 아직껏 보지 못한 꽃이 많고 또 그 꽃들을 언젠가 내 눈으로 직접 보게 되길 바라기 때문이지요. 하지만 어찌 원한다고 다 볼 수 있으며 또 꼭 보아야만 하겠습니까. 더러는 미련 없이 포기하고 단념해야겠지요. ❊

이상일

늙은 천재
관념을 억누른 긴 팔의 비행 형상
센티멘털리즘의 극치에 이른 많은 서사의 쓸쓸함과 원숙미
반골 정신: 잡학과 순수를 때 묻히는 천격의 쓰레기 예술까지

늙은 천재

천재라면 젊어야 한다. 어쩌면 어려야 할지 모른다. 반드시 그래야 해야 한다는 까닭이야 없지만, 어쩐지 늙은 천재는 어울리지 않는다. 그것도 천재는 요절夭折해야 할 것 같다. 스물이 되기 전에 죽어야 천재 소리를 듣기 알맞다. 20대도 후반에 들면 천재 대열에서 빠진다.

내가 초등학교 들어갈까 말까 했을 때였다. 시골에서 지나가던 중 하나가 길 가던 코흘리개 어린 나를 붙들어 골목으로 끌고 가더니, 느닷없이 너는 어린 나이에 천재로 죽을 팔자라고 하며 혀를 찼다. 그러니까 오래 살리려고 절에라도 데려갈 셈이었던지, 지금 같으면 유괴 의도라도 있는가를 물어볼 수 있겠다. 아무튼, 그 떠돌이 중의 말이 무슨 뜻인지도 모른 채 나는 내가 오래 못 살 것이라고 알아들었고, 천재가 무엇인지는 흘려들었다.

그런 내가 두 세기를 겹쳐 살고 망望 90의 나이가 되었다.

천재라면 시인이어야 할 것 같다. 예술가여야 천재 소리를 듣기에 알

맞다. 그래서 내가 그리는 천재상天才像은 다 젊고 병약하고 일찍 죽는다. 시인 김소월은 몇 살에 죽었을까. 분명히 30대 초반에 죽은 것으로 알고 있는데 내 머릿속에 있는 천재 이상李箱도 10대의 동안童顔으로 그려진다. 그리고 그들은 언제나 병약해 보인다.

우리 세대를 가로지르며 살다 간 수많은 천재들을 회상할 때 그들의 요절이 새삼스럽게 가슴을 먹먹하게 만든다. 재주 있는 시인들은 10대에 죽었을까. 20대에 죽어서 시인이 되었을까.

평론가 이어령이 화려하게 평단에 데뷔했던 1950년대 후반기, 서울대학교 문리과대학 어문학과에는 재주 있는 천재 소리를 듣던 인물로는 소설을 쓰던 최승묵, 김열규, 시를 쓰던 송영택, 이일 등이 있었다. 그들은 모두 미래 문단의 잠룡들이었다. 잠룡들을 따돌리고 갖가지 화제를 뿌리며 귀재鬼才 소리를 듣던 이어령은 대학이라는 울타리 속의, 학문과 과학의 천재까지는 되지 못했다. 그 흔한 세간의 문학지 편집자로, 평론가로, 대학 교수로, 정책 전환기의 아이디어맨으로, 고급 관료의 수장으로, 국제적인 서울 올림픽 PD로 그쳤다. 그만하면 천재일까. 그런 그는 모교인 서울대학에서 박사 학위를 따지 못했고 모교인 서울대학 교수 노릇도 하지 못했다.

당연히 있어야 할 자리에 안착하지 못하는 천재들은 사회적으로 천재로 자리매김할 보증서를 갖출 교류의 창구 찾기가 어렵다.

문화부장관 자리의 경력 하나가 전부였던 그런 그가 천재일까. 뛰어난 인재일 뿐일까.

그만한 인재도 드물었으므로, 같은 시대를 살았던 '동시대인'(die Zeitgenössische)으로서 나는 그를 천재로 떠받들 만하다고 한 표 던진다.

그런 천재 이어령도 늙었다. 동아일보에 실린 그의 인터뷰 기사를 읽으면 그가 늙었다는 인상은 없다. 그러나 게재된 사진을 보면 병색이 완연하다. 89세. 그의 병명은 암이고 그는 치료나 수술을 거부하였다고 한다.

나처럼 범속한 사람과는 달리 천재라는 아우라 덕에 그들은 조금은 범속의 때를 벗는다. 그래서 나는 조금이라도 일상의 때를 씻어 내는 뛰어난 사람을 만나면 혹시 그도 천재가 아닐까 기대하는 마음으로 우러러보곤 한다.

아무렇게나 천재가 태어나는 것은 아닐 것이다. 천재가 그렇게 많이 태어나면 천재가 아니지. 그러면서도 천재를 기리는 우리는 진보와 변화를 갈구하며 천재들에 의한 진보와 변화 속을 살고 싶어 한다.

우리 시대의 지난 1백 년쯤 사이에 우리는 봉건제도의 붕괴와 개화기, 일제 침탈, 그리고 이데올로기의 지배와 동족상잔, 민주주의 학습과 체험, 현대화와 산업화 과정 등 커다란 역사적 전환기를 겪으며 현실적인 리더들의 부침浮沈과 함께 꽤 많은 천재들이 부침해 간 현실을 살았다. 그렇게 그들에 의해 한국 현대사가 작성된 것이다.

현실적 리더들을 제쳐두면 선천적으로 뛰어난 재주와 재능을 가지고 한 분야, 혹은 여러 분야에서 두각을 나타내어 대가가 되었거나 미지의 영역을 개척해서 위대한 업적을 남긴 천재들은 그다지 그 숫자가 많아 보이지 않는다. 천재로 잘못 지목된, 매스컴상의 '공부 천재들'은 꽤 있었던 것으로 기억한다. 김웅용과 송우근의 천재성은 부모나 주변이 성급히 기대한 공부 천재 수준이었다. 운동선수, 바둑 기사, 그리고 트로트 가수들의 천재성은 인기 바로미터에 붙은 상표.

역시 천재는 뉴턴이나 아인슈타인 같은 과학자, 수학의 천재, 아니면 음악의 베토벤이나 모차르트, 그리고 미술의 고흐나 피카소, 만능의 천재 예술가인 미켈란젤로와 레오나르도 다 빈치 정도가 아닐까.

과학의 천재들은 특별 영역이라서 함부로 말할 수가 없다 치고, 한 시대의 고비를 쥐고 틀었던 정치적 또는 경제적 리더들에 대한 '천재론'도 덧칠한 허구에 지나지 않을 가능성이 많다. 아니, 그들도 일종의 천재들이었을까. 시대의 전환을 감지하거나 선도하려던 야심적인 그들 — 예컨대, 나폴레옹이나 히틀러 — 도 어쩌면 역시 천재들이었을까.

그러나 천재는 사상가나 예술가 가운데서 나와야 천재 같다. 그것도 일찍이 젊은 나이로 죽은 시인쯤 되어야 진짜 천재 같다. 아니면 비싼 피아노나 바이올린을 두들겨 부수는 기행奇行쯤을 일삼은 백남준은, 그러니까 소리라는 공통 인식을 써서 공유 이미지가 아닌 것을 드러내 보일 수 없는 안타까움을 악기 파괴라는 액션으로 푼 그는 그런 절박한 심정으로 예술을 '사기술'이라고 갈파한다.

그러고 보면 늙은 천재의 기행은 거의 없다. 있다 해도 치매에 가까운 언행은 듣기가 민망하고 어색해진다. 늙은 천재는 천재라고 불리지도 않는다. 젊은 천재는 살아남지만 늙은 천재는 이제 죽을 날만 기다린다.

내 세대의 천재들 가운데 한 명인 평론가 이어령은 스스로 치료를 거부한 89세의 암 환자다. 여전히 명석한 어조로 사태를 진단하고 판결을 내리는 폼은 젊은 천재 그대로이지만, 지난 해 2021년 초에 6개월을 더 넘기지 못할 것이라는 진단을 받았던 건강이라면 지금 그 두 배의 시간을 살아 넘긴 그는 이제 진정 말기 암 환자임이 분명하다.

그런 이어령의 늙은 천재성은 그런 그의 한계를 공개적으로 확인시킨 데 있다. 그의 임종을 통해 그는 인간의 한계, 표현의 한계, 목숨의 한계를 먼 우주적인 미세 먼지의 극한으로 좁히거나 확대하는 실험을 하듯 한다.

그의 젊은 날의 천재성은 신뢰할 수가 없었다. 영웅은 고향에서 받아들여지지 않는다는 말처럼 함께 같은 대학을 다닌 그런 그는 나에게 시인도 아니고 예술가도 아니고 과학자도 아니어서 천재 계열에 들 수도 없었다.

젊은 천재들은 차고 넘치는 재능을 어떻게 다룰 줄 몰라 사회적 질서와 그 용납될 수 있는 허용 범위를 넘어선 행동으로 기행을 펼치기도 한다. 비가 오는 교정의 수도水道 물받이 속으로 우의를 벗은 채 뛰어드는 기행은 유치한 모방이었을까. 며칠을 밤샘하며 트럼프 도박에 빠지거나 며칠 밤을 지새며 술로 술기운을 씻어 냈다는 객기의 무용담들은 얼마나 속이 터졌으면 그런 미친 짓들을 하며 시간을 쪼갰을까, 딱하기만 했다. 그런 측면에서 밝은 대낮에 삿갓을 쓰고 다닌 김삿갓도 일찍 죽지 못한 늙은 천재였을 것이다.

그런데 늙은 천재는 차분한 지성으로 미래의 비전을 제시할 수 있다. 그런 것이 서울 88올림픽의 굴렁쇠 소년 이미지로, 혹은 아날로그와 디지털 합성의 '디지로그' 발상 같은 미래 제시, 비전의 제시다. 그런 의미에서 80대의 암 환자인 늙은 천재도 병약한 10대의 천재와 다를 바 없이 예지豫知 능력에서 타고난 높은 수치를 갖고 있는 것으로 보인다.

늙은 천재 이어령은 임종의 딸을 위해 지성인답지 않게 딸이 소망하는 기독교 신자가 되어 주었고, 또 스스로 임종을 맞으며 항암 수술과 치료를 거부함으로써 스스로 생명의 자기 결정권을 입증하려 한다.

나 같은 평범한 사람들이 하기 어려운 결단을 내린 그를 나도 옛날 같았으면 늙은 객기쯤으로 평가절하하려 했을 것이다. 그러나 그것이 어쩌면 늙은 천재의 마지막 삶에 대한 자기대로의 인식이고 성찰이라면 나 같은 제3자는 입을 다무는 것이 늙은 천재에 대한 예의라고 생각한다. ❊

관념을 억누른 긴 팔의 비행 형상

— 무트댄스의 정기 공연 〈크리티컬 포인트〉

생각하는 것과 표현되는 것 사이에는 많은 차이가 있다. 그것이 수준의 차이에서 오는 경우도 있지만, 생각의 차원과 표현의 장르 차이에서 오는 차이일 때 그 구별을 일러 주는 방법이 평론일 수 있다.

이카로스의 밀랍 날개 비행飛行이라는 엉뚱한 시도가 실패한 사실을 두고 평가는 엇갈린다. 그러나 바위를 지고 오르는 시지포스 신화의 경우처럼 부단한 시도는 높이 평가 받을 수 있는 것이다. 그래서 인간은 창세기 신화를 만들어 냈고 현대적인 우주 비행 시대를 개척해냈다.

무트댄스의 정기 공연 〈크리티컬 포인트〉(*Critical Point*, 2023년 9월 21일, 대학로예술대극장)의 안무 노트는 서사적 구성으로 봐서 관객에게 자유로운 선택지를 제시한다. 1) 날개를 찾아서, 2) 탈피, 3) 미로 속의 나, [중략] 6) 높은 곳을 향해, 7) 나락으로, 8) 어디로 가야 하는가.

이런 8장의 생각 — 곧 관념적 사고 — 과 형상화하는 무용 예술의 선택지 사이에는 큰 간극間隙이 있을 수 있다. 관념은 비행 사고思考의 비극을 암시하고, 형상은 하늘로 뻗는 비행飛行의 쾌거를 찬양할 수 있다. 여기에는 그리스 신화의 단편적 핵심과 보편적인 천지창조 신화의 한국적 수용이 걸쳐 있다.

제명題名 "크리티컬 포인트"(Critical Point)는 임계점臨界點, 어떤 극한의 한계를 긋는 지점이다. 흔히 한계상황이라고들 한다.

무트댄스의 김정아 대표가 안무자로서 설정한 임계점은 이카로스의 날개가 태양열로 녹아 내려 그의 비행 시도가 낙하의 극한상황에 이른 지점을 뜻한다. 그런 임계점에서 사유思惟는 상하 · 전후 · 좌우 더 나아갈 길목을 찾지 못한 채 극한에 처하여 폭발하게 될 것이다. 무용단 무트댄스 자체의 극한상황을 이겨 내려는 임계점에서의 움직임은 그런 의미에서 자체적인 사활을 건 시도인 것이다.

무대 전체는 솔로 무용수의 인도에 따라 사각형의 무대 구성을 통해 '크리티컬 포인트'에 이른 무용수들의 갈등과 욕망을 무용수 하나하나가 표현케 한다. 2인무, 3인무, 5, 6, 8명의 출연자들은 움직임의 다양성을 욕심에 비등케 모두 드러낸다. 그것은 자신을 모두 드러내는 누드 형태에 가깝다. 뿐만 아니라 한국 무용의 미세한 움직임을 손끝으로 모아 손가락 언어의 움직임으로 무트댄스 스타일이 탄생한다. 그 정점에 하늘로 뻗는 긴 팔의 비행 영상이 커다란 이미지의 잔상으로 오래 남게 되는 것이다.

비상과 추락이라는 관념을 무용 형상으로 남긴 안무가 김정아와 조안무가 우지영, 그리고 출연자 조혜정, 이유빈, 백소영, 강소정, 오승희, 정서희, 조상희, 김서연, 임지우, 강다연은 스포츠 경기에서 말하면 분야별 수상자들처럼 작품 〈크리티컬 포인트〉의 금메달감이 아닐 수 없다.

그렇게 하늘로 치솟는 무용수들의 몸은 하늘로 치솟는 긴 팔의 비행 형상을 이루며, 우아한 한국 무용의 몸매는 발레 테크닉의 비상飛翔을 감싼 흑백의 짧은 의상을 걸친 채 깊은 심해를 향해 끝 모를 허공으로 솟아오르는, 역逆비행의 욕구를 분출한다. 아주 구체적이다.

그 욕구는 의지意志다. 의지는 욕망이라고 말해지기도 하고 욕심으로 표현되기도 하지만, 의지가 저차원의 욕망이냐 욕심이냐에 따라 '욕구'는 고차원의 이념이 되기도 할 것이다.

이카로스의 밀랍으로 붙여진 날개는 뜨거운 햇빛에 녹아 하늘을 비상하려는 그의 의지가 한낱 헛된 욕심으로 끝나는 것일까. 아니다. 그의 의지는 하늘이 아니라 우주로 뻗는 인류의 꿈이 되고 상상력의 승리가 된다.

그러므로 실패는 반드시 승패의 어긋난 짝패가 아닐 수도 있다. 의지가 이념이 되고 철학이 되고 세계관, 우주관이 되면 하늘이 우리의 마당이 되기도 하고, 춤과 노래가 제의祭儀가 되기도 할 것이며 더럽고 추한 오예汚穢가 아름답고 우아한 정화淨化의 제단으로 바뀔 수도 있다.

그렇게 이대 한국무용과 김영희 교수가 길러 냈던 무트댄스 멤버들은 조직을 재정비하여 그의 서거 후 2019년 사단법인 무트댄스로 거듭 났고 'BE-MUT' 정기공연 2회 작품으로 〈크리티컬 포인트〉를 선보여 지도교수의 유무에 따라 한 무용단이 어떻게 변모해 갈 것인가 우려하는 관객들의 회의를 불식시켰다. 그런 비슷한 과정을 겪고 있는 특정된 동문 무용단들이 지도교수들 퇴장으로 무용단의 연명 내지 존치存置 여부가 관심의 대상이 되는 현 단계에서 무트댄스의 활동 여부는 한국 현대무용단, 발레단들의 미래 전망에 긍정적인 시그널이 되어 줄 것이다.

사단법인 무트댄스는 지도 체제를 새롭게 해서 해외 무용단들과의 협업과 더불어 자체 내부적인 재생의 노력 결과 하나의 '임계점'을 설정한 것으로 보인다. 그 극한상황에서 그들이 나아갈 방향을, 이카로스 신화의 관념론을 극복하고, 무트댄스 재생의 비행 형상화로 이어 나간다.

김영희 무트댄스의 억제된 방법론과 검은 색깔이 사단법인 'BE-MUT'의 해방된 방법론과 전통의 현대화로 제대로 개화된다면 아름답고 활달한 한국 무용의 현대화가 바로 세계 무용의 현대화에 앞장서게 될지도 모른다는 가능성과 직결될 것이다. ※

센티멘털리즘의 극치에 이른 많은 서사의 쓸쓸함과 원숙미

— 현대무용단 사포의 〈간이역〉

바바리 같은 겉옷을 걸친 일곱 명의 무용수들이 그 웃옷들을 둘둘 말아서 애기로, 등짐으로 업으면 걸쳤던 옷들이 애기로, 등짐으로 호흡을 하기 시작한다. 그렇게 많은 이야기들이 쏟아지고 숱한 서사敍事가 그려지는 현대무용단 사포의 〈간이역〉은 흘러간 역사驛舍 주변의 무수히 많은 이야기들이 품고 있는 센티멘털리즘의 극치極致를 우리 환경에 풀어내어 작은 하나하나의 사건으로 회상시킨다.

시골의 한적한 역사驛舍에 이런 많은 이야기들이 숨어 있을 줄을 누가 알았겠는가. 마치 우리들 각자의 인생길에 묻혀 있는 수많은 전설 같은 이야기들이 가을의 코스모스 꽃처럼 피어나 우리의 감정을 자극하면 속된 센티[感傷]도 유리알처럼 투명한 예술이 된다. 그렇게 김화숙 현대무용단 사포가 그들의 주제인 "공간 탐색 프로젝트3"으로 선보인 작품 〈간이역〉(2023년 10월 13일 4시 프레스시범, 14일 4시 남원 서도書道역사 구내)은 김화숙 예술 감독의 사회적 역사적 의식을 물씬하게 풍긴다.

〈간이역〉은 프롤로그의 '떠나다'의 서시序詩를 세 개의 이미지—즉,

"시간의 기억," "보이지 않는 그 곳에," "돌아올 수 있을까" — 로 풀고 에필로그 "텅 빈 이 곳!"으로 마감한다. 이미지 자체는 평범한 우리가 그릴 수 있는 그림들이고 영상들이지만, 핵심은 그 속에 담긴 현대무용단 사포 내지 예술 감독의 '사회적 역사적 의식'의 감촉이다. 그 의식을 나는 센티멘털리즘의 극한적 지성화知性化 작업이라고 지적하고 싶다.

그러니까 그냥 잊혀 가는 간이역 하나 스쳐 지나며 흘리는 센티한 감정이 아니라 그런 감정을 지성으로 갈고 닦는 예술가의 작업 의식이 시간의 기억을 파헤쳐서, 보이지 않는 그곳에 당도하여 돌아올 수 있을지 없을지를 타진하는 춤의 움직임으로 펼쳐 냄으로써 간이역의 정서는 적료감寂廖感을 넘어서 사회적 역사적 발전 뒤에 남겨진 보편성의 단편으로 회상되는 것이다. 적료감, 곧 쓸쓸함에 잠겨 버리면 감상주의의 바다를 넘지 못한다.

원래 이 작품은 연극적으로 말하면 장면을 따라다니며 감상하는 연출 수법을 연상하면 이해하기 쉽다. 역사 주변에 까마득히 펼쳐져 있는 공간은 하늘과 땅만큼 거리가 멀고 남북으로 길게 뻗쳐 난 철길 선로線路는 남으로 여수로 향하고 북으로 서울로 향한다. 그런 공간은 자유로운 상상력의 조화가 아니면 각종 이미지들을 연결시킬 수 없다. 그리고 바로 이런 관점이 '공간 탐색'이라는 사포무용단의 중심 과제인 것이다.

사포무용단은 크고작은 극장 무대를 체험한 다음 무용의 공간을 확대하기 위한 실험으로 미술관, 도서관 등의 자유로운 공간 구석에 춤의 씨앗을 심었고, 찻집이나 레스토랑, 심지어 불교 법당 등 춤이 꽃필 수 있는 공간이 있으면 어디에나 무용의 꽃을 피웠다. 그런 탐색 작업을 거쳐 완주 산속 등대, 정읍 영모재 공간 탐색 프로젝트를 마침내 서도書道라는 간이역으로까지 옮겨 온 것이다. 그런 작업의 연출은 사포무용단의 공간

프로젝트를 통한 그들 무용 세계의 외연外延을 확대하는 실험이었고, 그 결과 확대된 외연을 통해 무용 예술의 폭을 확대한다는 중차대한 결과를 이루게 되리라는 사실을 그들도 몰랐을 것이다. 그러니까 김화숙 현대무용단 사포의 작업과 전위前衛 운동과 실험은 '현대무용'의 무의식적인 과제인 것이다.

그런 〈간이역〉의 이미지들을 육화시키는 김옥, 박진경, 김남선, 조다수지 외 특별 출연의 김천웅, 그리고 차세대 문지수, 박주희, 윤정희와 제작 매니저 강형진 등이 무용적 초점을 맞추기 위하여 한 간이역 영역에서 텅 빈 공간의 먼 거리들을 주름잡는다. 간이역 영역에는 현실적인 사물事物들만이 아니라 이야기들도, 주위 환경도, 하늘과 땅도, 이야기들, 전설과 신화도 모두 서로 거리를 두고 멀리 떨어져 있다. 정말 재미있는 현상은 초점을 맞추기에는 너무 먼 공간들을 무용 공간으로 통합 재편성한 아이디어인데, 시골 정거장 건물만이 아니라 철도 선로라든지 자연 환경, 건너다 보이는 집들이나 역 구내의 조경이나 주변의 초목 나무만이 아니라 목포로 가는 남쪽 선로와 서울로 가는 북쪽 선로의 끝자락을 눈여겨 보면서 공연 도중 무용 공간에 불쑥불쑥 끼어드는 제3자들까지 관객으로 포용하는 새로운 무용 구도構圖가 공간 탐색의 결과로 적용되었다는 사실이다.

거기에 숨어 있던 많은 기억의 이야기들이 회상回想의 형식으로 풀려나 관객의 감상주의와 만나 저마다의 상상력으로 되살아나서 하늘과 땅으로 펴져 나간다. 초입의 "떠나다"에서는 김옥의 안무, 이미지1의 "시간의 기억"은 조다수지, 이미지2의 "보이지 않는 그곳에"에서는 박진경과 김남선이 서사 이야기를 이끌어 나간다. 이미지3의 "돌아올 수 있을까"에서는 특별 출연 김천웅에 안무를 맡은 조다수지가 솔로를 추면서 시간의 기억과 돌아올 수 있을까라는 긴 그리움을 흰 천으로 끌면서 눈물의 흔적을 상징적으로 거두어 내며 마지막 북향의 먼 선로 가로수 위 하늘로, 땅의 나무 기둥 뒤로 스며들게 한다. 이미지 사이의 연계는 예술 감독의 손길에 의해 다듬어지면서 사포의 공간 탐색은 실상 무용이 이제 연극을 넘어서 공연 예술의 주류가 되었다는 증좌로 기록된다.

한때는 번성했던 교통의 요람지가 사람이 떠나고 사회가 변하고 역사가 바뀌어 쓸쓸한 간이역이 되어 버린 간이역에는 많은 이야기들만 누구의 돌봄 없이 쌓여 있다. 그 기억과 회상은 센티멘털리즘의 극치라서 하얀 긴 천에 가려진 눈시울에는 가을 코스모스나 빨간 고추잠자리의 칼날 같은 극채색 빛깔로 저며진 핏빛 회상만 남아 있다. 그래서 센티멘털리즘의 극치는 원숙圓熟에 이른다. 사포팀의 네 중견 무용수들의 성숙한 이미지 조성 능력과 상반신을 드러낸 무희와 젊은 남녀 상사相思와 차세대들의 신선한 움직임에 먼 거리의 허무감이 어쩌다 선로의 다져진 돌밭과 선로 건널목의 버팀목에 치여 야외의 리얼리티를 실감나게 하는 한편, 하얀 긴 천에 휩싸이는 순백의 이미지가 선로의 리얼리티를 극복하며, 먼 북향의 선로 가로수 숲에 사라지는 추억과 기억과 회상의 삼박자는 시적 영상으로 보듬어 안음으로써 주어진 공간을 확대해 나가는 예술적 상상력이 무한한 가능성 그것처럼 느껴졌다. ❊

반골 정신: 잡학과 순수를 때 묻히는 천격의 쓰레기 예술까지

— 예술기록원 공연 평론 생애사 구술 인터뷰를 끝내고

유행가 노래를 대중예술로 규정하게 되면서 트로트 가수들이 영웅이 되고 천재 취급을 받는다. 고전 예술들—고전古典 미학의 문학, 미술, 음악, 연극, 무용, 영화, 거기다 다원 예술 분야, 컬래버레이션(collaboration) 예술 등등—의 장르별 양식 침범은 어엿한 '창의성'으로 간주된다. 장르 넘나들기 월경越境이 일상이 되었다. 그러니까 학문 일변도를 벗어나 잡학雜學에 이어 예술도 '잡탕'이 되어 '순수 예술'을 몰아낸 지도 오래되었다.

그런 잡학 경향이나 잡탕 예술을 일종의 반골反骨 기질로 보면 어떨까. —문예사조사적으로 보면 대체로 10년을 고비로 사조가 바뀐다. 그런 변화가 반골 기질로 비칠 수도 있다는 것이다. 10년쯤 되었으면 새롭던 진보도 꼰대 수구守舊가 된다. 그러니까 그런 보수 꼰대를 뒤집어엎으려는 새로운 진보 정신은 반골일 수밖에 없다.

나는 독일문학 전공이면서 사회 활동으로 연극과 무용 등 공연 예술

평론 활동을 오래 했고, 굿의 연극학으로 마당극, 향토 축제, 그리고 전통놀이를 다루는 '축제의 정신'을 내 활동과 연구의 기조로 삼아 왔다.

굿의 시작인 길놀이, 혹은 굿 놀이 절차인 1) 영신迎神, 강신降神 과정부터 시작하여, 2) 오신娛神 거리, 그리고 점복占卜과 예언, 3) 공수, 신탁神託 과정, 4) 송신送神 과정인 뒷풀이의 난장(orgia)으로 끝나는 굿거리는 한국의 민속놀이 절차와 비슷하게 대체로 열두 거리가 기본이다. 그런 기본 구조는 시대에 따라 지역에 따라 달라질 수 있어서 텔레비전 프로그램에 편성되면 30분짜리 기획물이 되고, 시골 형장에서는 대부분 사흘 굿 놀이 프로그램이 되기도 한다.

그런 구조가 양식으로 굳어지면 예술 형식이 되는 것이다. 그런 전통 양식이 고전 문학, 시나 무가巫歌, 그리고 음악, 연극, 무용 같은 공연 형식으로 전승되어 나왔다.

한국, 혹은 동양의 전통 예술 이론은 유럽 고전 예술 이론과 사뭇 다르다. 근대화 이후 서구 예술사조와 미학 이론의 무분별한 도입으로 한국 예술과 동양 미학은 신화神話와 마찬가지로 서양 문예사조에 종속되다시피 했다.

제2차 세계대전이 끝난 다음 그리스 아리스토텔레스 이론으로 무장되었던 그 오랜 '말의 미학'이 부조리극이나 서사극의 회동 속에서 '제3세계 연극'으로 눈을 돌리고 '몸의 공연,' 비非아리스토텔레스 미학으로 방향을 돌린 것은 과학적 객관적 미학의 생태로 봐서 타당한 세계 문예사조의 방향이었다.

20'세기말'에는 프랑스를 중심으로 한 염세, 그리고 데카당스가 두드러지고 예술 양식은 변화무쌍하였으며 대량 생산과 소비의 사회 구조,

그리고 종말론, 디스토피아가 주조를 이루었다. 21세기 말에는 '세기말' 현상으로 해체解體가 주제였다.

예술 양식의 넘나들기, 총체 예술, 매체론이 문예사조를 주도하고 인터미디어리(intermediary)가 유행어가 된 세태 가운데서 굿의 종합 연희를 넘어 제의극, 축제극, 통합 예술, 기록극, 정치극, 가두극, 해프닝 형식의 이벤트, 해체와 혼돈의 크로스오버 예술이 일반화된다. 통속극의 부활, 신新전통주의, 모자이크, 편집, 짜깁기 식의 콜라주, 가짜와 습작, 모방模倣 제품의 전시展示, '하이브리드'(hybrid) 예술사조가 뻔뻔하게 고개를 내밀었다. 융복합 예술, 컬래버레이션 작업 등, 예술사조의 해체 작업은 글자 그대로 '잡학'과 '혼탕' 모습 그대로라는 표현이 옳을 듯하다.

그런 사조의 회오리 가운데서 가라앉는 정화淨化작용이 순화의 예술을 개화시킨다. 잡학이나 혼탕은 다 가짜이며 사이비似而非 예술이고 그런 예술과 과학이 주도하는 문화는 혼돈 가운데 광분하는 인간의 단면을, 그림자를 반영할 뿐이다.

그런 까닭에 B급으로 스스로 격을 낮추는 쓰레기 예술이나 천격 예술(kitsch)들은 순수의 예술 앞에 얼굴을 붉혀야 하고 '대중'이라는 다수의 가면과 익명성으로 거칠음과 가짜와 무교양을 가렸던 '억지'는 부끄러움의 쓰레기통으로 던져야 한다. 아우라와 우아와 품위의 비단으로 몸을 감싸기 위한 갱신更新의 시도쯤 나올 법도 하다. 나의 평론집 『공연예술의 품격과 한국춤의 흐름』(푸른사상사, 2018)은 무용을 중심으로 한 테제였지만 공연 예술 — 연극과 무용 전반 — 에 대한 쓰레기 예술과 예술적 천격, 더 나아가 대중예술에 대한 내 혐오감의 표출은 지금도 그 중심이 흔들리지 않는다.

A급을 지향하지 않는 B급 예술이나 2류 과학은 결국 F 학점을 받게 된다는 것은 1세기 전 니체 철학의 비관론적 결론이다. 다수론의 승리라는 민주주의 원칙은 시장의 파리 떼들이 결정짓는 천격의 승리 이상도 이하도 아니다.

예술은 천격일 수 없다. 예술이 쓰레기일 수 없다. 나는 예술의 천격에 몸서리친다. 미워한다. 쓰레기 예술은 생리적으로 싫다. 그러나 대중예술이 지닌 그런 쓰레기 수준을, 키치(kitsch) 단계를 거쳐야 비로소 어쩌면 예술이 순수의 품위와 아우라를 회복할 것이라는 만각晩覺을 늦게야 한다. 장년 시절에는 그만한 기준도 없이 미숙하고 흉내 낸 짜깁기 작품들을 혹평만 해서 괜히 많은 시비를 낳고 논쟁만 불러일으킨 것이 부끄러운 기억으로 남아 있다.

막스 호르크하이머나 아도르노 같은 독일 프랑크푸르트 학파와 마르쿠제의 문화 산업에 대한 비판 의식은 사회적 지배의 궁극적인 근원 내지 기조에 대한 특정적인 양가성 분석에 있다. '계몽의 변증법'을 통한 대중문화의 윤곽은 영화, 라디오 프로그램, 잡지 등 이른바 매스미디어 전반에 걸친 '표준화된 문화 상품'을 생산하는 공장을 생각해서 '문화 산업'이라는 용어를 만들어 냈다.

균질화된 문화 상품들은 대중사회를 온순과 수동성으로 조종한다. 대중매체는 시청자들을 주체가 아니라 수동적인 용기(그릇)로 볼 뿐이다. 문화 산업은 모든 것을 동질화시켜 본질적인 차이가 없는 제품을 만들어 낸다. 현대 자본주의 사회에서 제시되는 제품들은 오락물들이며 그 가치의 유일한 척도는 얼마나 이목을 끄느냐, 얼마나 포장을 잘 하느냐에 달려 있다. 오락물의 내용들도 겉보기는 변하는 것 같지만 사실은 변화 없는 반복일 따름이고 이른바 인기 가요는 끝없는 반복에 불과하다. 전 세계는 문화 산업이라는 필터에 의해 걸러진다. 예술가의 스폰서나 검열관들은 서로 불신과 비방으로 날을 샌다. '미학 내적 긴장'을 추구하는 것이 아니라 '이해관계의 차이'에서 줄다리기하느라고 땀을 흘린다.

흥과 끼와 신명의 유흥遊興(amusement)은 한국인만의 특정된 '정신적 고양高揚'이 아니다. 달라진 것은 그런 요소들이 위로부터 조종되고 즉석요리처럼 바로바로 제공되고 사람들의 욕구도 사전에 결정되어 있다는 '호모 데우스'(Homo Deus)의 시대라는 사실이 무서운 것이다. 아도르노는 대중음악의 두드러진 특징을 경제사회적 장치의 산물이라는 뜻에서 평준화와 사이비 개성으로 본다, 그래서 문화 산업은 '타락'이라고 부른다, 문화 산업이 죄 많은 바벨탑이기 때문이 아니라 들뜬 재미에 헌정獻呈된 성전聖殿이기 때문이다. 제의 끝에 오는 뒷풀이 난장을 우리는 '오지'(orgy)라고 부른다. 신명나게 즐기면서 무엇인가에 대한 생각을 잊어버리게 만드는 메커니즘, 그것은 고통을 목격하고서도 아픔을 망각하는 것이다. 잊어버리는 것이다. 재미와 즐김의 난장판에 남는 것은 무력감이다. 난장판은 글자 그대로 삶의 리얼리티를 외면하는, 생활 현실과 마주하지 못하는 현실 도피 그것이다.

2015년 국립무용단을 찾은 이스라엘의 이디트 헤르만의 개성적 안무작 〈증발〉(*Into thin Air*)은 '쓰레기 예술'을 표방하였다. 속물근성과 천격의 키치 작품을 내걸어 스스로를 B급, 2류로 낮추는 자학 증세는 기층基層 문화권의 저변에 서린 거친 저항적 반골反骨 요소의 또 다른 표현 양식이기도 할 것이다. 헤르만은 승화나 정화라는 예술 과정을 오디션을 통해 뽑은 현대 무용가 9명의 정열로 대체하였다. 그런 기조 위에서 안무가의 쓰레기 이론이 들어서 카오스의 양상을 드러낸다. 아홉 개의 개성들은 거칠게 부닥친다. 그 개성들을 묶는 포인트가 캐릭터라든지 단편적인

문명 현상의 일상日常이라 하더라도 굳이 키치이거나 쓰레기 예술이어야 할 까닭은 없고 거친 속물근성으로 예술성을 폄하시킬 이유도 없다.

쓰레기 예술을 표방한 깃발은 위선에 치여 위악僞惡을 강조한다. 이 '증발'이라는 교향무交響舞는 연극적 퍼포먼스를 통해 부화뇌동附和雷同하는 세태를 비판한다. 일상에 쫓겨 살기 바빠서 천격으로 낙하하고 속물근성의 이기심과 이해타산에 젖는 경우 예술을 통한 영적, 정신적, 본질적 정화와 순화를 도모할 수 있는 시공, 곧 '극장'이라는 '현대적 제단'에서 하필이면 쓰레기 예술들이며 천격이고 속물근성의 키치 강조 외는 다른 방도가 없다는 선언은 심각한 병리 현상이 아닐 수 없다.

우리에게 천격은 군사 문화의 축적에서 심화되었다. 일제치하를 거쳐 빈곤과 전쟁, 미8군 주둔, 군사독재 시대를 거치며 거친 살육殺戮의 총칼 요소가 오히려 생태적生態的 평화 수단이 되어 버린 현상이 마치 고대 춘추전국春秋戰國 시대를 이어 유교문화의 발상을 연상케 한다. 음악이나 미술에 대한 미국 대중문화의 영향은 '군사문화적'이라서 '문화적'이지 않다. 거칠게 말하자면, 아메리카 군사문화적 음악이나 미술은 쓰레기 예술이며 키츠 문명의 억지 성장의 단면을 보여 주는 것이다. 그런 측면에서 엘비스 프레슬리나 비틀즈의 절정기도 젊은 10대 문화와 자본주의 소비문화적 전형을 보여 주는 대중예술, 내지 대중문화의 광란하는 모습 외는 남는 것이 없다.

나에게는 존 레논의 오노 요코와의 재혼에서, 일본 여인과 영국 출신 대중가수의 어울리지 않는 부부상에서 조성되는 이화감異化感이 오히려 충격이었다.

그들은 천재였을까. 한 시대를 쥐락펴락했다는 점에서 천재는 틀림없다. 그러나 그런 현란한 재주만 가지고 천재라고 부르기에는 모자라는 부분들이 너무 많은 것이다.

천재란 고고孤高해서 남과 어울리기 어렵고 홀로 살기도 서툴러서 세속 생활에서 벗어난 구석이 많은 사람이다. 이웃집 행사에 참석한다며 집을 나서서 길을 잘못 돌아 한밤이 다 되어도 자기 집도 못 찾는 모자라는 구석도 있다. 재주는 놀라워 피리를 배우면 한 달 안에 멋진 노래를 들려 주고 그래서 어느 골목길에 귀신이 밤마다 피리를 불고 다닌다는 소문이 돈다. 피리 공부가 별게 아니라 싶어 그림 공부를 하고 싶은 마음에 당대의 대가 가운데서도 하필이면 끼니를 굶는 늙은 스승 밑에 붙어 그의 필법, 구도, 화법 그대로 그림을 그려 낸다. '흉내'일 뿐이라고 스승의 친구가 혹평을 했다. 그의 그림은 속중속俗中俗이다. 흉내가 지나치다. 너무 지나쳐 세상을 속인다. 속물들은 그런 그림을 보고 귀신이 깃들어 있다고 호들갑을 떤다. 그러나 그 그림은 그림이 아니다. 그림이 그림이려면 세상에 그림은 없어도 된다. 진짜 산수山水만 있으면 된다는 것이 비평가의 화론畵論이 될 수 있다. 그림은 마음이고 정신이고 의식이고 철학이라 철학도 의식도 정신도 없이 그림만 아름다운 그림쟁이는 그 그림이 아름다울수록 그림에서 멀어진다. 속俗의 속俗이 되어 버린다. 그의 그림을 첩妾 같다고 욕한 평가는 옳다. 아첨과 요염의 교미嬌媚가 드러나 구토증이 난다.

예술은 속되지 않다. 교미가 드러나면 예술이 아니다. 예술은 인격이며 품위이자 우아優雅함이다.

내 속에 전통이나 토속으로 내재했던 생각(사상)이 자극적인 니체 철학으로 뒤범벅이 되자 갑자기 『차라투스트라 여시설법如是說法』(*Also sprach Zarathustra*) 같은 초인 철학이라는 보편성普遍性의 필드에서 외골의 반골 정신이 정당화되는 지적 체험을 해 본 젊은이들이 나 외에도 혹시 더 있을지도 모를 일이다. ❊

이익섭

장수싸움
고향
위당 선생의 퇴고

장수싸움

어릴 때의 놀이 중 진달래꽃의 암술을 뽑아 서로 걸고 잡아당겨 어느 것이 끊어지지 않고 견디는가를 겨루는 놀이가 있었다. 진달래꽃을 보면 여러 개의 수술이 있고 그 한가운데에 암술이 딱 하나 있다. 수술은 색깔도 연분홍으로 기운이 약해 보이는 데 비해 암술은 길이도 좀 더 길 뿐 아니라 색깔이 진분홍이면서 윤기도 있어 보기부터 더 억세어 보인다. 실제로도 수술은 백전백패할 정도로 암술이 훨씬 단단하고 억세다. 당연히 암술이라야 장수將帥의 자격이 있고 따라서 이것으로 힘을 겨룬다. 그걸 우리는 장수싸움이라 불렀다.

암술이라 하여 아무나 장수로 뽑히지는 않는다. 암술 중에도 굵기도 더 굵고 색깔도 더 진해서 억세게 보이는 놈이 있다. 우선은 이 외모가 좋은 놈을 고르는 것이 중요하다. 장수싸움은 조금이라도 기운이 더 센 놈을 고르는 일에서부터 시작된다.

그런데 장수를 하나 골랐다고 해서 그것으로 임전태세에 바로 들어가지 않는다. 그중 믿음직한 것을 골랐으면서도 그놈에게 어떻게 하면 기운을 더 불어 넣을까 하고 갖은 궁리를 한다. 가장 쉽게, 우리가 가장 자주 하는 일은 그 장수를 입으로 호호 불어서는 손바닥에 놓고 다른 손바닥으로 탁탁 치는 일이었다. 실제로 그것이 얼마나 효과가 있는지 검증된 일도 없으면서 다들 열심히 그렇게 하였다. 그렇게 하면 거기에서 습기가 빠지면서 더 강해진다고 믿었다. 그 믿음 때문이었을 터인데 바느질할 때 쓰는 인두를 미지근하게 달구어서는 거기에 살짝 대어 습기를 없애는 극성을 피우기도 했다.

진달래꽃이 지는 모습을 보면 꽃잎이 떨어질 때 수술은 함께 다 떨어지면서 암술만 달랑 혼자 남는다. 홀로 남아서일까 이것은 제철 때의 암술보다 더 당당해 보이고 기운도 더 있어 보인다. 장수싸움을 할 때 혹시 혼자만 이것을 구할 수 있다면 얼마나 좋을까 하는 생각을 했던 듯하다. 암술에서 습기를 빼면 더 억세질 것이란 생각도 이 홀로 남은 암술의 강인한 인상에서 얻은 믿음이었을지 모른다. 장수라고 해 보아야 한낱 연약할 꽃술인 것을, 거기에 갖은 비법을 동원해 가면서 우리는 노심초사하였던 것이다.

이제 드디어 결전決戰의 순간이다. 그런데 여기서 다시 책략이 계속된다. 이제 둘이 마주 서서 한쪽이 먼저 자기 암술 양쪽 끝을 한 손에 하나씩 잡고 둥글게 구부리면 다른 한쪽이 그 사이로 자기 암술을 넣어 맞닿게 해서 서로 자기 쪽으로 천천히 잡아당겨야 되는데 이때에 다시 신경전을 벌이는 것이다. 휘는 각도가 크면 그 부위가 약해진다고 생각해서 어떻게 하면 조금이리라도 덜 휘게 하려고 하는 것이다. 한쪽이 먼저 둥글게 만들었으면 나중 사람도 같은 정도로 둥글게 만들면 공평할 터인데, 대개 나중 사람은 그러는 척하면서 되도록 덜 구부리려고 한다. 그러면 먼저 사람도 구부렸던 것을 슬슬 펴면서 밑지지 않으려고 하기도 하나, 그래 보아야 나중 사람만큼 평평하게 만들기는 체면도 있고 해서 생각만큼 쉽지 않다. 그래서 아예 시작할 때 차례를 먼저 맡지 않으려고, 상대방 보고 먼저 암술을 구부리라고 승강이를 벌인다. 구부리지 않으면 싸움이 되지 않는 만큼 어쩔 수 없이 구부리면서도 조금이라도 유리한 쪽에 서려고 요령을 피우는 것이다.

이기고 나면 잠깐의 환호, 무슨 상賞이 있는 것도 아니고 달리 생길 보상이 있을 것도 없음에도 장수싸움에 꽤나 신명을 냈다. 진달래 철이 끝나고 한참이나 지나 낙엽 철에 미루나무 잎이 떨어진 것을 주어 그 잎줄기로 장수싸움을 하기도 하였는데 그 진달래 철 장수싸움의 신명을 잊지 못해서였을 것이다. 하지만 미루나무 잎줄기는 너무 억세어 장수를 고르는 절차도 필요치 않을 뿐 아니라 잘 끊어지지도 않아 아기자기한 재미가 없었다.

여리디여린 꽃술을 장수로 추대하여 전쟁놀이를 벌인 것은 어쩌면 한 편의 동화가 아니었나 싶다. '싸움'이라면서 손때 하나 없는 자연만 있었고, '싸움'이라면서 오손도손 천진함만 있었다. 지금도 어쩌다 한식 성묘길에서라도 만나면 누이들과 장수싸움을 하는 수가 있다. 그때 그 가냘픈 꽃술 하나가 "톡" 끊어지는 그 감촉, 갑자기 밀려오는 먼먼 세상의 짜릿함. 무지개가 아니어도 이 노년老年에 이르도록 우리들 가슴 속에 그 작고 작은 세계가 아름답게 출렁이는 것은 참으로 큰 행복이 아닐 수 없다. ❊

고향

김소월의 시에 「고향故鄕」이 있다는 것을 처음 들었을 때 의아하였다. 소월 시는 누구나 그렇듯 나도 꽤나 애송해 왔다고 자부하고 있던 터였는데 전혀 들어 본 적이 없는 제목이었던 것이다. 그것을 다른 사람도 아니고 외국 사람한테서 들어서 더욱 놀라웠고 또 당황스럽기도 하였다.

1976년 미국에 가 있을 때 하루는 한국에 평화봉사단원으로 와 있던 분의 집으로 초대를 받아 갔다. 초대자는 뉴욕 컬럼비아대학에서 공부를 마치고 당시 한국에서 하버드대학에 50만 불인가를 출연出捐하여 설강한 한국학 강좌를 맡아 하고 있었다. 한국에 부부가 함께 평화봉사단원으로 와 있을 때는 충청도 시골에서 한국식으로 살고자 방 안에 요강까지 놓고 살았다는데 너르지 않은 방 안을 발도 치고 이것저것 한국식으로 장식하였을 뿐 아니라 전공이 인류학이어서 그랬는지 한국을 여러모로 깊이 알고 있었다.

그날 화제의 하나가 고향이었다. 한국 사람들에게 고향은 유별한 데가 있다는 것이었다. 한국 사람처럼 고향을 애틋하게 사랑하는 민족이 어디 있겠냐며 그 한 증거로 김소월의 「고향」을 읊조렸다. 그때 그 전문이었는지 어느 한두 부분이었는지는 모르나 아주 운까지 맞추어 멋지게 암송하였다. 워낙 낯선 시라 그 내용이 그대로 다 전달되지 않았으나 전체적으로 잡히는 내용은 한국에서 고향을 몰라라 하는 사람은 사람도 아니라는 것이었다.

사실 이 소월의 시가 아니라도 고향을 노래한 시는 얼마나 많은가. 정지용의 「향수鄕愁」나 이은상의 「가고파」, 그리고 이원수의 「고향의 봄」 등은 노래로까지 작곡되어 국민가곡이라 할 만큼 널리 애창되고 있지 않은가. 또 외국어에는 우리의 '고향'과 딱 일치하는, 그 정감을 그대로 드러내 주는 단어가 없지 않느냐며 우리들의 고향 사랑은 특별한 데가 있다는 것은 이미 새삼스러울 것도 없지 않은가.

그럼에도 소월의 「고향」은 지금 다시 읽어 보아도 독특한 힘이 있다. 시가 꽤 길어 4장 9연으로 되어 있는데 그중 몇 연을 보면 이렇다.

> 짐승은 모를는지 고향인지라
> 사람은 못 잊는 것 고향입니다
> 생시에는 생각도 아니 하던 것
> 잠들면 어느덧 고향입니다.
>
> 마음에 있으니까 꿈에 뵈지요
> 꿈에 보는 고향이 그립습니다
> 그곳에 넋이 있어 꿈에 가지요
> 꿈에 가는 고향이 그립습니다.

고향을 잊었노라 하는 사람들
나를 버린 고향이라 하는 사람들
죽어서만은 천애일편天涯一片 헤매지 말고
넋이라도 있거들랑 고향으로 네 가거라.

짐승은 모를지 모르나 사람이 어찌 고향을 모를 수 있겠느냐부터 그렇거니와, 고향에는 내 마음이 있고 내 넋이 있다는 것도 얼마나 간절한 이야기인가. 무엇보다 고향을 잊고 있었다면 죽어서만은 하늘 끝 어느 한 구석에 가 헤매지 말고 고향을 찾아가라는 절규는 준엄하기까지 하다. 고향을 두고 이보다 강렬한 메시지가 또 있을까 싶다.

「고향」은 소월의 대표 시집 『진달래꽃』(1925)에는 실려 있지 않다. 소월 사후死後 김억이 낸 『소월시초素月詩抄』(1939)에 『진달래꽃』에 실렸던 53편 외에 추가로 넣은 19편 중 하나로 실려 있다. 그러니까 특별한 경우가 아니면 전집을 보아야만 접할 수 있는 시인 셈이다. 우리 시를 따로 연구하지 않는 외국인이 어떻게 이 시를 발견하였는지, 그리고 그 시의 무엇에 끌려 암송까지 하고 있었는지 지금도 잘 모르겠다. 그 특별함 때문에 이 시가 오래 내 기억에 남아 있을 것이다.

지난해 10월 고향의 한 서점에서 『강릉방언자료사전』 북토크 행사를 가진 일이 있는데 그때 주최 측에서 보내온 질문 중에 "나와 강릉의 관계는?"이라는 것이 있었다. 그 질문이 이상하게도 묘한 긴장과 흥분을 일으켰다. 결국 고향과 나의 관계를 묻는 것이 아닌가. 누구에게나 고향과의 관계는 뻔한 것일 터인데, 아, 그러면서도 한꺼번에 고향에 대한 갖가지 애틋한 생각들이 밀려오면서 묘한 흥분이 일었던 것이다. 그때 다시 소월의 이 시가 떠올랐다. 고향 이야기는 어떻게 해도 가슴을 뛰게 하지만 무언가 좀 더 멋지게 풀어 보고 싶어 그 자리에서 소월의 시 이야기부터 시작하였다. 그날의 설렘이 아직 여운을 남기는지 오늘 다시 고향 얘기를 하고 싶다.

나는 워낙 꿈을 많이 꾸는 편이지만 고향 꿈을 자주 꾼다. 꿈에 무엇이 나타나는 것은 그만큼 그것이 우리 마음속에 깊게 자리 잡고 있다는 뜻일 것이다. 앞의 소월의 시에서도 "잠들면 어느덧 고향입니다," "마음에 있으니까 꿈에 뵈지요/꿈에 보는 고향이 그립습니다"라고 하였지만 고향은 누구에게나 꿈에 나타나는 듯하다. 정지용의 「향수」에 후렴으로 나타나는 "그곳이 차마 꿈엔들 잊힐리야"에서도, 이은상의 「가고파」에 "꿈엔들 잊으리오 그 잔잔한 고향 바다"에서도 고향이 꿈과 묶이는 것을 볼 수 있다. 드보르자크의 〈Going Home〉을 우리는 제목부터 "꿈속의 고향"으로 바꾸고, 가사도 원문 "Going home, going home, I'm a going home; Quiet-like, some still day, I'm just going home. It's not far, just close by, Through an open door; Work all done, care laid by, Going to fear no more. Mother's there expecting me, Father's waiting too; Lots of folk gathered there, All the friends I knew, All the friends I knew. Home, I'm going home!"에서 완전히 틀을 바꾸어 "꿈속에 그려라 그리운 고향, 옛 터전 그대로 향기도 높아. 지금은 사라진 친구들 모여, 옥 같은 시냇물 개천을 넘어, 반딧불 쫓아서 즐거웠건만, 꿈속에 그려라 그리운 고향"으로 결국 꿈과 연결시켜 놓고 있다.

그런데 내 꿈에 나타나는 고향은 으레 시골집이다. 그곳에서 나는 초등학교 4학년 1학기까지 있었고 그 후 강릉 시내로 전학하였다. 그리고 거기에서 다시 고등학교 1학년을 마치고 서울로 전학하였다. 방학이 끝나고 버스로 대관령을 넘으며 몇 번이나 되돌아보며 고향을 떠나는 것을 아쉬워했을 때는 넓게는 강릉 일대, 좁게는 강릉 시내가 내 고향이었다. 당시 서울에서는 고등학교를 졸업할 때까지 고향 사람을 거의 만나지 못하다가 방학이 되어 새벽 여섯 시에 겨우 하루 한 차례뿐인 버스를 타러 종로 2가에 있는 차부車部에 나가면 비로소 고향 사투리를 쓰는 사람들을 만나 그리던 고향의 냄새를 맡았던 그때에도 고향은 그냥 강릉이었다. 저술을 낼 때마다 저자 소개란에 '강릉 출생'이라 밝힐 때에도 강릉은 사람들의 머릿속에 그려져 있는 그곳, 엄격히 구획되지 않은 넓은 강릉이었다. 꿈에서는 그 어디든 자유롭게 갈 법도 한데, 또 훨씬 오래 산 시내 집으로도 가겠는데 이상하게 그 어릴 적 시골집으로 달려간다.

물론 그 시골집은 시내로 전학을 온 후에도 발을 끊은 것은 아니었다. 처음 전학 왔을 때는 아버지와 누나 그리고 나 셋만 시내에 나와 있었으니 말할 것도 없고 나중 할아버지만 홀로 시골집에 계실 때에도 아버지는 주말이면 자주 할아버지한테 가서 자고 오기를 명하셨다. 당시는 싫다는 소리는 할 수 없던 시대라 초등학교 어린 나이일 때도 한 번도 거역하는 일 없이 20리 길을 혼자서 터벅터벅 걸어 그 시골집에 가서 자고 오곤 했다. 서울에 와 있을 때도 제사는 여름이든 겨울이든 방학 때 많았는데 그 시골집에 가서 지냈다. 그러나 시간으로 따지면 시내에서 보낸 시간이 훨씬 길다. 결혼 후 아이들을 데리고 방학을 꼬박 고향에 가서 보내고 오곤 할 때에도 으레 시내 집에서였다. 할아버지도 내가 대학을 졸업하던 해 돌아가시고 안 계시니 시골집은 갈 일이 없었다. 가까이 지내는 친구들도 전부 시내에 있었다. 그들과 방학 내내 거의 하루도 빠지지 않고 해수욕을 다니던 곳도 시내 쪽에서였다. 그런데 꿈에 나타나는 것은 이 시내인 법이 없고 으레 시골집이다.

강릉 시내에서 북쪽으로 20리쯤 7번 국도를 따라가다 살짝 동쪽으로 꺾이면 산대월리라는 동리가 나온다. 산대월리는 다시 세 부락으로 나뉘는데 그중 지현芝峴이라는 부락에 내 생가가 있다. '지현'을 우리는 보통 '지재'라고 불렀다. 그 이웃의 '안현雁峴'은 '안고개'로 부르면서 같은 '峴'이 우리 쪽에선 '재'로 불린 것이다. 이 '지재'는 나머지 본동本洞이나 바다 쪽으로 있는 순포蓴浦보다 아늑한 산으로 둘러싸여 '산이 달빛을 두르고 있다'는 '산대월山帶月'이라는 이름이 가장 잘 어울리는, '고향'이라고 부르기에 딱 어울리는 곳이다.

마음이 좁아서일까 산대월리라는 이름이 마음에 들고 내 생가의 주소도 '산대월리 470번지'인데도 본동이나 순포는 늘 서먹서먹하다. 우리 지재에서 본동으로 가자면 '탱주목'이라는 조그만 고개를 넘어야 하는데 그 고개만 넘으면 벌써 낯선 남의 동네 같았다. 10리쯤 떨어져 있는 학교를 등교할 때는 늘 본동에서 세 부락이 모여 함께 갔다. 나중 들으니 일제 때 어려서부터 군대식으로 훈련시키려고 그랬다는데, 그렇게 자주 어울리면서도 그쪽 동네 사람은 어른이든 아이들이든 친숙해지지 않았다. 지재에 대해서는 '양짓말,' '응달말,' '왤터,' '두섬지기,' '법당골,' '토골,' '올양골,' '다리논꿈,' '원대꿈' 등 구석구석 이름들을 다 알면서도 본동이나 순포는 그 어느 한 곳 따로 아는 이름이 없다. 그저 지재만이 내 고향이었다. 지금은 주소도 '지재길 134'로 바뀌었다.

지재에는 나지막한 야산이 둘러 있는 동네 가운데로 도랑이 흘렀다. '개울'이니 '개천'이니 하는 이름은 모르고 그저 '도랑'이라고만 부르던, 폭이 2, 3미터나 될까 말까 한 작은 도랑이었는데 그래도 그 도랑 때문에 마을이 생겼을 것이다. 도랑 양쪽으로 논과 밭이 있고, 그 양쪽 야산 산비탈에 남향받이로 그만그만한 크기의 40여 호가, 성씨라야 강릉 김씨,

동원 최씨, 안동 권씨, 안성 이씨, 영해 이씨 겨우 다섯 성씨가 서로 형제간이기도 하고 사촌이나 가까운 친척간이기도 하고 사돈간이도 한, 오손도손 정다운 작디작은 마을이었다.

나중 커서 바닥에 자갈도 깔리고 수량도 많아 시원하게 흐르는 냇물을 낀 동네를 보면 그게 왜 그리 부럽던지 우리 오누이들은 우리 동네가 너무 작은 것에 늘 불만이었다. 그러나 지금 생각하면 더도 말고 덜도 말고 딱 지재가 좋았다. 결코 좁고 답답한 곳이 아니었다. 지금도 얼마나 많고 풍요로운 장면들을 떠올려 주는가. 도랑가 양쪽으로 키가 조금씩 다른 훤칠한 미루나무 다섯 그루가 서 있었다. 그것들이 이상하게 이국정서를 풍기며 신비로운 먼 세상을 꿈꾸게 하던 그 영상만으로도 지재는 내게 아득히 넓고 넓은 곳이었다. 논도 나중 우리가 버덩이라고 부르던 벌판의 논들처럼 시원스레 넓지 않았으나 참새 떼가 몰려와 파대破帶를 치며 내쫓을 때의 그 요란스러운 광경이며, 밤이면 멍석에 누워 은하수가 머리맡까지 올라와 흐르는 양편으로 그 가득하던 별에 파묻히던 그곳은 결코 좁은 세계, 갇힌 세계가 아니었다. 지금 가 보면 대단치 않은데 기억으로는 얼마나 큰 바위로 남아 있는가. 도랑이 좁다고 하나 우리 놀이터로는 그 이상 넓을 필요가 없었다. 고기는 어쩌다 미꾸라지 한두 마리 잡는 것이 고작이었으나 그것을 병에 넣고 키우면 어찌 그리 생명력이 강하던지 오래오래 친구가 되어 주어 그 이상 부러울 것이 없었고, 거기에서 보싸움을 하며 놀았던 것도 도랑이 딱 그만한 크기 때문이었는데, 위쪽 보에 물을 가득 모았다가 터트리면 기세등등하게 아래쪽 보를 향해 내려 달릴 때 우리는 얼마나 대단한 무사武士들의 기상氣像이었는가. 지재는 나에게 조금도 좁지 않은 크나큰 우주였다.

고향에 대한 그리움은 결국 어린 시절에 대한 그리움일 것이다. 생텍쥐페리는 "나는 어린 시절에서 왔다. 사람들이 어느 고장의 출신이라고 말하는 것처럼 나는 내 어린 시절 출신이다"라고 했단다. 그러니까 어린 시절은 곧 고향이요, 고향은 곧 어린 시절이다. 고향을 그리는 마음은 곧 어린 시절을 그리는 마음이다. 다시 돌이킬 수 없는 시절, 생각만으로도 전율처럼 번지는 그 애틋함에 대한 그리움이다. 고향은 언제 찾아도 변하지 않은 옛 모습으로 있어 주기를 바라는 것도 그 때문일 것이다. 그대로 있어 주지 않으면 "예 섰던 그 큰 소나무 버혀지고 없구려"라 아쉬워하고 "어린 시절에 불던 풀피리 소리 아니 나고"라며 "고향에 고향에 돌아와도 그리던 고향은 아니러뇨"라고 비탄에 젖게 하는 것이 고향이다. 그런데 어찌 변하지 않고 있을 수 있겠는가. 그리움은 또 그래서 그리움일 것이다.

근래에 오면서, 나이 탓인가 지재 그곳이 자주 머리에 떠오르면서 간절한 몽상도 일곤 한다. 하얀 두루마기를 입고 갓을 쓰고 나들이에 나서는 모습을 다시 볼 수 있었으면 하는 것이 그중 자주 이는 꿈이다. 농사를 지으면서도 외부 인사와 교유交遊를 하는 분들은 나들이를 할 때는 옷갓을 갖추고 나섰다. 그런 분들을 '출입객出入客'이라 하고 그 나들이를 '출입'이라 불렀는데, 제사 때에도 그런 모습으로들 오지만 출입할 때의 모습이 더 그럴 듯해 보였는지 그 광경을 다시 보고 싶은 마음이 간절할 때가 있다. 하긴 어디 그 모습뿐인가. 줄지어 모 심던 풍경이며 마당에서 회전기로 요란스레 벼를 타작하던 장면이며 장대를 들고 올라가 홍시를 따먹던 마당가 감나무며 어느 것 하나 그립지 않은 것이 없다. 얘기를 하노라니 다시 고향이 그립다. ❊

위당 선생의 퇴고

1

글을 쓰면서 그야말로 일필휘지一筆揮之, 단숨에 한 편을 완성하고 다시 뒤돌아보지 않는 일이란 상상하기 어렵다. 초고草稿라는 말이 그래서 있을 것이다. 사실 그 초고조차도 글 쓰는 사이사이에 몇 번이고 고쳐 쓰기 마련이다. 옛날 원고지에 글을 쓸 때는 한번 새로 정서淨書하는 것이 품이 많이 들어, 그렇게 고쳐 쓰다가 "이것이 마지막이다. 더 이상 고치는 일은 없다"고 굳게 다짐을 하고서도 하루 이틀 후 원고를 보내려고 다시 보면 또 고치게 된다. 어디 그뿐인가. 그것이 인쇄되어 교정쇄校正刷가 나오면 그걸 또 그냥 OK를 놓는 법이 없다. 화가가 최종적으로 자기 작품에 서명을 할 때까지 수없이 덧칠하고 긁어내고 하는 일을 반복하며 애쓰듯이 글 한 편이 완성되자면 수없이 퇴고推敲 과정을 밟는다. 글은 다듬고 고치라고 있는 것인지도 모른다.

상허尙虛의 『문장강화文章講話』(1948)에는 이 종류의 후대 어느 저술에서보다 퇴고에 대한 설명이 충실히 되어 있는데, 그중 우리의 눈길을 끄는 것 하나는 유명 문호文豪들의 퇴고 일화들이다. 소동파蘇東坡가 「적벽부赤壁賦」를 지었을 때 친구가 와 보고 며칠 만에 지었느냐고 물으니 며칠은 무슨 며칠, 지금 앉은자리에서 지었노라고 하였는데 소동파가 나간 사이에 보니 여러 날을 두고 고치고 고친 초고가 한 삼태기 쌓여 있었다든가, 러시아의 투르게네프는 어느 작품이나 쓰고 나서 바로 발표하지 않고 책상 속에 넣어 두고 석 달에 한 번씩 내어서 고쳤다는 등. 상허는 그러면서 두 번 고친 글은 한 번 고친 글보다 낫고, 세 번 고친 글은 두 번 고친 글보다 낫다, 고칠수록 좋아지는 것이 문장의 진리라는 말을 하고 있다. 이것은 비단 문호나 작가에만 해당되는 말이 아닐 것이다. 짤막한 수필 같은 글에도 다 해당하는 말일 것이다.

그런데 퇴고와 관련해서 늘 아쉽게 생각되는 일은 그 퇴고의 구체적인 실례를 구해 보기 어렵다는 점이다. 소동파나 투르게네프 아니고도 소설가 황순원이나 헤밍웨이도 글을 수없이 고친 것으로 알려져 있는데 막상 그들이 어떤 부분을 어떻게 고쳐 나갔는지 그 구체적인 실례는 알려져 있는 것이 없다. 우리나라의 그 많은 작문 책에서도 퇴고의 구체적인 실례를 보인 것은 찾아보기 어렵다.

이것은 우리가 퇴고의 중요성에 대한 인식이 부족하였던 데서 비롯되었을 것이다. 특히 글쓰기를 지도하는 현장에서는 원론적인 이론보다 그 구체적인 실례가 필요한데, 그것을 구하려는 쪽으로는 좀처럼 관심을 보이지 않았던 것이다. 그것이 안타까워 나는 「저 높은 곳을 향하여」(2009)라는 좀 엉뚱한 이름으로 글을 발표한 적이 있다. 김태길 선생이 여러 글 중에서 추려서 이를 『초대』(샘터사, 2000)라는 수필 선집選集으로 묶을 때 「고목」이라는 제목의 글이 이전에 『멋없는 세상 멋있는 사람』(범우사, 1982)에 실렸던 모습과 여기저기 달라진 것을, 그러니까 인쇄된 후에도 많은 부분 퇴고를 통해 다듬어진 것을 보고, 더욱이 그 결과가 글을 훨씬 좋게 만든다는 것이 경탄스러워 좀 거창한 제목으로 다루어 보았던 것이다.

그런데 이번에 다시 좋은 자료를 보게 되었다. 『한글로 쓴 사랑, 정인보와 어머니』(2018)라는 작은 책자에 부록 비슷하게 실린 「정인보가 지은 여러 노랫말과 글들」이 그것인데, 이것은 위당爲堂 선생의 육필 원고를 영인한 것들로 200자 원고지(예외적으로 하나는 400자 원고지)에 퇴고를 한 기록이 고스란히 들어 있었던 것이다.

영인된 육필 원고는 분량도 많아 자그마치 200자 원고지 64장에 이른다. 분량뿐 아니라 그 글의 종류도 국가적인 행사와 관련되는 것들로 그 제목만으로도 우리를 압도하는 것들이다. 「광복절가光復節歌」, 「삼일절가三一節歌」, 「개천절가開天節歌」, 「제헌절가制憲節歌」, 「학도특별훈련소가學徒特別訓練所歌」, 「대한부인회가大韓婦人會歌」 및 「한산도제승당비문閑山島制勝堂碑文」, 「이충무공순신기념비문李忠武公舜臣紀念碑文」, 「윤봉길렬사긔렴비」 등.

이 외에 「충렬사비제막식예사忠烈祠碑除幕式禮詞」라는, 원고지 난외에 「제승당비제막식예사制勝堂碑除幕式禮詞」라고 병기併記한 글도 있는데, 이것은 글 끝에 '부통령副統領 이시영李始榮'이 명기明記되어 있는, 이시영 부통령이 충무공 서거 350주년 기념식장에서 낭독하였을 기념사다. 또 연세대학교, 고려대학교, 국학대학교, 동국대학교, 성신여자중학교 등 교가도 있고, 좀 개인적인 것으로 「나는 이러케 하고 십다 — 감찰위원장監察委員長 정인보鄭寅普」 및 「둘재딸 경완庚婉 생일生日에 인절미 대신 보냇다」라는 제목의 9수首짜리 시조도 있어 위당 선생의 여러 면모를 볼 수 있다.

이제 모두 컴퓨터로 글을 쓰면서, 원고지에 쓸 때보다 더 쉽게, 더 빈번히 퇴고를 하는 편인데 그러면서도 그 흔적이 남는 일은 드물다. 고치다가 버린 앞엣것을 다시 살리고 싶은 경우가 생기는 것을 보고 구고舊稿를 하나 일단 따로 저장해 두는 수는 있지만 대개는 수정되는 부분은 이내 삭제되어 흔적도 없이 사라지고 만다. 퇴고의 실례를 얻기가 그만큼 더 어려워진 것이다.

이럴 때 원고지에 직접 퇴고를 한 육필 원고를 접할 수 있다는 것은 그것만으로도 특별한 선물이 아닐 수 없다. 돌이켜 보면 미처 깨닫지도 못하는 사이에 원고지가 우리 주변에서 자취를 감추었다. 우리가 그처럼 오래 누려 왔던 '원고지 시대'가 언제인지도 모르게 과거사로 묻혀 버린 것이다. 한 칸에 한 자씩 또박또박 써 넣던, 그만큼 글쓰기가 신중을 기하여야 하는 무거운 일로 여겨지던, 200자 원고지로 그 분량을 계산하여 인쇄될 때의 분량도 가늠하고 그것으로 원고료도 지불하던 그런 시대가 기억에서도 희미해지고 있다. 지금 보면 네모로 수무 칸이 쳐진 10행 사이사이에 행간行間을 둔 것은 퇴고할 공간을 아예 미리 마련해 놓았던 것으로 보인다. 퇴고 흔적이 생생하게 남은 위당의 육필 원고를 앞에 놓고 보니 그것이 실감 나게 다가온다. 우리 때만 하여도 횡서橫書로 썼는데 이 위당의 육필 원고는 모두 종서縱書로 되어 있어 이것을 보노라니 어디 박물관에라도 들어와 있는 기분을 일으킨다. 여러모로 특별한 선물이 아닐 수 없다.

2

「정인보가 지은 여러 노랫말과 글들」에 들어 있는 육필 원고 중 특히 주목을 끄는 것은 「광복절가」, 「삼일절가」, 「개천절가」 등 국경일 경축가의 가사들이다. 우리에게 다 익숙한 가사들인데 그 익숙한 가사들이 처음부터 그 모습이 아니고 어떤 퇴고 과정을 거친 결과라는 것부터가 새로운 발견이고, 더욱이 그 퇴고의 결과가 글을 얼마나 더 멋지게 변모시키는지를 보는 일이 우리에게 큰 깨우침을 주기 때문이다. 비문碑文 등 나머지 글의 퇴고들도 다 흥미를 일으키는 것이나 그것들은 우선 분량을 감당하기 어려워 이 글에서는 이들 경축가에 나타나는 퇴고 내용만 살펴보고자 한다.

먼저 「광복절가」의 퇴고 내용을 보기로 하자. 육필 원고에서는 수정할 부분을 선으로 지우고 원고지 빈 틈 사이사이에 새 글을 써 넣었는데 먼저 퇴고 전의 모습을 보이면 다음과 같다. 맞춤법은 원고에 있는 대로 두었고, 한자로 표기된 것도 그대로 살렸다. 다만 나중 수정된 부분은 밑줄로 처리하였다.

여기에 2절의 마지막 두 행은 빠져 있다. 1절이 끝나고 한 줄 띄우고 2절의 첫 두 행까지가 한 장에 실려 있는데, 그 다음이 이어질 둘째 장이 영인본에 없다. 소실된 것이 아닌가 싶다.

光復節歌

흙 다시 만저 보자 바다물<u>이 옛빗이다</u>
이날을 보시려든 어룬님 벗님 엇지하리
<u>하로가 四十年 피땀으로 매친 열매</u>니
기리기리 지키<u>자</u>

<u>광복이 거룩타만</u> 지난 <u>일은 붓그럽다</u>
다가치 복을 심어 잘 갓궈 길러 하늘 닷게

이제 밑줄로 표시된 부분이 어떻게 수정되었는지를 보이면 다음과 같다. 화살표가 두 차례 나오는 것은 수정을 한 차례 하였다가 재차 한 것을 나타낸 것이다.

(바다물)이 → (바다물)도

옛빗이다 → 춤추어라 → 춤춘다

하로가 → 이날이

四十年 → 사십년

피땀으로 → 피와 땀에서 → 뜨거운 피

매친 열매니 → 소사낫스니 → 엉긘 자취니

(지키)자 → (지키)세

광복이 거룩타만 → 쉶엔들 이즐것가

(일)은 → (일)을

붓그럽다 → 이즐것가

이 수정된 부분을 반영하고 맞춤법을 현행 것으로 바꾸면 다음과 같은, 오늘날 우리가 부르는 '광복절 노래'가 된다. 다만 앞에서 밝혔듯이 2절의 마지막 두 행은 영인된 육필 원고에는 없다. 그리고 「광복절가光復節歌」의 '歌'가 언제부터 '노래'로 바뀌었다.

광복절 노래

흙 다시 만져 보자 바닷물도 춤을 춘다

기어이 보시려던 어른님 벗님 어찌하리

이날이 사십 년 뜨거운 피 엉긴 자취니

길이길이 지키세 길이길이 지키세

꿈엔들 잊을 건가 지난 일을 잊을 건가
다 같이 복을 심어 잘 가꿔 길러 하늘 닿게
세계의 보람될 거룩한 빛 예서 나리니
힘써 힘써 나가세 힘써 힘써 나가세

이렇게 신구新舊 두 가사를 한자리에 놓고 보면 퇴고가 어떤 기능을 하는지 확연히 드러난다. 다듬어 놓으니 한결 부드럽게 이어지고 한결 단아하다는 느낌을 주면서 옛것은 상대적으로 어딘가 꺽꺽하고 세련되지 못한 데가 있다는 느낌을 준다. 퇴고를 정성을 들여 깊이 있게 잘 한 결과이겠으나, 퇴고가 글을 어떻게 이렇게 큰 폭으로 바꾸어 놓을 수 있는지, 어떻게 이렇게 아주 새로운 모습의 훌륭한 글로 바꿀 수 있는지 퇴고의 기능에 대한 새로운 깨달음을 준다.

1절의 첫 행부터가 그렇다. "바다물이 옛빗이다"는 그 앞의 "흙 다시 만져 보자"의 대련對聯인데 그것을 "바닷물도 춤을 춘다"로 바꾸었다. 36년간 국권國權을 잃고 살던 설움에서 광복을 맞은 감격스러움이 흙을 다시 만져 보자는 데서 그대로 분출되는데, "바다물이 옛빛이다"도 대지가 이제 우리 것이라는 실감이 일듯이 바닷물도 남의 것이 되기 이전의 그 옛날 모습으로 다가온다는 것이어서 훌륭히 짝을 이룬다. 외국에 망명나가 있다가 조국의 품에 안긴 위당 선생으로서는 더욱이 그런 심정이었을 것이다. 그럼에도 그것을 "바닷물도 춤을 춘다"로 바꾸어 놓고 보니 어떤가. 광복을 맞은 기쁨이 기운차게 출렁이는 파도처럼 훨씬 생동감 있게 다가오지 않는가.

셋째 행의 "하로가 四十年 피땀으로 매친 열매"를 "이날이 사십 년 뜨거운 피 엉긴 자취"로 고친 것도 감탄을 자아낸다. 가벼워 보이지만 '하루'는 어느 특정한 날을 가리키지 않는데 그것을 '이날'로 바꾸니 8월 15일 광복절 하루를 가리키면서 초점이 분명해지지 않는가. "피땀으로 매친 열매"를 "뜨거운 피 엉긴 자취"로 바꾼 것은 일단 대수술이라는 점이 주목을 끄는데 '피와 땀'보다 '뜨거운 피'가 일으키는 강렬함이 망국亡國의 한恨에 더 잘 어울리고, '엉긴 자취'도 '매친 열매'보다 한결 여운이 있어 좋아 보인다. '四十年'의 한자를 한자 혼용을 많이 하던 때에 어떤 연유에서 그랬는지 모르겠으나 적어도 이 자리에서는 한자가 덜 어울린다고 판단하였던지 한글로 고친다든가, '피땀'을 '피와 땀에서'로 고쳤다가 다시 '뜨거운 피'로 고치는 등 아주 작은 데까지 세심히 마음을 쓴 것을 보여 준다. 이 셋째 행의 퇴고 내용을 보면 이렇게 각고刻苦하는 자세가 바로 퇴고의 정신이라는 것을 깨닫게 된다.

'지키자'의 '-자'를 '-세'로 바꾼 것에서도 퇴고의 한 정신을 보게 된다. 다 같은 청유형 어미임에도 '-자'와 '-세' 사이에는 엄연한 차이가 있다. 꼭 어느 것이 맞고 어느 것이 틀리고의 차이는 아니나 분명 어느 것이 더 적절하다고 할 자리가 있는데 그 판단이 쉽지만은 않다. 우리말의 경우는 특히 조사나 어미가 미묘한 의미 차이로 세분되어 있어서 조사의 경우 '이/가'를 쓸지 '은/는'을 쓸지를 두고도 몇 번이나 이리 갔다 저리 갔다 하며 고민할 때가 있고, 어미에서는 더욱이 많은 고민을 하게 된다. '-자'와 '-세'를 두고도 많은 저울질을 하였을 터인데 여럿이 합창으로 공식적인 자리에서는 부르는 노래에서는 역시 '-세'가 더 어울린다고 생각하였던 듯하다.

2절의 첫 행 "광복이 거룩타만 지난 일은 붓그럽다"는 대폭적으로 손을 대어 "꿈엔들 잊을 건가 지난 일을 잊을 건가"라고 사뭇 다른 모습으로 바꾸어 놓았다. 단순히 표현을 바꾼 것이 아니라 내용을 거의 완전히 다른 것이 되게 하였다. 결과는 바른 방향으로 잘 되었다는 인상을 준다. 퇴고 전의 '지난 일은 부끄럽다'는 비록 그것이 사실일지라도 광복을 경축하는 분위기에는 부적절하지 않은가. "꿈엔들 잊을 건가, 지난 일을 잊을 건가"에는 그 부끄러움을 잊어서는 안 된다도 포함되지만 그것을 표면으로 드러내지 않고 암묵적으로 제시하면서 또 그 어려웠던 시기의 어느 한 가지도 잊지 말자는 것을 표방함으로써 한결 깊은 울림을 주고 있기 때문이다.

3

다음으로 「삼일절가」를 보기로 하자. 「삼일절가」는 1절뿐인데 앞의 「광복절가」에서와 같이 먼저 퇴고되기 전의 모습을 보이되 수정될 부분을 밑줄로 처리하여 보이면 다음과 같다.

三一節歌
己未年 三月 一日 正午
터지자 아우성소리 大韓民國萬歲
太極旗 三千里요 三千萬이 하나로
이날은 우리의 義요 精命이요 教訓이다
漢江물 다시 흐르고 白頭山 높다
우리는 三一運動으로 이러나고 大韓民國 政府도 섯다

이제 밑줄로 표시된 부분이 어떻게 수정되었는지를 보이면 다음과 같다.

아우성소리 → 밀물가튼

三千里요 → 곳곳마다

精(命이요) → 生(命이요)

(白頭山) 놉다 → (白頭山) 놉핫다

우리는 三一運動으로 이러나고 大韓民國 政府도 섯다

→ 先烈하 이 나라를 보소서 同胞야 이날을 기리 빗내자

이 수정된 부분을 반영하고 맞춤법을 현행 것으로 바꾸면 다음과 같은, 오늘날 우리가 부르는 '삼일절 노래'가 된다.

삼일절 노래

기미년 삼월 일 일 정오

터지자 밀물 같은 대한 독립 만세

태극기 곳곳마다 삼천만이 하나로

이날은 우리의 의요 생명이요 교훈이다

한강 물 다시 흐르고 백두산 높았다

선열하 이 나라를 보소서

동포야 이날을 길이 빛내자

여기에서도 신구新舊 두 가사를 한자리에 놓고 보면 퇴고가 글을 얼마나 새로운 모습, 얼마나 더 훌륭한 모습의 글로 바꾸어 놓는지, 퇴고의

기능이 얼마나 대단한지를 보게 된다. 어떤 면에서는 「광복절가」에서보다 여기에서 퇴고의 힘이 더 크게 빛나 보이기까지 한다.

먼저 '터지자 아우성소리 대한민국만세大韓民國萬歲'의 '아우성 소리'를 '밀물 같은'으로 고친 것이 주목을 끈다. '아우성 소리'는 엄격히 따지자면 불평하는 소리요 듣기 싫은 소리, 옳은 일에 내는 소리가 아닌 소리다. '대한 독립 만세'에 어울리지 않는, 사실 써서는 안 되는 말이기조차 하다. 그것을 '밀물 같은'으로 다듬은 것은 좀 부족한 것을 고쳤다기보다 잘못된 것을 바로잡은 것이라 하는 것이 옳을 듯하다. '아우성 소리'는 '아우聲'의 '聲'에 군소리 '소리'를 덧붙인 것이어서 그 자체로 부적절한 말이기도 하다.

'태극기太極旗 삼천리三千里요 삼천만三千萬이 하나로'의 '삼천리요'는 바로 뒤의 '삼천만'과 운이 맞는 점은 좋으나 3·1 운동 때의 태극기 물결을 '삼천리'라고 하는 것은 과장일 것이므로 '곳곳마다'로 고친 것이 옳은 방향이었을 것이며, '정명精命'을 '생명生命'으로 바꾼 것도, '정명'은 국어사전에 없는 단어이기도 하거니와 있다고 하여도 국민이 널리 불러야 하는 노랫말로는 너무 무거운 것이어서 올바른 조처였다고 생각된다.

'백두산白頭山 놉다'의 '놉다'를 과거형 '높았다'로 바꾼 것은 그 차이가 워낙 미묘하여 그 효과를 어떻게 평가하여야 할지 잘 모르겠다. 과거형으로 바꾸어 놓고 보니 더 힘이 들어가고 단호한 느낌도 주는 점은 확실한 듯하다. 그런데 그것이 어디에서 오는 것인지를 잡아내는 일은 쉽지 않다. 3·1 운동이 일어나던 때가 과거이니 그때의 분위기에 이 과거형이 더 어울리기 때문인지, 아니면 아직 결정되지 않은 일을 두고 '끝난 게임이야. 우리가 이겼어'라고 하든가 멀쩡한 상대를 놓고 '너 죽었어'라고 과거형을 쓸 때의 그 효과와 관련되는 것인지 그 이유가 쉽게 잡히지 않는다. 퇴고를 한 분도 무언가 더 좋은 느낌을 주어 바꾸었을 터인데 글의 맛이 이렇게 접미사 하나로 달라지고, 그것을 퇴고 과정에서 발견한다는 것이 신통할 따름이다.

「삼일절가」의 퇴고 중 가장 크게 주목되는 것은 '우리는 삼일운동三一運動으로 이러나고 대한민국大韓民國 정부政府도 섯다'를 '선열先烈하, 이 나라를 보소서. 동포同胞야 이날을 기리 빛내자'로 바꾼 일이다. 문장 전체를 도려내고 완전히 다른 내용의 문장을 앉혔는데, 환골탈태換骨奪胎라 할까 퇴고 글을 이렇듯 완전히 다른 모습으로 바꾸기도 한다는 것이 놀라움을 주기 때문이다. '우리는 삼일운동으로 이러나고 대한민국 정부도 섯다'가 어딘가 마음에 안 들었던지 그 앞에 '거듭 외치노니'를 넣었던 흔적도 있다. 그런데 사실 이 문장은 그 정도로는 구제를 받기 어려운 문장이다. '대한민국 정부' 수립에 '삼일운동'의 기여가 컸다는 것을 부각시키는 효과가 있을지 모르나, 두 사건의 연결이 쉽게 다가오지도 않거니와 글 자체가 너무 평면적이어서 도무지 노랫말 같지 않고 흥취도 일지 않는다. 그것을 완전히 다른 방향으로 틀어 '선열하, 이 나라를 보소서. 동포야 이날을 기리 빛내자'를 이끌어 낸 것은 볼수록 감탄을 자아낸다. 글도 생동감을 얻어 살아 움직이지만 이 경축가를 부르는 국민들로 하여금 새 각오를 다지며 큰 힘을 얻게 하지 않는가. '선열하'의 '하'는 호격조사 '아'의 높임말로 고어인데 이 노래를 현대어로 바꿀 때에도 그대로 살린 것은 그 고풍스러움으로써 무게를 살리는 효능이 있는 만큼 잘 했다는 생각이 든다. 흔히 번역은 창작이라고 말하는데 이 정도면 퇴고야말로 창작이라고 해야 할 듯하다.

이상에서 본 「광복절가」, 「삼일절가」 외에 「개천절가」와 「제헌절가」도 있으나 「제헌절가」(지금의 〈제헌절 노래〉)는 우리에게 익숙한 것이 아니기도 하거니와 그 퇴고 내용이 따로 검토할 만한 점이 적어 여기서는 논외로 하고자 한다. 그리고 「개천절가」(원고에는 「개천가開天歌」로 되어 있다)는 영인된 육필 원고가 한 장뿐인데, 3절까지 있는 오늘날 '개천절 노래'를 다 채우지 못할 뿐 아니라 2절의 절반 뒤는 내용이 전혀 이어지지 않는다. 따라서 여기서는 2절의 절반까지만 떼어 살펴보고자 한다.

먼저 원고 모습을 보면 다음과 같다. 여기에서도 수정될 부분을 밑줄로 처리하였다.

開天歌

우리가 물이라면 근원이 어듸
우리가 남기라면 뿔이가 어듸
이 나라 어르신님은 하늘이시니

阿斯達 서울이요 조선이 서니
聖人의 자최 뿔라 하늘이 텟다

이제 밑줄로 표시된 부분이 어떻게 수정되었는지를 보이면 다음과 같다. 앞에서와 마찬가지로 화살표가 두 차례 나오는 것은 수정을 한 차례 하였다가 재차 한 것을 나타낸 것이다.

근원 → 새암
어듸 → 잇고
(뿔이)가 → (뿔이)는 → (뿔이)가

어듸 → 잇고

어르신(님은) → 한아바(님은)

하늘(이시나) → 檀君(이시나)

阿斯達 서울이요 → 白頭山 놉흔 터에

수정된 이 부분을 반영하고 맞춤법을 현행 것으로 바꾸면 다음과 같은, 오늘날 우리가 부르는 〈개천절 노래〉가 된다. 여기서는 2절의 절반 뒤쪽도 제시하되 괄호에 넣고 밑줄로 처리하였다.

개천절 노래

우리가 물이라면 새암이 있고
우리가 나무라면 뿌리가 있다
이 나라 한아바님은 단군이시니
이 나라 한아바님은 단군이시니

백두산 높은 터에 부자요 부부
성인의 자취따라 하늘이 텄다
(<u>이날이 시월상달에 초사흗이니</u>
<u>이날이 시월상달에 초사흗이니</u>

<u>오래다 멀다 해도 줄기는 하나</u>
<u>다시 핀 단목잎에 삼천리 곱다</u>
<u>잘 받아 빛내오리다 맹세하노니</u>
<u>잘 받아 빛내오리다 맹세하노니</u>)

좀 불완전한 상태이긴 하나 여기에서도 신구新舊 두 가사를 한자리에 놓고 보면 퇴고가 글을 한결 산뜻한 모습으로 만들어 준다는 것만은 쉽게 볼 수 있다. '하늘'보다는 '단군'이, 무엇보다 '아사달阿斯達 서울이요'보다 '백두산白頭山 높흔 터에'가 한결 명쾌하게 우리에게 다가온다는 것을 곧바로 느끼게 된다. 퇴고 중 '(쌀이)가→(쌀이)는→(쌀이)가'는 우리로 하여금 미소를 머금게 하는데, 주격조사 '가'를 특수조사 '는'으로 바꾸었다가 다시 제자리로 돌아간 것인데, 이런 식의 조사 선정이라는 난제는 우리가 평소 자주 겪는 일이지 않는가. 서양 사람들이 한국어를 상당한 수준까지 익히고도 끝내 극복하지 못하는 것이 '이/가'와 '은/는'의 차이라고들 하는데 우리들조차도 그 선택이 어려울 때가 있는데 지금 이 장면도 그 현실을 보여 주고 있어 흥미롭다.

4

이 글을 쓰면서 주변적인 일이지만 궁금한 일이 하나 생겼다. 우리가 노래를 부를 때 작곡가나 작사자를 모르고 부를 때가 많은데, 국경일에 부르는 노래가 특히 그럴 것이다. 가장 대표적인 국경일 노래인 〈광복절 노래〉, 〈삼일절 노래〉, 〈개천절 노래〉, 〈제헌절 노래〉 등도 작곡자는 더욱 그렇지만 작사자가 누구인지 잘 모르고 지냈다. 그런데 그중 한두 편도 아니고 이들 전부가 위당 선생이 작사자라는 사실을 이번에 제대로 알게 되었다. 그러나 그것이 어떤 경위로 그렇게 되었는지가 궁금하였던 것이다.

물론 위당 선생은 광복 후 새 정부가 수립된 초기에 감찰위원장과 같은 요직에 있기도 하였지만 시조집을 따로 출간하셨을 뿐 아니라 전조선문필가협회의 회장으로 추대되었을 정도로 문필가로도 그 중심에 있던 분이라 이모저모로 적임자인 분이어서 자연스레 이것들을 도맡아 의뢰를 받았을 수 있을 것이다. 앞에서 보았듯이 국경일 경축가뿐 아니라, 「학도특별훈련소가」, 「대한부인회가」를 비롯하여 연세대학교, 고려대학교, 국학대학교, 동국대학교 등의 교가에 이르기까지, 또 「한산도제승당비문」, 「이충무공순신기념비문」, 「윤봉길렬사긔념비」 등 국가적인 사업의 대표적 비문에 이르기까지 거의 위당 선생의 손에서 이루어지다시피 한 것을 보면(영인된 육필 원고에는 나와 있지 않지만 위당 선생은 해방 전에도 「월남선생비문月南先生墓碑」, 「남강이공비문南岡李公墓碑」 등의 비문과 각종의 묘명墓銘을 비롯하여 동아일보에 282회에 걸쳐 「5천년간 조선의 얼」을 연재하는 등 엄청난 활약을 하였다), 4대 경축가가 이분 한 분의 손으로 이루어진 것은 오히려 자연스러운 일로 여겨지기도 한다.

그런데 여기에 혼란을 일으키는 것이 하나 나타났다. 어느 분이 인터넷에 〈광복절 노래〉의 내력을 소개하면서 다음과 같은, 1949년 11월 9일자 『경향신문』 2면의 기사를 찾아 올렸는데 이것이 지금까지의 우리의 추리를 무색케 하였던 것이다.

> 방금 정부에서는 다음과 같이 여섯 가지의 가사를 현상 모집 중인데, 마감은 11월 30일로서 원고는 총무처 비서실 전례과로 보내 주기 바란다 한다. 그리고 당선된 가사는 전문가에게 작곡을 위촉하여 명년 1월 1일부터 전국 관공서 학교 기타 식전에서 통일적으로 부르게 할 예정이다.
>
> 1. 삼일절 노래–기미년에 우리 민족이 일제에 항거하여 독립을 선언한 기념일(3월 1일)

2. 제헌절 노래-국회에서 대한민국 헌법을 제정 공포한 기념일(7월 17일)

3. 광복절 노래-대한민국이 정식으로 독립을 선포하고 발족한 기념일(8월 15일)

4. 개천절 노래-국조 단군께서 처음으로 우리나라를 창건한 기념일(10월 3일)

5. 새해의 노래-신년을 축하하는 날(1월 1일)

6. 공무원 노래-각 관공서의 조례식 및 기타 집합에서 공무원의 이도를 앙양하고 사기를 고무하기 위하여 수시로 부르게 할 노래

이 기사대로라면 위당 선생이 정부에서 실시하는 현상 모집에 한 편도 아니고 여러 편을 응모하여 그것이 모두 선정되었다는 것인데 우리의 보통 상식으로는 선뜻 수긍되지 않는 면이 있다. 당시 정부의 요직인 감찰위원장에 있던 분이 현상 모집에 응모하였을까 하는 것부터 그렇다. 영인된 자료를 보면 200자 원고지 가장자리에 세로로 '대한민국감찰위원회'大韓民國監察委員會, '국방부보도대'國防部報道隊(또는 '국방부제이국'國防部第二局)과 같은 글씨가 인쇄되어 있다. 이것으로 보면 이 가사들이 그 기관에 재직할 때 지은 것으로 짐작되는데 그런 자리에서, 점잖은 체면에 현상 모집에 응모하는 일이 있을 수 있었는지 하는 의문이 어쩔 수 없이 이는 것이다.

굳이 추측하자면 워낙 국가적으로 중요한 일이어서 앞장서서 응모를 하였고, 그것이 워낙 작품적으로 출중하여 그 모두가 당선되었을 수 있었으리라는 것이 하나고, 아니면 공모 결과 마땅한 작품이 나타나지 않아 몽땅 위당 선생에게 의뢰하지 않았을까 하는 것이 다른 하나다. 어떻든, 그 정확한 경위는 한 숙제로 남는 듯하다. 다만 하나 밝힐 것은 『내

훈/정인보소전』(2020)에서 셋째 따님 정양완 교수는 이 국경일 노래가 1948년에 지은 것이라 했으나 앞의 기록들에 의하면 1949년 이전에 이 일은 착수되지 않은 것으로 보인다.

어떤 경위였든, 이들 경축가들이 위당 선생의 손으로 이루어진 일은 결과적으로 잘된 일로 생각된다. 그 어느 노래보다 광복절 노래의 첫 마디 "흙 다시 만져 보자"를 부를라치면 세상에 이 이상의 절창絶唱이 어디 또 있으랴 싶다. "빼앗긴 들에도 봄은 오는가"라고 하지 않았는가. 봄도 오지 않을 것 같은 강토, 도무지 내 땅 같지 않던 조국, 그것을 다시 찾았을 때 가장 먼저 하고 싶은 것이 흙을 다시 만져 보고 오랫동안 잃었던 자식을 다시 찾아 쓰다듬으며 느끼는 그런 감격을 느껴 보는 일이었을 것이다. 그런데 그것을 누가 선뜻 "흙 다시 만져 보자"라고 읊을 수 있겠는가. 도무지 내 땅 같지 않아 견디지 못하고 망명하여 낯선 외국에서 갖은 고초를 겪으며 독립운동을 한 투사라야 저절로 그 생각부터, 그 말부터 떠올랐을 것이다. 나는 "흙 다시 만져 보자" 한 소절로 우리 경축가의 가사가 위당 선생의 손으로 된 것이 큰 축복이라 생각한다.

5

여기서 또 상념想念이 하나 인다. 만일 위당 선생의 이 육필 원고들이 없어졌다면 어떡했을까? 우리는 아무것도 모르고 태평스럽게 지내 왔겠지만 이런 큰 손실이 어디 있겠는가? 퇴고의 가치를 이만치 약여躍如하게 보여 주는 것은 앞으로도 얻기 어려울지 모른다. 나로서는 이번에 참으로 값진 것을 얻었다.

우리도 최종적으로 정서를 해 출판사에 보내고 나면, 그 원고가 혹시 분실될지도 모를 경우를 대비하여 퇴고 상태의 원고를 일단 남겨 두는 수가 있는데, 위당 선생의 원고들도 그렇게 남아 있던 것이었는지, 아니면 평소 원고 하나도 버리지 않고 보관해 두는 습성이 있었는지 모르나, 선생이 6 · 25 전란 중 납북되고 나서 가족들이 그 유품遺品들 어느 것 하나 소중하지 않은 것이 없어 더욱 소중히 간직해 온 것이 아닌가 싶다. 많은 것들이 전란을 겪으며 잿더미가 되던 어려운 시절을 견디며 보존되어 우리까지 그 생생한 모습을 볼 수 있게 된 일은 얼마나 감사한 일인지 모르겠다.

이에 떠오르는 생각은 지금부터라도 문필가들의 육필 원고를 모아 정리하는 사업이 활발히 이루어졌으면 하는 것이다. 열심히 찾아 나서면 문학관이나 출판사 등에 보관되어 있는 것들을 의외로 많이 수집할 수 있을지 모른다. 육필 원고는 인쇄물과는 달리 글쓴이의 체취를 느낄 수 있게 해 준다는 점에서도 소중하지만 그 원고에 어쩔 수 없이 얼마간씩은 남아 있을 퇴고의 흔적에서 글쓴이의 숨겨졌던 세계를 보여 주는 뜻하지 않던 자료들을 얻을 수 있을지 모른다.

그 좋은 예를 꽤 특별한 경우이지만 최근 생텍쥐페리의 『어린 왕자』(1943) 출간 80주년을 맞아 그동안 미국에 보관되어 있던 그 육필 원고를 파리에서 전시하면서 간행한 『어린 왕자, 영원이 된 순간』(원서는 *A la rencontre du Petit Prince*라는 이름으로 2022년에 출간되었는데 고맙게도 우리나라에서 곧바로 2023년에 번역하였다)에서 볼 수 있다.

여기에는 여러 장의 삽화며 주고받은 편지 등 생텍쥐페리의 범상치 않았던 생애에 관한 각종 자료가 있지만, 141매의 백지(onion skin지紙)에 펜과 연필로 쓴 『어린 왕자』의 육필 원고 여기저기에 추가하거나 지우고 새로 쓴 퇴고의 일부 내용, 그리고 출판사에 넘긴 원고 이전의 습작 단계의 초고도 함께 소개되어 있는데, 그것들을 보노라면 어떤 흥분까지 인다. 그동안 우리가 인쇄된 『어린 왕자』만 읽을 때는 짐작도 할 수 없던 많은 비밀이 그 속에 들어 있기 때문이다.

초고에서는 『어린 왕자』의 첫 문장이 "나는 그림을 그릴 줄 모른다"였다고 한다. 그게 "여섯 살 적에 나는 [중략] 원시림에 관한 책에서 굉장한 그림 하나를 본 적이 있다"로 바뀐 것이다. 또 『어린 왕자』에서 우리가 가장 경건하게 인용하곤 하는 "오로지 마음으로 보아야 잘 보여. 본질적인 것은 눈에 보이지 않아"가 다음과 같은 여러 번의 뒤척임을 거친 결과라는 것도 흥미롭다. "가장 중요한 것은 보이지 않아. → 중요한 것은 볼 수 없어. → 본질적인 것은 언제나 보이지 않아. → 중요한 것은 언제나 보이지 않아. → 가장 중요한 것은 보이지 않아. → 마음으로만 볼 수 있어. → 오로지 마음으로 보아야 잘 보여. 본질적인 것은 눈에 보이지 않아." 원문으로 보면 더 실감이 나겠는데 "L'essentiel est invisible pour les yeux"의 'L'essentiel' 하나를 두고도 얼마나 큰 공력功力을 쏟았는가를 보여 준다. 이것이 육필 원고 한 장에 다 들어 있는 것이다. 퇴고가 글쓰기에서 얼마나 큰 몫을 하는지를 너무도 생생하게 일깨워 주지 않는가. 책 첫머리에 친구 레옹 베르트(Léon Wert)에게 바친 그 유명한 헌사獻辭가 최종 자필 원고 및 교정쇄까지도 없던 것이 끝판에 들어갔다는 사실을 새삼 알게 된 것도 큰 선물이었다.

이 생텍쥐페리의 책은 한 작가를 아무리 귀히 여긴다 해도 어떻게 이렇게 사소한 자료들까지 소중히 보존되어 올 수 있었을까 하는 놀라움을 준다. 지인知人들에게 『어린 왕자』를 증정하며 표지나 그 안쪽에 자필로 쓰거나 그려 보낸 헌사나 그림, 어머니나 부인과 주고받은 편지, 부인에게 보낸 수표, 일기장, 명함, 그리고 습작 단계의 각종 메모와 삽화 등 별

의별 자료들이 다 정리되어 있는 것이다. 여기에서 우리는 단순히 퇴고의 차원을 넘어 『어린 왕자』, 그 자그마한 동화 하나가 얼마나 다각적인 구상과 얼마나 치열한 모색을 거친 결과인가를 발견하고 놀라움을 감추지 못하게 된다.

삽화의 경우 더욱 그렇다. 가장 공들여 그렸다고 한 바오밥나무 그림의 다른 습작 그림은 전에도 좀 알려져 있었지만, 어린 왕자 그림은 못 보던 것들이 넘치도록 많이 소개되어 있는데, 꽤 일찍부터 벌써 다른 소설 원고 빈자리에 그린 것을 비롯하여 말년에는 누구에게 편지를 쓸 때에도 마치 자기 서명이나 되듯 그려 넣었다는 어린 왕자 그림까지 온갖 형상의 어린 왕자를 볼 수 있다. 뉴욕의 출판사 사장이 생텍쥐페리에게 동화를 하나 써 보는 게 어떻겠느냐고 권해서 결국 『어린 왕자』를 탄생시킨 것도 생텍쥐페리가 시도 때도 없이 어린 왕자 그림을 그리는 걸 보고 그랬다는 것이다. 좀 다른 이야기지만 이 책에는 어린 왕자가 많을 때는 하루에 마흔네 차례나 보았다는 일몰 장면을 보는 그림이 칼라로 된 것도 나와 있다. 동화에는 프랑스어판이든 영어판이든 (우리 번역판에서도 물론) 어디서나 흑백으로 되어 있고, 또 그 별을 나타내는 원 안에 동화 본문이 들어가 있는데 이 그림은 칼라일 뿐 아니라 그 원 안이 비어 있다. 이 최종 원고가 출판 과정에서 변개되었던 것을 이번 기회에 이 컬러 그림을 공개한 것이다. 나는 『어린 왕자』의 삽화 중 이 그림에 정이 제일 많이 가는데 그것을 이 화사한 원화로 보는 기쁨도 분외로 하나 더 누렸다. 한 마디로 육필 원고는 전혀 기대치도 않던, 얼마나 놀라운 비밀을 열어 보이는가!

다시 말하지만 우리도 지금껏 소홀히 해 왔던 문필가의 육필 원고를 수집 보관하고 또 그것을 분석하는 풍조가 활발히 일어났으면 좋겠다. 퇴고의 현장에서처럼 글쓰기의 치열함을 잘 드러내 주는 장면도 드물 듯하다. 퇴고는 자칫 잘못 알듯 자잘한 뒤치다꺼리나 하는 소소한 세계가 아니고, 퇴고가 있고서야 한 편의 글이 비로소 탄생하는, 글쓰기의 필수 요소 중의 하나요, 그 속에 많은 것이 감추어져 있는 비밀의 문과도 같다. 말로 전해 들은 이야기지만 이청준 소설가는 글을 마치고 마지막으로 '하지만,' '그런데'와 같은 접속사를 살려 둘 것인가 빼 버릴 것인가를 검토한다고 하였단다. 이 조그만 이야기만으로도 우리는 글쓰기의 자세를 두고 많은 가르침을 받지 않는가. 퇴고의 실례 하나를 못 찾아 부실을 면치 못하던 작문 교육의 풍토도 이제 바뀌어야 하겠고, 무엇보다 글쓰기를 무겁게 알고, 좋은 글이 귀히 대접 받는 세상이 되었으면 좋겠다. ※

장경렬

"어찌 세월이 가만있었겠는가"
"아직까지 현수를 기억하고 있나"
"조심해서 가게나"
"그들의 굶주림을 해결하는 데 조금이라도 도움이 될 수 있다면"

“어찌 세월이 가만있었겠는가”

— 김윤식 선생님을 그리며

선생님, 선생님, 어찌 이리 급하게 저희 곁을 떠나셨습니까? 비보를 접하고 찾은 빈소에서 뵌 영정 속 선생님의 표정은 평소 저를 맞이하셨을 때와 다름없었습니다. 하지만 그런 표정의 선생님을 이제 사진으로밖에 뵐 수 없게 되었습니다. 그것이 엄연한 사실임을 확인케 하는 영정 앞에서 무릎을 꿇고 눈을 감는 순간, 제 마음에는 만감이 교차했습니다. 지난 오월 초에 선생님과 서울대 교수회관에서 점심식사를 함께한 뒤에 유월이 오면 다시 뵙기로 했었지요. 하지만 유월이 왔으나 선생님께서 거동이 불편해지셔서 자리를 함께할 수 없었지요. 이후 만남의 날짜는 계속 뒤로 미뤄졌지만, 그래도 선생님께서 곧 건강을 회복하시고 곧 다시 선생님을 뵐 수 있을 것이라고 굳게 믿었습니다. 그런데 이처럼 뜻밖에 먼 길을 떠나시다니요! 저는 선생님과 좀 더 자주 자리를 함께하지 못한 저의 무심함에, 좀 더 자주 선생님과 이야기를 나누지도 못하고 좀 더 자주 선생님께 맛있는 음식을 대접하지도 못한 저의 무심함에 후회의 눈물을 삼키지 않을 수 없었습니다. 그리고 죄스러움과 슬픔에 젖어 선생님께서 보내신 이승에서의 삶이 정리되는 마지막 과정을 장례식장 한 구석에서 속절없이 지켜보아야 했습니다.

제가 선생님을 처음 뵌 것은 1970년대 초 서울대학교 입학 후에 교양과정부의 교지 『향연』의 편집장을 할 때였습니다. 지도교수 가운데 한 분이셨던 황동규 선생님과는 편집위원들과 함께 시내에서 뵙고 식사자리를 함께하기도 하고, 심지어 모래내에 있던 선생님의 댁을 찾아가 술상 준비로 사모님을 괴롭히기까지 했습니다만, 강의 시간의 열강에도 불구하고 평소에 과묵하신 선생님께는 어려워 근접할 수 없었지요. 어쩌다 편집위원들과 회의 자리를 함께했을 때 해 주시는 선생님의 말씀을 경청하는 것이 전부였습니다.

선생님을 다시 뵙게 된 것은 공릉동 소재 교양과정부를 떠나 동숭동의 문리대로 교정을 옮긴 대학 2학년 초였습니다. 강연 때문에 문리대 교정을 찾으신 선생님을 우연히 뵙게 되었는데, 뜻밖에도 선생님께서 저에게 댁의 약도와 전화번호를 알려 주시면서 조만간 찾아오라는 말씀을 주셨지요. 그때의 선생님 모습이 지금도 생생하게 기억에 떠오릅니다. 엄하게만 느껴지던 선생님의 평소 모습과 달리 선생님의 입가에는 엷은 미소가 담겨 있었습니다. 그런 변화에도 적이 놀랐지만, 저를 잊지 않고 기억해 주심에, 그리고 댁으로 찾아오라는 다감한 말씀에 제가 어찌 크게 놀라지 않았겠습니까? 놀랄 뿐만 아니라 공연히 우쭐해지기도 했습니다. 오죽하면, 주변 친구들에게 자랑을 마다하지 않았겠습니까? 그 당시 문학에 심취해 있던 우리들 사이에 선생님은 감히 근접하기 어려운 고산준봉高山峻峯과도 같은 분이셨습니다. 그러니 어찌 제가 자랑스러워하지 않을 수 있었겠습니까?

며칠 후에 저는 당시 서대문구 냉천동 소재의 선생님 댁을 찾았습니다. 사모님께서 자그마한 소반에 위스키와 안줏감을 마련하셔서 응접실로 가지고 오셨지요. 선생님께서는 저에게 술잔을 채워 주시면서 이렇게 물으셨습니다. “자네는 자네의 기록을 모으는 쪽인가, 버리는 쪽인가?” 초등학교 1학년 성적표까지 보관하고 있던 저였기에 저는 모으는 쪽이라는 생각이 들어 그렇게 말씀드렸더니, 선생님께서 이렇게 말씀하셨습니다. “자네는 인문학도로서의 최소 자격을 갖췄으니, 학문의 길을 가게.” 사실 그 당시 저는 문학 공부에 자신이 없어, 제가 좋아할 뿐만 아니라 그 방면에 유치하나마 재주도 인정받은 물리학 공부를 하지 않은 것을 후회하고 있었습니다. 심지어 다시 입학시험을 치르더라도 문학 공부를 포기하고 물리학과를 가는 것이 어떨까 하는 생각까지 할 정도였습니다. 그런 저에게 선생님의 말씀은 어렵지만 흔들림 없이 문학 공부를 하는 계기를 마련해 주신 것이지요. 이후 선생님 댁을 자주 찾았고, 뵐 때마다 선생님께서는 문학에 관한 많은 가르침을 주셨지요. 선생님의 가르침에 따라 저는 그 무렵에 르네 웰렉(René Wellek)과 오스틴 워런(Austin Warren)의 『문학의 이론』(*Theory of Literature*)을 비롯해서 수많은 문학 이론 관련 서적을 구해서 읽고 공책에 요약 및 정리를 이어가기도 했습니다. 그때의 기록이 아직 저에게 남아 있는 것을 보면, 저는 분명히 ‘모으는 쪽’의 성향을 갖췄다고 할 수 있겠지요.

그렇게 선생님을 댁으로 찾아뵙기를 거듭하던 가운데 3학년 1학기가 시작될 무렵이었습니다. 선생님께서 연구실로 찾아오라는 말씀을 영문과 사무실에 전화로 남기셨지요. 연구실을 찾은 저에게 선생님께서는 두툼한 봉투를 건네시면서 등록은 했는가를 물으셨습니다. 등록을 했다는 저의 대답에 선생님께서는 이렇게 말씀하셨습니다. “이번 학기 자네의 등록금으로 준비한 것이네. 자네 아버지 노릇을 한번 해 볼까 했는데, 등록을 했다니 이 돈을 어쩌지?" 이어서 선생님께서는 이렇게 말씀하셨습니다. "이것으로 중국집에 가서 맛있는 것 사 먹게." 이후에도 선생님께서는 저에게 가끔 용돈을 챙겨 주시면서 그때마다 덧붙이는 말씀은 항상 "중국집에 가서 맛있는 것 사 먹게"였지요.

선생님, 선생님과 함께한 그 옛날을 생각하노라면, 잊히지 않은 기억 가운데 특히 생각나는 것이 있습니다. 어느 날 선생님 댁을 찾은 저에게 선생님께서 제안을 하셨습니다. "자네, 오늘 나와 영화 보러 가지 않겠나?" 저야 선생님과 영화 관람을 한다는 생각에 즐거울 따름이었지요. 선생님께서 저를 데리고 간 곳은 광화문 네거리에 있던 국제극장이었습니다. 그곳에서 저는 선생님과 〈에어포트 75〉(Airport 1975)라는 영화를 관람했지요. 영화 관람이 끝나고 영화관을 나섰을 때, 저는 선생님께서 저를 근처의 다방이나 목로주점으로 데리고 가실 것으로 기대했지요. 그곳에 가서 저희가 관람한 영화에 대해 선생님께서 주시는 강평에 귀 기울이거나 저 또한 저 나름대로 소감을 말씀드릴 마음의 준비를 하고 있었습니다. 그런데 영화관을 나오자 선생님께서 이렇게 말씀하셨습니다. "잘 가게. 그럼 다음에 또 보세나." 사실 그날 저는 선생님과 방금 관람한 영화에 대해 이야기를 나누지 못해 무척 아쉬웠습니다. 하지만 그런 예외적인 경우를 제외하면, 댁을 찾은 저에게 선생님께서는 언제나 문학 공부와 세상살이에 대해 이것저것 많은 이야기를 해 주셨던 것은 사실입니다. 언제나 저에게 선생님은 저에게 '그냥 선생님' 이상의 분이셨습니다.

선생님의 가르침과 격려에 힘입어 저는 석사 과정을 마치고 박사 과정에서 여전히 문학 공부와 씨름하게 되었습니다. 그리고 제가 소속된 영문과에서 저를 지도하신 선생님의 따뜻한 보살핌 덕택에, 저는 운이 좋게도 이른 나이에 인하대학교 영문과의 전임강사가 되었습니다. 그해

가 1980년이었지요. 그런데 그해 늦가을 도쿄의 신주쿠 우체국 11월 4일자의 소인이 찍힌 선생님의 편지가 인하대학교로 배달되었습니다. 선생님께서 저에게 편지 한 통을 보내 주신 것이었지요. 아직도 소중히 보관하고 있는 선생님의 편지는 이렇게 시작됩니다. "별일 없으리라 믿네. 9月初에 이곳 東京에 왔네. 12月末에 귀국 예정이다. 東京은 10년 前에 내가 유학차 와서 공부한 곳이나, 이젠 그때와는 달리 내가 너무 늙었다는 생각이 든다. 장 군이 대학 교수가 되었으니, 어찌 세월이 가만있었겠는가."

선생님의 유해가 추모공원에 모셔지는 것을 지켜본 뒤 무거운 마음으로 돌아온 그날 밤, 저는 38년 전에 선생님께서 보내 주신 그 편지를 다시금 꺼내 읽기 시작했습니다. 이제는 선생님을 다시 뵐 수 없다는 생각에 비감에 젖어 있던 저는 절로 솟는 흐느낌과 함께 눈가에 눈물이 맺히는 것을 어쩔 수 없었습니다. 그리고 다음 구절에 이르러 흐르는 눈물을 주체할 수 없게 되었지요. "어찌 세월이 가만있었겠는가." 아아, 이제는 선생님을 다시 뵐 수 없게 되었습니다. 선생님과 마주 앉아 선생님의 말씀에 귀 기울이던 대학생 시절의 어릴 적 제 마음은 지금도 변함없지만, 이제 다시는 어린 시절의 마음으로 선생님을 뵐 수가 없게 된 것입니다. 세월이 가만히 있지 않았음을 어찌 실감하지 않을 수 있겠습니까. 하기야 이제 저도 정년퇴임을 할 만큼 나이가 들었으니, 세월의 부지런함을 어찌 절감하지 않을 수 있겠습니까. 그렇다 해도, 저는 얼마 전까지만 해도 선생님을 뵐 때마다 마음만은 여전히 어린이가 되어 선생님의 말씀에 귀 기울이곤 했지요. 마치 세월이 가만있는 듯 선생님과 마주하면 저는 언제나 어린이의 마음으로 되돌아가지 않을 수 없었던 것입니다. 선생님을 뵙고 어린이의 마음으로 되돌아가 선생님과 이야기를 나눌 기회가 다시는 없게 된 현실에, 저는 슬픔과 안타까움의 눈물을 주체할 수 없습니다.

가만히 있지 않는 세월을 원망하기도 하고 이에 한탄도 하면서, 저는 흐려진 눈으로 선생님께서 주신 편지를 계속 읽었습니다. "요즘 東大 도서관에서 젊은이들에 끼어 冊을 읽고 있다. 東大는 넓은 캠퍼스에 숲이 짙고, 까마귀들이 많이 서식하고 있다. 모두 공부에 여념 없는 듯하며, 방학에는 주로 外國 여행에 나가는 모양이다."

지난 2010년대 초 저에게는 일본의 시문학을 공부하기 위해 약 1년 여 동안 동경대에 머물 기회가 주어졌습니다. 동경대의 캠퍼스에 처음 발을 디디는 순간, 제 마음에 떠오른 것은 오래전에 선생님께서 주신 편지, 그 무렵에도 책갈피에 끼워 놓고 어쩌다 펼쳐 보곤 하던 선생님의 편지가, 선생님의 필체가 언제나 정답게 저를 맞이하는 발송 봉투에 담긴 선생님의 편지가 전하는 동경대 교정의 풍경이었습니다. 그리고 동경대의 도서관을 처음 찾았을 때 떠오른 것도 그 도서관 한쪽에서 책을 읽고 계셨을 법한 선생님의 모습이었습니다. 어쩌다 저는 일본에 체류할 당시 선생님의 편지 봉투에 담긴 주소에 의지하여 선생님께서 머무시던 곳을 찾아가 보기도 했지요.

이어지는 편지 속 선생님의 말씀은 다음과 같았습니다. "君과 나와는, 교양과정 시절부터, 학보편집 때부터 오래 되었다. 군은 능력 있고, 특히 학문에의 열정을 늘 높이 평가했었다. 오늘날 君이 교수가 된 것 어찌 우연이랴. 더욱 군은 여러 역경을 넘어왔고, 또 내게 특히 잘 도와주었다. 아마 군은 큰 영문학자가 되리라 믿는다." 편지에 담긴 선생님의 과찬을 접하고 우쭐해질 법도 했지만, "능력"이나 "학문에의 열정"이라는 언사는 저에게 어울리지 않은 것임을 제가 어찌 몰랐겠습니까? "도와주었다"

는 선생님의 말씀도 사실이 아닙니다. 어쩌다 선생님의 글을 가끔 제가 보잘것없는 저의 영어 실력에 기대어 번역해 드린 것이 전부인데, 이 역시 지나친 말씀이라는 생각도 떨칠 수 없었습니다. 특히 저에게 어울리지 않은 과찬은 못난 녀석에게 떡 하나 더 주는 식의 말씀임을, 단지 격려의 차원에서 주시는 말씀임을 저는 잘 알고 있었습니다. 사실 저에게는 항상 선생님께서 주시던 핀잔의 말씀이 더 익숙하고 편합니다. 선생님께서는 저에게 "퍼석한 녀석"이라는 핀잔을 수도 없이 하셨지요. "자네처럼 퍼석한 녀석이 이 험난한 세상을 어찌 살아갈까 걱정된다." 제가 아무리 영악스러운 척 재주를 부려도 선생님께서 내리시는 저에 대한 평가는 언제나 "퍼석한 녀석"이었습니다. 솔직히 말씀드리자면, 제 자신이 "퍼석한 녀석"임은 오랜 세월에 걸쳐 제 자신이 스스로 확인한 바이기도 합니다.

"퍼석한 녀석"을 격려하기 위해 주신 사실과 다른 평가에 이어, 선생님께서는 다음과 같은 말씀으로 편지를 마감하셨습니다. "그러나, 한 가지 기우는, 너무 安住하지 않을까 하는 점. 小成에 만족하지 말기 바란다. 보다 큰 비약을 하여, 큰 학자가 되어야 할 것이다. 최소한 外國 유학을 하고, 자신을 세계 속에 단련시켜, 착실히, 무게 있는 학자가 되어야 하리라 믿는다. 2년 前 미국에 내가 있을 적, 군은 내게 편지를 했었다. 그것을 생각하면서 이제 답장을 쓴다. 늘 건강하기 바라며 11/4 김윤식."

솔직하게 말씀드리자면, 1980년 봄에 대학의 전임강사가 된 다음에 저는 공부를 멀리하고 있었습니다. 강의와 함께 저에게 주어진 보직에 따른 행정적 일로 낮을 보내고 저녁이면 으레 동료 교수들 또는 인천에 살고 있던 옛 친구들과 술자리를 함께하곤 했지요. 그런 저였기에 대학생 시절부터 선생님께서 가끔 저에게 주시던 역정의 말씀을 떠올리지 않을 수 없었습니다. "자네가 술이나 퍼 마시고 다니는 것, 내가 모를 줄 아나? 그래도 되는가?" 어찌 저에게 뼈아픈 자기반성이 있지 않을 수 있었겠습니까? 선생님의 말씀에 정신을 가다듬고 유학을 준비한 끝에 2년 후 유학을 떠나게 되었지요. 떠나기 전에 인사를 드리러 댁을 찾았을 때 선생님께서는 잠깐 기다리라는 말씀과 함께 옷장 안 서랍에서 무언가를 꺼내셔서 봉투에 담으시고는 그것을 저에게 건네셨습니다. 그리고 말씀하셨습니다. '며칠 후 있을 일본 방문을 위해 준비한 일본 돈이지만, 자네가 훗날 더 요긴하게 쓸 것 같아 주는 것이니 아무 말 말고 받아 넣게." 이어서 이렇게 말씀하셨지요. "형편이 어려울 때 환전해서 쓰게나." 그 때 주신 선생님의 말씀을 제가 어찌 잊을 수 있겠습니까. 당시에는 요즘과 달리 출국 전이 아니면 환전이 불가능했고, 액수에도 제한이 따랐지요. 그런 사정에도 불구하고 선생님께서는 적지 않은 액수의 일본 화폐를 저에게, 이제 학생 신분을 벗어난 저에게 건네셨던 것입니다. 선생님께서 주신 일본 화폐는 유학 시절 아이들을 키우면서 정말로 요긴하게 썼습니다.

유학 생활을 마치고 돌아와 아이 둘을 데리고 선생님을 찾아뵈었지요. 선생님께서는 환한 웃음과 함께 과자를 사 먹으라고 하시면서 아이들에게 만 원짜리 지폐를 한 장씩 나눠 주셨습니다. 그런 일이 있고 이제 30년의 세월이 흘렀습니다. 그 세월 동안 저는 무엇을 했던가요. 작고 평범한 영문학도로서의 생활을 이어 온 것밖에 없습니다. 그런 퍼석한 인간인 저를 뒤로 하신 채 선생님께서는 먼 길을 떠나셨습니다. 인간이 퍼석하여 인간으로서 해야 할 도리조차 제대로 못 하는 못난 저를 뒤에 남겨두신 채 선생님께서는, 아아, 선생님께서는 멀고먼 길을 떠나신 것입니다. 아아, 저는 선생님의 따뜻한 사랑에 아무런 보답도 하지 못했습니다.

죄스럽고 안타까운 마음에 흐느낌을 이어갈 뿐입니다.

한 자 한 자 마음에 새겨 가며 읽던 선생님의 편지를 다시 접어 봉투에 넣는 순간, 미국의 중국계 시인 리영 리(Li-Young Lee)의 「비 일기」("Rain Diary")에 나오는 다음 구절이 제 마음을 스칩니다. 아마도 추모공원에서 선생님께 마지막 예를 갖추던 바로 그때까지 오전 내내 흐린 날씨에 비가 그치지 않았기 때문이겠지요. "비가 내리기 시작했다./내 창문에서 밤새도록 중얼거리던 것은/비가 아니다./들판에서 내가 피해 달아나던 폭우도,/바다에서 나를 겁먹게 하던 폭풍도 아니다./그것은 내 일생 동안 나를 향해 움직여 온다./어쩌면 나는 그것이 무언지 알 것이다./어쩌면 그것은 나의 아버지, 비를 두 다리 삼아 찾아오신/나의 아버지, 찾아오신,/이 꿈, 비, 나의 아버지." ❊

(2018년 11월 초순)

“아직까지 현수를 기억하고 있나”

— 정서웅 선생님을 그리며

선생님, 선생님께서 저희 곁을 떠나시기 한 달 전인 6월 말에 제가 선생님께 전화를 드렸던 것을 기억하시죠? 사모님의 빈소에서 뵌 이후 여러 차례 전화로 선생님의 목소리를 들었지만, 선생님의 목소리에 그처럼 힘이 없다고 느껴졌던 적은 없었습니다. 그래도 저는 선생님께서 다시 건강을 회복하시리라고 굳게 믿었습니다. 선생님의 모습을 떠올릴 때마다 저의 기억에 항상 자리하고 있는 것은 아주 오래 전에 선생님, 그리고 선생님의 동기 동창이자 저에게는 고등학교 10년 선배인 민항식 형님과 함께 관악산을 올랐을 때의 모습이니까요. (두 분 다 저에게는 같은 고등학교 10년 선배이지만, 선생님께서는 저희 고등학교 독일어 선생님이셨기에 그 시절부터 입에 밴 ‘선생님’이라는 칭호를 뗄 수 없었지요. 그래서 선생님께는 항상 ‘선생님’으로, 민항식 형님께는 항상 ‘형님’으로 부르게 되었던 것입니다.) 아무튼, 정상에 오른 뒤의 일입니다. 선생님보다 10년이나 아래인 저는 비를 맞은 듯 흐르는 땀을 주체하지 못한 채 가쁜 숨을 몰아쉬고 있었지만, 민항식 형님은 물론 선생님도 평지를 걸어온 사람처럼 숨소리 하나에도 변함이 없으셨습니다. 그 이후로도 여러 차례 저희 셋이서 북한산 산행과 관악산 산행을 함께 즐겼습니다만, 가쁜 숨을 몰아쉬는 저와 달리 선생님과 민항식 형님께서는 언제나 여일한 모습이었습니다. 비록 전화로 듣는 선생님의 목소리에 힘이 없었지만, 저는 저에게 친숙한 선생님의 모습을 떠올리며 선생님께서 곧 예전의 건강을 되찾을 것으로 믿어 의심치 않았습니다.

그런데, 이것이 웬일입니까. 예상치 않은 비보에 저의 마음은 쇳덩이처럼 무겁게 가라앉았습니다. 여전히 슬픔과 안타까움에서 헤어나지 못한 채 선생님의 모습을 떠올립니다. 사실 옛날부터 선생님의 모습을 떠올릴 때마다 제 마음에 겹쳐 떠오르던 것은 한 그루의 우람한 나무였습니다. 그리고 언제부터인가 저는 선생님 하면 '현수賢樹'를 떠올리게 되었습니다. '현수'는 선생님께서 저에게 2012년 가을에 부쳐 주신 선생님의 글 모음집에 선생님께서 붙이신 제목입니다. 선생님의 글 모음집을 받아들고 '어진 나무'로 번역될 수 있는 이 표현과 마주하는 순간, 저는 줄기도 올곧고 잎도 무성한 한 그루의 거대하고 우람한 나무, 언젠가 용문사를 찾았다가 경이의 눈길로 바라보았던 은행나무와도 같은 나무, 바라보는 이의 마음을 신비감에 젖게 하는 신목神木과도 같은 선생님의 모습을 떠올렸지요. 사실 앞서 말씀드렸듯 '현수'라는 표현과 마주하기 전에도 저는 선생님과 마주할 때마다 곧게 하늘을 향하고 있는 우람하고 잎이 무성한 나무를 연상하곤 했지요. 아마 그랬던 이유 가운데 하나는 선생님께서 남달리 우람한 체구에 장신이셨기 때문이었겠지요. 하지만 선생님께서는 모습뿐만 아니라 마음까지도 우람한 나무와 같은 분이셨습니다. 정녕코, 선생님께서는 제자인 저에게 그늘과 기댈 곳을 마련해 주는 거대하고도 잎이 무성한 한 그루의 나무와도 같은 분이셨지요. 한 그루의 거대한 나무에 기대앉았을 때 바람이 불면 나뭇잎이 서걱서걱 소리를 낼 것입니다. 그때 눈 감고 그 소리에 귀 기울이면, 그것은 마치 꿈결 속에서 현자가 저와 같은 어리석은 인간에게 전하는 지혜의 말씀으로 들릴 것입니다. 저는 바로 그런 현자의 말씀을 바람결에 전하는 한 그루의 신목과도 같은 나무의 모습을 항상 선생님과 겹쳐 떠올렸던 것입니다.

물론 선생님께서 선생님의 글 모음집을 발간하실 때 자신을 한 그루의 현수에 비유하여 책의 제목을 정하지는 않으셨겠지요. 하지만 신기하게도 곧바로 선생님의 모습을 떠올리게 하는 그와 같은 책의 제목이 어떻게 정해졌을까가 궁금했습니다. 책을 처음 받아들고 호기심에 뒤적이다가, 드디어 "현수"라는 제목의 글과 마주하게 되었습니다. 선생님의 글 「현수」는 이렇게 시작됩니다. "용산문화원 옆에 조그만 공원이 있고 그곳에 여섯 그루의 고목나무가 둘러서 있다. 모두 느티나무들인데 제일 오래된 나무는 수령樹齡이 630년이나 된다. 매일 가우디(우리 집 애견)를 데리고 산책을 나가선 돌아오는 길엔 대개 이곳에서 휴식을 취한다." 이제 선생님에 대한 그리움의 마음을 달래면서 저는 선생님께서 남긴 그 글을 한 자 한 자 이 자리에 옮겨 봅니다.

> 나무들이 선사하는 푸르름과 싱싱함을 만끽하며 이곳에 앉아 있으면 마음이 넉넉하고 행복해지는 기분이 든다. 나무들에 정이 들어 내 나름대로 이름까지 지어 주었다. 문화원 쪽 나무들부터 순서대로 진수眞樹, 선수善樹, 미수美樹, 성수聖樹, 현수賢樹, 경수敬樹다.
>
> 그중 공원 한가운데 서 있는 나무가 현수다. 현수 둘레엔 디귿자로 둘러친 앉을 자리도 있어 잠시 나무에 기대어 앉을 수가 있다. 둘레가 3미터 30센티에 높이가 21미터에 달하는 이 느티나무는 나이가 315살이다.

공원에 들어서면 우선 현수에게 눈인사를 하고 팔을 벌려 안아 보거나 두 손으로 쓰다듬는 게 일과가 되었다. 그리곤 현수에게 몸을 기댄 채 주의를 둘러보며 다른 나무들에게도 반가운 인사를 보낸다.

고목에 둘러싸인 이 공원이 성스러운 장소로 느껴질 때가 많다. 나뭇잎 향기가 진동하는 이곳에 앉아 있으면 잠시 번거로운 생각에서 벗어나 마냥 안온한 기분에 젖는다. 경건하면서도 행복한 마음이 되기도 한다. 독일 작가 헤르만 헤세도 그의 에세이 「나무들」에 이렇게 썼다. "나무는 우리보다 오래 사는 만큼 생각이 깊고 여유 있으며 차분하다. [중략] 우리가 나무의 말에 귀를 기울이는 법을 배우고 나면, 익숙해 있던 짧고 조급한 생각에서 벗어나 비할 데 없는 기쁨을 얻는다."

오늘 아침에도 가우디와 함께 잠시 공원에 들러 현수에게 기대어 앉아 있었다. 며칠 동안 불어댄 초겨울 바람에 그 풍성하던 나뭇잎이 대부분 떨어져 버렸다. 그러나 마음을 아늑하게 해 주는 성소聖所의 분위기는 여전히 충만하다. 봄이 되면 다시 푸른 잎새들이 돋아날 것이요, 머지않아 온통 탐스러운 수관樹冠으로 하늘을 가릴 것이다. 헤세의 말대로 "아름답고 튼튼한 나무보다 더 성스럽고 모범적인 것은 없다."

'어질고 슬기로운 나무'[賢樹]를 모범으로 삼아 내적인 충실을 기하면서 시원한 그늘을 선사하듯 남을 배려하며 사는 게 인생의 황혼에 이른 나의 소망이다. 언제든 찾아가 영혼의 대화를 나눌 수 있는 벗이며 스승인 현수가 있어 나의 삶이 외롭지 않다. (2011년)

어휘 하나하나, 어구 하나하나를 음미해 가며 이 자리에 옮겨 놓는 동안에도 저는 선생님의 모습과 마음이 생생하게 떠올라 흐르는 눈물을 억제할 수 없습니다.

흐려진 눈을 감고 마음을 다잡아 선생님의 이 글과 처음 마주할 때의 생각으로 돌아갑니다. 선생님의 글에서 헤아릴 수 있듯, 선생님께서는 용산문화원 옆 작은 공원 안쪽 한가운데의 나무 — 선생님께서 '현수'라 이름 지으신 나무 — 에서 삶의 귀감을 찾고자 하셨던 것입니다. 선생님께서는 바로 그 나무에서 "벗"을, "스승"을 감지하셨기 때문이겠지요. 그런 의미에서 보면, 선생님께서 책의 제목을 "현수"로 정하신 것은 선생님께서 소망하셨던 미래의 삶을 책에 담기 위한 것이었겠지요.

하지만 저는 이미 다 알고 있었습니다, 선생님께서 한 그루의 현수임을. 저에게 선생님의 곁은 항상 "마음을 아늑하게 해 주는 성소"이었지요. 저는 "나뭇잎 향기가 진동하는" 한 그루의 성수와도 같은 선생님께 몸을 기댄 채, 또는 곁에 앉아서, "잠시 번거로운 생각에서 벗어나 마냥 안온한 기분에 젖"곤 했습니다. 또한 "경건하면서도 행복한 마음"에 젖기도 했지요. 하지만 어찌 물리적인 의미에서의 '선생님 곁'만이 '선생님 곁'이겠습니까? 선생님의 저서나 역서가 모두 저에게는 선생님의 분신分身으로서의 우람하고 잎이 무성한 현수이고, 또 앞으로도 계속 제가 기대어 쉬고 지혜의 말을 듣는 현수일 것입니다.

문득, 1990년대 초에 『현대 소설』이라는 문예지의 편집실에서 고등학교 졸업 후 아주 오랜만에 선생님을 뵈었던 일, 선생님께서 독일로 연구차 떠나시기 전에 저를 불러 반포 아파트 근처의 음식점에서 멋진 점심을 사 주시면서 이런저런 이야기를 해 주셨던 일, 번역 관계 일로 수도 없이 만나면서 저에게 독일 문학에 관해 말씀해 주셨던 일, 선생님의 정년퇴임식에 참석하러 숙명여대를 찾았을 때 반갑게 맞아 주시던 일, 선생님의 그림 전시회에 갔다가 예술의 전당 구내의 식당에서 문학과 미술에 관해 이야기의 꽃을 피우던 일들이 모두 주마등처럼 제 마음의 눈앞을 스쳐 지나갑니다. 그 어느 때에도 선생님께서는 제가 기대어 그늘을 즐길 수 있는 현수와 같은 분, 지혜의 말씀을 바람결에 전하는 현수와도 같은 분이셨습니다.

선생님과의 추억을 이어가다 보니, 선생님과 함께 찾았던 서울식물원이 생각납니다. 코로나바이러스의 창궐로 인해 만남이 어려워지기 직전인 2019년 가을에 함께 서울식물원을 찾았지요. 그곳에서 식물원 경내를 거닐다가 바오밥나무 앞에 서서 그 나무를 바라보며 잠시 선생님과 이야기를 나눴던 것이 새삼 기억납니다. 중앙아프리카 지역에서 바오밥나무는 우리나라 서낭당의 고목처럼 신성시되는 나무라는 저의 말에, 선생님께서는 서울식물원도 자주 찾는 이유를 말씀을 주셨지요. "이처럼 나무가 있는 곳이라면 어디를 가도 마음이 편해져." 혹시 선생님께서는 그 자리에서도 용산문화원 옆 작은 공원 안의 현수를 생각하고 계셨던 것은 아닐까요?

사실 저는 몇 달 전인 올해 3월 말에 책을 정리하다가 선생님의 저서 『독일 문학의 깊이와 아름다움』(민음사, 2003)과 『현수』(자비 출판, 2012)를 되찾아서 일삼아 다시 읽을 기회를 갖게 되었습니다. 그 자리에서 저는 무엇보다 선생님의 정취가 고스란히 담겨 있는 선생님의 글 모음집 『현수』를 첫 페이지에서 마지막 페이지에 이르기까지 정독했지요. 저는 『현수』에 담긴 선생님의 소설 작품들—그러니까 선생님께서 고등학생 시절에 창작하셨던 소설 작품들—을 다시 읽으면서 선생님께서 작가의 길에 입문하셨다면 얼마나 중요하고 영향력이 큰 소중한 작가가 되셨을까 하는 생각에 마음이 많이 편치 않았습니다. 하지만 「현수」와 같이 짧지만 깊고 은은하며 정갈한 분위기의 글이 있기에, 또한 제가 체험하기로 그 많은 우리나라의 독일어 작품 번역들 가운데 단연코 가장 자연스럽게 읽히면서도 독일어 원문에 더할 수 없이 충실한 선생님의 번역이 있기에, 선생님의 문재文才가 결코 낭비된 것은 아니라는 위안의 생각에 이르기도 했습니다.

선생님의 저서들을 되찾아 읽고 선생님께 문자메시지를 남긴 뒤 얼마 후에 전화로 이렇게 말씀드렸던 것이 생각납니다. "선생님, 어서 건강을 회복하셔서 저와 함께 현수를 보러 가요." 선생님께서는 이렇게 말씀하셨습니다. "그러세. 그런데, 어찌, 자네, 아직까지 현수를 기억하고 있나? 내가 안내할 테니 함께 보러 가세나."

이제 선생님과의 약속은 지킬 수 없게 되었습니다. 선생님께서 이 세상에 계시지 않더라도 저 혼자 현수와 마주하러 가야겠다는 생각을 해보았지만, 마음을 접었습니다. 선생님께서 계시지 않은 자리에서 저 혼자 바라보는 현수는 마음의 위안이 되기보다 상실의 아픔을 되살리는 것이 될 수 있으니까요. 따지고 보면, 물리적인 의미에서의 현수보다 소중한 것은 제 마음속에 자리하고 있는 현수이겠지요. 아니, 한 그루의 현수와도 같은 선생님에 대한 깊고 따뜻한 추억이겠지요. 거듭 말씀 드리지만, 무엇보다 선생님의 저서와 역서가 제 곁에 있는 한, 한 그루의 현수로서의 선생님께서는 언제나 제 곁에 계신 셈입니다.

선생님, 한 그루의 현수와도 같으신 선생님의 모습을 기억에 되살리는 동안, 어느 순간부터인가 고등학생 시절에 독일어로도 익힌 노래인 〈보리수〉가 제 마음 한쪽에서 깊은 울림을 이어가고 있습니다. 역시 그 시절에 탐독했던 『독일인의 사랑』(*Deutsche Liebe*)의 저자인 막스 뮐러(Max Müller)의 아버지이자 시인인 빌헬름 뮐러(Wilhelm Müller)의 시에 슈베르트가 곡을 붙인 바로 그 노래 〈보리수〉(Der Lindenbaum) 말입니다.

성문 앞 우물곁에 서 있는 보리수,
나는 그 그늘 아래 단꿈을 꾸었네.
가지에 희망의 말 새기어 놓고서
기쁘나 슬플 때나 찾아온 나무 밑.

오늘 밤도 지났네, 보리수 곁으로.
캄캄한 어둠 속에 눈감아 보았네.
가지는 흔들려서 말하는 것 같이
친구여 여기 와서 편안히 쉬어라.

그리고 아직도 입가에 자연스럽게 떠오르는 독일어로 이 노래를 다시금 소리 내어 불러 보기도 합니다. "Am Brunnen vor dem Tore, / da steht ein Lindenbaum. / Ich träumt in seinen Schatten / so manchen süßen Traum. . . ."

사실 빌헬름 뮐러가 찾았던 "보리수"는 선생님께서 찾으셨던 "현수"와 본질적으로 서로 다른 나무가 아닐 것입니다. 어찌 제가 선생님의 모습에서 한 그루의 현수를 떠올리듯 노래 속의 보리수도 떠올리지 않을 수 있겠습니까? 정녕코 뮐러의 시나 슈베르트의 노래에 등장하는 보리수와도 같이 제가 기쁠 때나 어렵고 슬플 때나 찾았던 선생님, 그 그늘 아래 앉아 단꿈을 꾸게 하는 보리수와도 같으셨던 선생님, "여기 와서 편안히 쉬어라"라고 말하는 것 같은 보리수처럼 언제나 따뜻하고 안온한 분위기로 저를 받아 주시고 또 저에게 가르침과 사랑을 베풀어 주셨던 선생님, 이제 슬픔과 걱정과 고뇌의 삶에서 벗어나 하늘나라에서 편안히 쉬시옵소서. 선생님의 때 이른 소천에 저는 다만 선생님의 명복을 빌 뿐, 아직도 상실의 슬픔과 아픔에서 헤어나지 못하고 있습니다. 하지만, 슬픔과 걱정과 고뇌의 세상에 남은 저는 한 그루의 거대한 신목, 현수, 보리수와도 같으신 선생님의 모습을 항상 마음속에 간직할 것입니다. 선생님, 보고 싶습니다. ❊

(2022년 8월 중순)

"조심해서 가게나"

— 이경식 선생님을 그리며

선생님, 갑작스러운 부음에 황망한 마음으로 찾은 선생님의 영전에서 저는 착잡하고 안타까운 마음에 흐르는 눈물을 주체할 수 없었습니다. 선생님을 제대로 모시지 못한 것에 대한 죄스러움 때문이었습니다. 무엇보다 저희 모두에게 운신의 폭을 좁혀 준 코로나바이러스의 창궐을 탓하면서 선생님께 문병 한 번 제대로 드리지 못한 것이 끝내 마음속 깊이 자책감으로 남아 있기 때문이었습니다. 그리고 선생님께서 본보기를 보여 주셨음에도 학문 연구에 게으른 저에 대한 자책감 때문에도 저는 죄스러움에서 헤어날 수 없었습니다. 지금 다시 선생님의 모습을 떠올리는 이 순간에도 저의 마음은 죄스러움과 자책감으로 인해 여전히 무겁기만 합니다. 무거운 마음으로 주마등처럼 떠오르는 선생님에 대한 여러 기억을 정리해 보려 하지만, 만감이 교차할 뿐 어두운 밤 저 창밖에 내리는 비처럼 슬픔에 젖어 있는 제 마음은 갈피를 못 잡고 있습니다.

선생님, 문득 제가 선생님을 처음 뵈었던 때의 기억이 떠오릅니다. 온갖 시위로 교정의 안과 밖이 어수선하던 시절이었지요. 제가 교양과정부에서 1년을 보내고 학부 2학년생이 되어 동숭동 캠퍼스로 등교하기 시작한 1974년의 일입니다. 선생님의 "18세기 영국 소설" 강의를 수강하게 되었는데, 헨리 필딩(Henry Fielding)의 엄청난 분량과 부피의 소설 『톰 존스』(*Tom Jones*)가 교재였지요. 그 무렵의 바깥쪽 어수선함을 초연하신 듯한 모습으로 소설의 본문 구절 하나하나에 대한 정확한 뜻풀이에 초점을 맞춘 강의에 진력하시던 선생님의 모습이 지금도 제 기억에 선합니다. 그 후 제가 대학원 석사 과정을 마칠 때까지 선생님께서 크고 작은 학문적 가르침을 주셨고, 또 제가 1989년 서울대학교 영문과에 부임한 후 선생님께서 정년퇴임을 하실 때까지 오랜 세월 선생님께서 보여 주시는 진정한 학자의 모습을 곁에서 지켜볼 수 있었습니다. 그리고 오랜 세월이 지난 후입니다. 제가 어쩌다 학술원 인문사회 제2분과의 말석을 차지하게 되어 2019년 가을 처음 분과 회의에 참석하던 날, 회의가 시작되기 전이었습니다. 선생님께서는 저를 회의장 밖으로 이끄신 다음, 회원으로서 제가 앞으로 지켜야 할 마음가짐과 처신에 대해 조목조목 조언해 주셨지요. 매사에 사적私的인 마음을 좀처럼 드러내지 않으시던 선생님의 자상한 조언의 말씀에 저는 마음 깊이 감복하지 않을 수 없었습니다. 사실 선생님의 그런 모습이 저에게 처음은 아니었습니다. 학창 시절에도 저를 가끔 부르셔서 이러저러한 일을 시키시거나 학생으로서 제가 해야 할 본분에 관해 조언해 주시기도 했지요. 아무튼, 분과 회의 때마다 선생님을 뵈었으나 특별히 이야기를 나눌 기회는 없었습니다. 여전히 저는 선생님을 어려워하고만 있었지요. 그러는 가운데 코로나바이러스의 창궐로 인해 분과 회의 시간이 오전에서 오후로 바뀌면서 제가 평소와 달리 차를 몰고 회의 자리에 가게 되었고, 덕분에 선생님을 댁으로 모실 수 있게 되어, 그때마다 차 안에서 선생님과 이런저런 이야기를 나눌 수 있었습니다.

그런 기회마저 마지막이 된 것은 작년인 2021년 6월 말 그해 상반기 마지막 분과 회의가 있던 때지요. 회의가 끝나고 선생님을 댁으로 모셔다드리게 되었습니다. 어찌된 영문인지, 그날 선생님을 모셔다드릴 때 선생님과 나눈 이야기들은 차창 밖의 장소와 연계되어 하나하나 선명하게 제 기억에 남아 있습니다. 선생님, 반포대로를 따라 남쪽을 향해 가다가 유턴을 하여 성모병원 가까이에 이를 때까지 차 안에서 선생님과 저는 그날 있었던 회의의 안건에 대해 이야기를 나눴지요. 그리고, 선생님, 성모병원 앞을 지날 때 선생님께서 가을부터 집필하시고자 하는 저서에 대해 말씀해 주셨던 것을 기억하시지요? 고속버스 터미널 옆을 지날 때였습니다. 선생님께서 컴퓨터의 기능이 예전과 같지 않다는 말씀과 함께 어떤 조처가 필요할지를 여쭈셨습니다. 이에 제가 이번에는 정말 선생님께 컴퓨터 한 대를 마련해 드려야겠다고 생각했지요. 남달리 기계 욕심이 많은 저는 기능이나 모델이 마음에 들면 가격이 저렴해진 컴퓨터의 본체를 자주 구입하는 바람에, 당장 사용하지 않는 것이 저에게 여러 대 있어 하나를 드리려고 했던 것입니다. 저에게 경제적으로 부담이 전혀 따르지 않다는 저의 설명에 마침내 선생님께서 설득이 되신 것 같았지만, 여전히 선생님께서는 9월 말에 열릴 그해 하반기 첫 분과 회의 때 만나 다시 이야기를 나누자고 말씀하실 뿐이었지요.

선생님, 제가 선생님께 컴퓨터를 한 대 마련해 드리고자 했던 데는 이유가 있습니다. 지금으로부터 약 15년 전에 저에게 전화를 주셨던 것을 기억하시는지요? 오랫동안 인사를 올리지 못한 제가 죄송하고도 황망한 마음으로 선생님의 말씀에 귀를 기울였습니다. 선생님께서 컴퓨터가 제대로 작동하지 않는다는 말씀을 주셨습니다. 놀랍게도 선생님께서는 1990년대 초에 제가 댁으로 찾아뵙고 설치해 드린 컴퓨터를 아직도 사용하고 계셨던 것이지요. "네? 아직도 그 컴퓨터를 사용하고 계세요?" 그동안 컴퓨터의 성능에 날로 변화가 있어서, 저만 해도 이루 헤아릴 수 없이 이른바 신형으로 바꾸는 일을 거듭했지요. 그런데 1990년대 초에 설치해 드린 구형 컴퓨터를 아직 사용하고 계시다는 말씀에 사실 저는 어이가 없었습니다. 어찌할 것인가를 궁리하다가, 앞서 말씀드렸듯 기계 욕심이 많은 저의 곁에서 자리만 차지하고 있던 여벌의 컴퓨터 가운데 하나를 선생님께 드려야겠다고 생각했지요. 하지만 며칠 후에 선생님께서 다시 전화를 주셨습니다. 아드님의 도움으로 새로 컴퓨터를 장만하셨고, 자료도 모두 옮길 수 있었다고요. 결국 아쉽게도 제가 선생님께 아무런 도움도 되어 드리지 못한 채 일이 해결되었던 것입니다.

제가 이 이야기를 새삼스럽게 꺼내는 것은 이 일화 하나만으로도 선생님께서 어떤 분인지를 어렵지 않게 헤아릴 수 있기 때문입니다. 선생님, 주제넘은 말씀이기는 하오나, 선생님께서는 선생님께서 하시는 학문의 세계 밖으로는 좀처럼 곁눈을 주지 않으셨습니다. 심지어 글을 쓰기 위한 도구로 필요에 의해 컴퓨터를 마련하셨지만, 글을 쓰는 도구로써 제대로 기능을 하는 한 그것을 새것으로 교체한다는 생각이 선생님께는 떠오르지 않았던 것 아닌지요? 솔직히 말씀드리자면, 선생님께는 소천하시기 전까지 그 흔한 휴대전화도 가지고 계시지 않았잖아요. 제 마음의 눈에 선생님께서는 오로지 책을 읽고 글을 쓰는 일에만 진력하시는 것으로 보였습니다. 선생님, 선생님의 그런 집중력을 생각하면, 항상 떠오르는 일을 고백할까 합니다. 선생님께서는 학부 시절에 이미 셰익스피어의 『햄릿』을 처음부터 끝까지 줄줄 암기하셨다는 이야기가 학부생이던 저희들 사이에 돌았습니다. 이에 저도 그 흉내를 내느라고 셰익스피어의 『맥베스』를 암기하려 했던 적이 있지요. 제가 알고 있는 한, 『햄릿』은 셰익스피어의 희곡 작품 가운데 가장 긴 것이고, 『맥베스』는 가장 짧은 것입니다. 하지만 저는 그 짧은 작품의 극히 일부만을 암기했을 뿐입니다. 전체를 암송하기에는 공부 말고 온갖 잡기雜技에 정신이 없는 저였기 때문이지요. 그런 형편은 오랜 세월이 흐른 지금에도 마찬가지입니다. 어찌 선생님께 부끄럽지 않겠습니까?

아무튼, 15년 전의 아쉬움을 이번에 덜어 보고자 하여, 선생님께 드릴 컴퓨터를 준비했습니다. 준비라야 선생님께서 사용하시기 편하도록 선생님께 드릴 컴퓨터의 프로그램 경로를 조정하는 것이 전부였습니다. 그런데, 이것이 웬일입니까? 가을이 되어 첫 학술원 분과 회의가 열리기 며칠 전에 선생님 댁으로 문안 전화를 올렸는데, 사모님께서 말씀하시길 선생님께서 지난 8월 중순에 갑작스럽게 쓰러지셔서 현재 병원에 입원해 계시다는 것이었습니다. 당장 찾아뵈었어야 했는데, 창궐하는 코로나바이러스의 위세에 눌려 문병도 하지 못한 채 말 그대로 세월만 죽였습니다. 선생님, 죄송합니다. 그런데, 어찌 이런 일이, 이런 뜻밖의 일이, 아예 생각조차 하지 않았던 이런 일이 일어날 수 있습니까? 지난 8월 16일에 전혀 예상치 않은 비보를 접하게 되었습니다. 선생님께 드리려 준비해 놓은 컴퓨터를 멍하니 바라보며 저는 다만 망연자실할 따름입니다.

역시 마지막으로 뵙던 날의 기억입니다. 지상으로 가로질러 지나가는 경부고속도로가 눈앞에 보이는 곳에서 신호등에 걸려 차가 멈춰 섰을 때였습니다. 선생님, 선생님께서 저에게 권중휘 선생님 추모 문집을 받아 읽어 본 적이 있는지를 물으셨지요? 그런 기억이 없다는 저의 대답에 선생님께서는 가을에 만나면 한 권 주시겠다며, 그 책에 담긴 권중휘 선생님의 유문遺文을 읽어 볼 것을 권하셨습니다.

선생님, 그때의 선생님 말씀이 아직도 기억에 맴돌던 올해 4월 초입니다. 학교 연구실에서 옮겨 아직 상자에 담겨 있던 책들을 꺼내 정리하다가, 놀랍게도 선생님께서 말씀하신 권중휘 선생님 추모 문집이 있는 것을 확인했습니다. 알고 보니, 제가 안식년으로 학교를 떠나 있던 2004년 3월에서 2005년 2월 사이에 저에게 배송되었기에 쌓아 두었을 뿐 제가 아직 그 존재를 모르고 있었던 것입니다. 책이 발간된 것은 2004년 8월 10일로, 그 무렵에 저는 미국 시애틀의 워싱턴대학교에 가 있었지요. 하던 책 정리 작업을 중단하고 권중휘 선생님의 유문을 찾아 읽었습니다. 반듯한 선비 정신이 담긴 권중휘 선생님의 유문을 읽고, 책의 후반부를 차지하고 있는 추모사로 눈길을 돌렸습니다. 그 당시 만 98세의 나이임에도 몸과 마음이 다 정정하시던 권중휘 선생님께서 갑작스럽게 소천하심에 그 어른을 추모하는 글들이었지요. 모두 마흔 분의 추모사로 구성되어 있었는데, 짧게는 2쪽에서 길어도 10쪽을 넘지 않는 것이 대부분이었습니다. 예외적으로 16쪽이 되는 글도 있었지만, 선생님의 추모사는 34쪽이나 되었습니다. 저는 무엇보다 먼저 선생님의 추모사를 찾아 읽었습니다.

선생님께서는 권중휘 선생님과의 첫 대면의 순간부터 권중휘 선생님께서 소천하시기 전까지 50년 동안 두 분 사이의 만남을 세세한 사실 보고의 형태로 기록하셨습니다. 반세기를 이어 온 두 어른 사이의 오랜 만남의 안과 밖을 감지케 하는 이야기를 흥미롭게 읽는 동안, 저에게 선생님의 글이 낯설면서도 동시에 친근하다는 느낌이 들었습니다. 선생님의 글이라고는 학문적인 것을 제외하면 따로 접해 본 적이 없었기에 낯설었지요. 선생님께서 이양하 선생님과 권중휘 선생님을 비교하면서 사용하신 "정적情的인"이라는 표현과 "냉정과 절제의 화신"이라는 표현을 동원하자면, "냉정과 절제의 화신"인 선생님께서 이처럼 "정적情的인" 글을 쓰시다니, 어찌 낯설지 않았겠습니까? 하지만 선생님의 다감한 마음은 일상의 삶에서 제가 때로 느끼던 바였기에 그런 선생님의 글이 낯설게만 느껴졌던 것은 아니지요. 아무튼, 글을 읽어가는 동안 저는 마치 밝은 햇볕을 받아 환하게 펼쳐진 정갈한 풍경의 분위기와도 같은 선생님의 마음을, 선생님께서 권중휘 선생님을 향해 가지고 계셨던 맑고 환한 존경의 마음을 생생하게 감지할 수 있었습니다. 하지만, 선생님, 외람된 말씀이오나 그보다 더 생생하게 저의 마음에 다가왔던 것은 선생님의 글에서 감지되는 겸양의 마음이었습니다. 글 어디에서도 선생님께서는 자신을 한없이 낮추고 계셨을 뿐만 아니라 선생님께 있었던 좋은 일은 모두 권중휘 선생님의 자애로운 마음 때문임을 아무런 과장 없이 기록하셨던 것입니다. 문체는 곧 인격이라는 말을 새삼 실감하면서 저는 선생님의 맑고 단아한 글에 심취할 수 있었습니다. 심지어 1984년 4월 11일에 있었던 권중휘 선생님 팔순 생신을 축하하는 제자들의 모임에 회계를 맡으셨을 때의 결산 보고서(메모 형식의 쪽지)가 사진으로 담겨 있는 것을 보고 저는 놀라지 않을 수 없었습니다. 권중휘 선생님 추모 문집이 발간된 것은 2004년의 일이니, 사소하다면 사소하다고 할 수 있는 바로 그 문건을 20년 동안이나 간직하고 계셨던 것입니다! 선생님, 매사에 빈틈이 없이 단정하고 엄밀하시면서 정확하신 선생님의 면모를 저는 여기서도 확인할 수 있었습니다. 외람된 말씀이오나, 선생님께서는 바로 그 단정함과 엄밀함과 정확함을 조금도 흐트러뜨리지 않으신 채 일생을 학문 연구에 바치셨던 것입니다.

선생님, 저는 지금 선생님께서 남기신 저서들을 펼쳐보면서 선생님의 학자로서의 단정함과 엄밀함과 정확함을 다시금 짚어 보고 있습니다. 어쩌다 제가 펼쳐 든 선생님의 저서는 선생님께서 1997년에 출간하신 『아리스토텔레스의 「시학」과 신고전주의: 16-18세기 영국과 유럽의 극 비평』(서울대학교 출판부)으로, 무려 800여 쪽이나 되는 선생님의 이 저서를, 플라톤과 아리스토텔레스의 문학관에 대한 정밀한 검토와 논의로 시작하여 신고전주의 시대의 극 비평에 대한 기념비적인 연구 성과를 담고 있는 선생님의 이 저서를 며칠 전부터 옛날과는 다른 마음으로 다시금 탐독하고 있습니다. 아마도 이 같은 독서 작업은 앞으로도 저에게 주어진 과제로 계속 이어질 것이지만, 선생님의 저서를 찾아 읽으면서 정녕코 제가 마음 깊이 새겨야 할 것은 학자로서의 귀감이자 모범으로서의 선생님의 모습일 것입니다. 특히 선생님께서는 학계 나름의 유행과 시류에 영합하지 않으신 채 셰익스피어 연구에 기본이 되는 서지학에 전념하셨고, 이와 관련하여 학문적으로 헤아릴 수 없이 깊은 의미를 지닌 독창적인 연구 결과를 수도 없이 남기셨습니다. 선생님, 선생님께서 그런 저서를 출간하실 때마다 이와 마주하고 저는 항상 선생님의 올곧은 학자정신에 먼발치에서나마 외경의 마음을 갖지 않을 수 없었습니다. 선생님, 이제 저는 선생님께서 남기신 더할 수 없이 묵직한 무게의 수많은 저서들을 물끄러미 바라보며 마음 깊이 안타까워할 뿐입니다. 저는 선생님께서 곧 건강을 회복하셔서 마지막으로 뵈었을 때 말씀하신 저서를 집필하실 것으로 굳게 믿었습니다. 그런데 그것이 무위無爲로 끝나게 된 것입니다. 아아, 적어도 선생님께서 마음속으로 준비하시던 그 저서가 햇빛을 볼 때까지라도 좋으니, 선생님께서 건강을 회복하셔 다시금 학자로서의 길을 이어가실 수 있었다면! 새삼스럽게 눈물이 제 앞을 가립니다. 그리고 흐릿해진 눈길로 창밖의 먼 하늘을 바라보며 슬픔을 주체하지 못하는 순간, 한용운 시인의 시 구절이 제 마음에 떠오릅니다. "사랑도 사람의 일이라 만날 때에 미리 떠날 것을 염려하고 경계하지 않은 것은 아니지만, 이별은 뜻밖의 일이 되고 놀란 가슴은 새로운 슬픔에 터집니다."

선생님, 선생님과의 마지막 만남이 있었던 바로 그날입니다. 압구정로를 따라 동쪽으로 가다가 현대고등학교를 끼고 왼쪽으로 돌아 얼마간 달려 마침내 선생님 댁 입구에 이르렀습니다. 선생님을 댁으로 모셔 드릴 때마다 언제나 그러셨듯, 제가 아파트 경내 주차장에서 차를 돌려 나가 보이지 않을 때까지 선생님께서는 댁으로 들어가시는 대신 입구 앞에 서신 채 떠나는 저를 지켜보셨습니다. 언제나 그러셨듯, 차를 돌린 제가 선생님께 이제 댁으로 들어가시라고 차창을 열고 말씀드렸지요. 하지만 선생님께서는 움직이지 않으셨습니다. "조심해서 가게나"라는 말씀과 함께 어서 가라는 듯 손짓만 하실 뿐. 제가 몰던 차가 선생님 댁 입구 쪽의 주차장을 빠져나와 차도로 들어설 때까지도 선생님께서는 여일하게 떠나는 저를 지켜보며 그 자리에 서 계셨지요. 차도에 들어선 제 차가 이제 곧 모습이 보이지 않을 때가 다 되어서야 선생님께서는 비로소 몸을 움직이셨습니다. 제가 그런 선생님의 모습에서 본 것은 아랫사람에게조차 조금도 흐트러짐이 없이 예의를 갖추는 올곧은 선비의 모습이었습니다. 그런데 바로 그때의 모습이 제가 선생님을 뵙는 마지막 모습이 될지 어찌 제가 꿈엔들, 아아, 꿈엔들 알았겠습니까. 선생님, 제가 그날 뵈었던 선생님의 말씀과 모습을 어찌 잊을 수 있겠습니까. 잠시 차를 멈추고 선생님께서 댁으로 들어가시는 모습을 단 한 순간만이라도 더 지켜보지 않았던 것 때문에 저는 하릴없이 회한의 눈물을 흘릴 뿐입니다. 선생님, 이제 다시 선생님의 모습을 뵙고 가르침을 얻을 기회가 영원히 사라졌음에 저는 흐르는 눈물을 주체할 수 없습니다.

선생님, 아아, 선생님, 하늘나라로 편히 가시옵소서. 그리고 일생을 바치셨던 학문 연구의 길을 접으시고 이제 편히 쉬시옵소서. 이렇게 마음속으로 선생님께 다시금 작별 인사를 올리는 동안에도 여전히 한용운 시인의 시 구절이 제 마음을 맴돕니다. "우리는 만날 때에 떠날 것을 염려하는 것과 같이 떠날 때에 다시 만날 것을 믿습니다. 아아, 님은 갔지만은 나는 님을 보내지 아니하였습니다. 제 곡조를 못 이기는 사랑의 노래는 님의 침묵을 휩싸고 돕니다." 선생님, 이제 편히 쉬시옵소서. ❊

(2022년 8월 하순)

"그들의 굶주림을 해결하는 데 조금이라도 도움이 될 수 있다면"

— 친구 이영권 목사를 그리며

영권아, 아주 오랜 세월이 흐른 후에 우리는 창신교회의 목회자 숙소에서 감격적인 해후를 했었지. 자네가 미국에서 오랫동안 목회 활동을 하고 돌아온 뒤였어. 창신교회의 장로이신 서울대 언어학과 문양수 선생님의 주선으로 우리는 아주 오랜만에 만남의 자리를 가졌던 것이지. 짚어 보면, 그때가 1993년 봄 무렵이었네. 문양수 선생님께서 학교 강의실 복도에서 우연히 마주친 나에게 이렇게 말씀하셨지. "장 선생, 이영권 목사님을 아시지요? 그분이 우리 교회로 오시게 되었는데, 어느 날 함께 한 자리에서 이 목사님께서 장 선생 이야기를 하시더군요. 장 선생이 고등학생 시절의 절친한 친구인데, 보고 싶다고 하셨어요." 마침 창신교회에서 일종의 '전도 축제'에 해당하는 행사가 곧 있다는 문양수 선생님의 말씀에, 나 역시 자네가 무척이나 보고 싶었던 만큼 날짜를 맞춰 창신교회로 자네를 찾아갔지. 물론 자네 소식은 내가 유학 생활을 마치고 귀국한 다음 얼마 후에 이미 들은 바 있었지. 아직도 인천에 살고 있는 옛 친구들을 만난 자리에서 자네 소식을 물었더니, 자네가 미국서 목회 활동을 하고 있다고 하더군. 그런 소식을 듣긴 했네만, 자세한 자네 소식이 궁금하던 차였네.

자네가 머물던 교회 경내의 조촐한 숙소에서 우리는 정말 오랜만에 만나 그동안 우리가 어떻게 살아왔는지에 대해 이야기를 나눴지. 나야 1980년 초부터 인하대학에서 교직 생활을 하다가 유학을 가서 영문학 공부를 마친 다음 서울대학으로 직장을 옮기게 되었음을 이야기했지. 자네는 신학대학을 졸업하고 그 후에 미국으로 건너가 목회 활동을 하다가 한국으로 돌아오게 되었음을 이야기했지. 내가 그때 자네에게 이렇게 말했네. "영권아, 너는 대학에서 농학을 공부하지 않았니? 유학 생활을 마치고 돌아온 뒤에 우연히 네가 목회자의 길로 들어섰다는 소식을 전해 듣고, 어떻게 해서 너의 인생 경로가 바뀌게 되었는지 궁금했었어." 그러자 자네가 말했네. "언젠가 우리가 만났을 때 너에게 얘기했듯, 나는 군대에서 죽을 고비를 넘겼지. 제대 후에 진로를 놓고 고심을 거듭하던 끝에, 하나님께서 나에게 여분의 삶을 주셨다는 생각에 이르게 되었지. 그리고 이 여분의 삶은 하나님께 봉사하고 헌신하는 삶이 되어야 한다는 결심을 굳히게 되었어." 그리하여 자네는 다시 신학대학에 가서 공부하고 목사 안수를 받았다고 했지.

자네의 이야기를 들으면서 나는 우리가 지난 1970년대 후반 어느 날 인천의 제물포역에서 우연히 만나 나누었던 이야기를 새삼 기억에 떠올렸다네. 고등학교를 졸업한 뒤 실로 오랜만에 만난 나와 자네는 그동안의 삶에 대해 서로 물었지. 그리고 우리는 제물포역 플랫폼의 벤치에 앉아 이런저런 이야기를 나눴네. 이야기를 이어가다가 자네가 평소의 낮고 차분한 목소리로 그동안 자네에게 있었던 놀라운 사건을 이야기했었지. 군대에서 있었던 사건 말이네. 자네가 대학에서 알오티시 훈련을 받고 장교로 군복무를 하게 되었다는 소식이야 나도 알고 있었지만, 그날 자네의 이야기는 뜻밖이었네. 자네가 이야기하기를, 휴전선에서 근무하던 중 연탄가스 중독으로 자네와 함께 소대원 여러 명이 사망 선고를 받게 되었다고 했지. 이 소식을 전해들은 자네의 아버님이신 인천 제2교회의 이삼성 목사님과 자네의 어머님께서 급히 달려가셨다는 이야기, 시신 안치소를 찾은 자네의 아버님께서 자네의 모습을 보고 "우리 영권이, 아직 살아 있으니 급히 응급실로 옮겨 달라"고 말씀하셨다는 이야기, 그리고 기적적으로 자네가 깨어나게 되었다는 이야기, 어느 한 마디라도 내가 잊을 수 있겠나. 연탄가스 중독에 따른 뇌 손상 때문인지 어떤 것은 기억에 희미해지게 되었지만 부모님 덕분에 이렇게 살아서 너와 이야기를 나눌 수 있게 되었다는 자네의 이야기에 나는 정말로 놀라지 않을 수 없었다네. 오랫동안 찾아뵙지 못했지만, 고결한 인품에 너그럽고 따뜻하시던 자네 부모님, 항상 입가와 눈가에 웃음을 잃지 않으시던 자네 부모님께서 자네를 죽음에서 살렸다는 이야기에 나는 경외의 마음까지 갖지 않을 수 없었지.

그때 내가 자네에게 던진 우스꽝스러운 질문도 생각나네. "뇌 손상을 입어 기억에 문제가 있다 해도, 너와 나 사이의 우정까지 잊은 건 아니겠지? 나에 대한 기억은 변함없겠지?" 그러자 자네가 빙긋이 웃으면서 말했네. "야, 그 정도까지 심각한 것은 아니니 걱정 마. 너를 만나 이렇게 이야기를 나누고 있잖아." 자네와 주고받던 그런 말들이 지금도 또렷이 기억에 남아 있네. 그리고 그때를 기억에 되살리면서 나는 지금도 여전히 뜻밖의 비보에, 자네가 갑작스럽게 우리 곁을 떠났다는 비보에 목이 메어 창밖의 먼 산만 바라보고 있다네.

제물포역 플랫폼에서 만나 이야기를 나눈 뒤에 우리가 창신교회에서 재회한 것은 실로 엄청난 세월이 흐른 뒤였네. 그때 우리가 이야기를 이어가던 도중에 자네가 이렇게 말했네. "한국을 오랫동안 떠나 있다 보니 낯설어서 그런지, 우리나라의 교회들이 제 역할을 하고 있는지에 회의가 들기도 했고, 이곳에서 내가 해야 할 역할이 무엇인지에 확신이 서지 않기도 했어." 그 자리에서 내가 자네에게 새삼스럽게 이야기를 꺼내지 않았지만, 우리는 고등학교 학생 시절에 종교와 교회에 관한 논의를 수도 없이 나눴던 것을 기억에 떠올렸다네. 자네도 그걸 기억하지? 우리가 처음 만나기 전 나는 고등학교 1학년 때 한 친구의 안내로 교회에 다니게 되었는데, 그곳이 바로 자네 아버님께서 목회 활동을 하시던 인천 제2교회였네. 그리고 그곳에서 같은 고등학교 1학년생이던 자네와 만나게 되었지. 서로 다른 고등학교를 다니고 있었지만 우리는 더할 수 없이 가까운 친구가 되어, 종교와 교회에 관한 이야기뿐만 아니라 우리 나이 또래의 아이들이 관심을 가질 법한 것이라면 그것이 무엇이든 스스럼없이 이야기를 나누기도 했었지. 우리가 함께 교회에서 등사판 문집을 내는 데 힘을 모으기도 했던 것을 기억하나? 놀랍게도, 그때 만든 『찬미讚美』라는 등사판 문집이 아직도 내 곁에 있다네. 정년퇴임을 앞두고 서류를 정리하다 그 문집을 언뜻 들여다보게 되었다네. 글씨가 엉망인 나는 원고를 모아 편집을 하고, 자네는 차분하고 균형이 잡힌 멋진 글씨체로 등사용 원지原紙에 또박또박 글자를 새겨 넣었었지. 그때의 일을 생각하며 뜻밖의 사건으로 이제 내 곁에서 아주 떠난 자네에 대한 안타까움 때문에 나는 다시 목이 메어 먼 산을 바라보지 않을 수 없네.

우리가 등사판 문집을 내던 그 무렵이었네. 교회의 예배당에 앰프 시설이 도입되고, 이에 따라 자네 아버님의 설교가 앰프를 통해 예배당 안을 채우게 되었지. 그런 변화가 왜 그리도 내 마음에 내키지 않았는지 모르네. 육성으로 신도들에게 편안하게 다가왔던 자네 아버님의 설교가 나는 좋았던 것이네. 앰프 시설을 통해 전해지는 자네 아버님의 설교는 어딘가 분위기를 압박하고 있다는 느낌을 지울 수 없었다네. 그 당시 탐독했던 헤르만 헤세의 글에는 이런 것이 있었네. 헤세가 어느 날 꿈을 꾸었는데, 사제가 자기에게 와서 근엄한 표정으로 "너, 기독교 신자지?"라고 윽박지르듯 물었을 때 헤세는 자신이 기독교 신자임에도 자기도 모르게 "아니"라고 마음에도 없는 부정의 답을 했다는 것이야. 나는 육성으로 전해 오는 자네 아버님의 온화하고 부드러운 목소리와는 전혀 다르게 분위기를 압박하는 느낌의 공격적인 음향, 기계적으로 강화된 음향과 마주하여 꿈속의 헤세가 그러했듯 마음이 편치 않았다네. 그런데 내가 교회라는 제도에 대해 마음이 편치 않았던 것은 단순히 그런 종류의 변화 때문만이 아니었네. 이런 생각도 했었지. 교회라는 제도적 장치가 상투적이고 정형화된 신앙의 틀 안으로 신도들을 몰아가는 것은 아닐지? 하나님만 믿으면 천당에 간다는 지극히 소박한 생각만이 지배할 뿐, 신앙에 대한 진정한 고뇌와 회의와 깨달음의 기회는 제도의 틀 안에서 형해화形骸化되고 있는 것은 아닐지? 교회에 다닌 지 얼마 되지도 않는 이른바 신출내기인 나는 아무것도 모르면서 중뿔나게 교회라는 제도에 대해 의문을 갖게 되었지. '초기 기독교 교회'에 관한 여러 글도 그때 찾아 읽었던 것이 기억나네.

얄팍한 지식으로나마 나는 이렇게 생각했다네. 유럽의 종교 개혁이란 바로 이 '제도로서의 교회'가 문제될 때 있었던 사건이 아닌가? 그와 같은 종교 개혁이 요구될 단계는 아니겠지만 이른바 '기복 신앙'에 안주하고 있는 우리나라의 교회는 무언가 새로운 위상 정립을 시도해야 할 때가 아닐까? 지극히 소박하고도 자기도취적인 그런 생각을 자네에게 피력하던 어느 날 저녁이었네. 당시 우리는 교회에서 나와 인천의 교외 지역을 향해 발길이 닿는 대로 걸음을 옮기며 논의를 이어갔지. 이윽고 밤이 다가왔을 때였어. 중국인 공동묘지가 있던 주안 외곽 저 먼 곳까지 들판과 밭을 가로질러 걸음을 옮기다가, 인분으로 거름을 준 밭에 발을 잘못 들여 놓는 바람에 우리의 운동화가 오물을 뒤집어쓰게 되었지. 자네나 나나 역한 냄새를 풍기게 되자, 우리는 웃으면서 서로 흉을 보기도 했었어. 서로 "네가 풍기는 냄새가 더 심하다"고 놀려 대면서 말일세. 아무튼, 다시 시내로 발걸음을 옮기면서도 우리는 여전히 신앙과 교회 제도에 대해 많은 이야기를 나눴지. 물론 의문과 회의를 제기하는 쪽은 요란한 빈 수레와도 같은 나였고, 과묵하고 진중한 자네는 나의 이야기에 귀를 기울이는 쪽이었지. 그런데 우리가 다시 시내로 들어와, 인천 제2교회의 바로 뒤편에 있던 모모산 기슭에, 그러니까 인천 공설운동장의 도원동 쪽 입구에 이르렀을 때였네. 자네가 이렇게 말했네. "나는 교회가 아궁이와 같은 곳이라고 믿어. 아궁이는 불길을 살리는 곳인 만큼 신앙심을 불처럼 살리는 곳이 교회인 것이지." 그 말에 내가 자네에게 이렇게 쏘아붙였지. "너는 지금 비유에 기대고 있는데, 비유란 자의적인 것일 수 있어. 아니, 아궁이라 해도 아궁이 나름이야. 땔감을 넣고 아무리 불을 지피려 해도 불길이 일지 않는 아궁이도 있을 수 있잖아." 나는 교회를 아궁이에 비유할 수 있듯 아궁이와는 전혀 다른 무엇에 비유할 수도 있다고 생각했었지. 예컨대, 냉장고. 신앙심을 불같이 타오르게 하는 곳이 교회일 수도 있겠지만, 모든 것의 온기를 잃게 하는 부정적인 역할을 하는 곳이 오늘날 우리 주변의 몇몇 교회일 수도 있지 않을까? 이 같은 나의 불경스럽고 반항아적인 반론에 자네는 아무런 대꾸도 하지 않았지. 나는 마침내 자네를 설복했다고 생각하기도 했다네. 자네를 이른바

'회의주의자'의 대열로 끌어들였다고 생각했던 것이네. 그런데 자네는 잠시 동안의 침묵 후에 자네 특유의 차분하고 낮은 목소리로 이렇게 말했네. "누가 뭐라 해도, 나는 하나님을 믿고, 또한 교회의 역할을 믿어."

그런 일이 있었던 것은 우리가 고등학교 초년생이던 1960년대 말이었지. 교회 제도와 교회의 역할에 대해 많은 이야기를 나누던 그날 밤 이후 언제부터인가 나는 교회를 찾는 발걸음을 멈추게 되었어. 그래도 우리는 어쩌다 만나긴 했으나 고등학교 고학년이 되면서 그럴 기회가 좀처럼 생기지 않았지. 그리고 제물포역 플랫폼에서 아주 오랜만에 만나 자네가 죽음의 문턱에서 생환했다는 이야기를 들었던 것은 앞서 말했듯 지난 1970년대 후반이었어. 그리고 무심하게도 세월이 흐르고 흘러 1980년대를 건너뛴 뒤에 창신교회에 있던 자네의 조촐한 거처에서 우리가 다시 만나게 되었던 것이지. 앞서 말했던 것처럼 그때 자네는 자네의 속마음을 언뜻 내비친 다음, 자네 특유의 낮고 차분한 목소리로 이렇게 말했네. "이 현실을 뒤로하고, 이제 나는 창신교회의 주선으로 아프리카의 탄자니아로 가서 선교 활동을 하려고 해." 아프리카의 탄자니아라니? 어안이 벙벙해진 내가 왜 하필이면 그곳이냐고 물었지. 이에 자네가 이렇게 말했네. "기독교 선교 활동도 중요하지만, 그곳에 가면 내가 할 수 있는 과외의 역할이 있으리라고 믿어." 그것이 무어냐고 내가 묻자, 자네가 말했지. "너도 알다시피, 나는 대학에서 농학을 공부했잖아. 그곳 사람들이 굶주림에 허덕이는 것 알지? 만일 그곳에 가서 나의 농학 공부가 그들의 굶주림을 해결하는 데 조금이라도 도움이 될 수 있다면, 그것이 바로 예수님께서 말씀하시던 사랑의 기독교 정신을 구현하는 방법이 되지 않겠어? 그런 마음으로 나는 곧 이곳을 떠나 탄자니아로 가려는 거야."

그때 자네의 말과 자네의 결의에 찬 표정이 기억에 생생하네. 그리고 놀라고 감동했던 나의 마음도 기억에 생생하네. 그때의 기억을 다시 떠올리는 순간, 나는 다시 목이 메어 눈을 들어 창밖의 먼 산을 바라보지 않을 수 없다네.

나는 자네의 고귀한 뜻에 감동하여 언젠가는 탄자니아로 자네를 찾아가 어떤 형태로든 성원의 뜻을 표시해야겠다는 생각도 했었지. 그리고 자네가 탄자니아로 떠난 뒤 얼마 되지 않아서였어. 문양수 선생님께서 자네가 탄자니아에서 보낸 편지를 보여 주셨는데, 자네가 탄자니아에 도착하자마자 모든 짐을 도둑맞고 난감해했다는 사연을 접하게 되었지. 이에 나는 자네를 성원하기 위해 탄자니아를 찾겠다는 결심을 더욱 굳히기도 했어. 하지만 마음만 그럴 뿐 나는 내 삶의 굴레에서 빠져나올 수가 없었다네. 쫓기듯 삶을 살아가던 중 어쩌다 인천의 '평양옥'이라는 음식점을 지인들과 함께 찾은 적이 있었네. 인천 제2교회에서 가까운 곳에 있는 평양옥을 자네도 기억하지? 그곳에서 나는 고등학생 시절에 근처의 있는 인천 제2교회에 다녔던 이야기와 그곳 목사님의 아들이자 내 친구인 이영권 목사의 아름답고 따뜻한 사랑과 희생의 마음과 탄자니아에서의 선교 활동에 대해 자리를 함께한 사람들에게 이야기했었지. 그때 근처에서 음식을 들고 있던 사람들 한가운데 한 분이 나에게 말했다네. 그 분이 바로 우리 교회 목사님이셨던 분의 아드님이라고. 그렇게 해서 생면부지인 그와 잠시 자네에 관한 이야기로 꽃을 피우기도 했었지.

탄자니아로 자네를 찾아가겠다는 마음만 앞설 뿐 이를 실행에 옮기지 못했지만, 그럼에도 나는 세월이 엄청 흐른 후에 텔레비전을 통해 자네가 설립한 학교 건물을 배경으로 하여, 또한 탄자니아의 아이들에게 둘러싸여 함께 환하게 웃고 있는 자네의 모습을 확인할 수 있었다네. 어찌나 반갑고 기뻤던지! 그리고 자네가 나의 친구라는 사실에 어찌나 마음이 뿌듯했던지! 그때의 자네 모습이 지금도 내 기억에 환히 남아 있다네. 그리고 다시 세월이 유수처럼 흐른 다음이네. 미국에서 변호사로 일하던 자네의 아들이 좋은 직장을 뿌리치고 탄자니아에 가서 아버지의 선교 활동과 교육 사업을 거들게 되었다는 소식을 우연히 접하게 되었네. 인터넷을 통해 자네와 자네 아들이 함께 웃고 있는 사진까지 보았지. 그처럼 아름다운 사연에 내 마음은 기꺼움과 즐거움에 다시금 환하고 따뜻해졌다네. 자네는 물론 자네의 대견한 아들에게도 뜨거운 성원의 마음을 보내면서 말일세.

그리고 다시 세월이 흘러 작년인 2022년 가을이었네. 자네, 게일(James Scarth Gale) 목사가 누구인지 알고 있겠지? 조선시대 말기인 1888년 25세의 나이로 한국으로 와서 40여 년 동안 선교 사업에 진력했던 캐나다 출신의 제임스 게일 목사 말이야. 어쩌다 그가 남긴 모든 영문 저서와 글뿐만 아니라 그에 관한 리처드 러트(Richard Rutt) 신부의 영문 전기를 읽을 기회가 있었다네. 전기를 다 읽고 접는 자리에서 나는 자네 생각을 했었지. 게일 목사가 오랜 세월 선교 활동을 한 뒤에 고향으로 향했듯, 자네도 이제 곧 탄자니아에서의 선교 활동을 마무리하고 한국으로 돌아올 것이라는 기대와 함께. 그러면 우리는 다시 만나 옛날에 창신교회에서 마저 하지 못했던 이야기의 뒤를 이을 수 있으리라는 희망을 갖기도 했었지.

그런데, 이게 웬일인가! 아주 오랜만에 문양수 선생님께서 나에게 전화를 주셨을 때, 나는 당연히 자네가 이제 선교 활동을 마무리하고 곧 귀국하리라는 소식을, 아니 이미 귀국을 했다는 소식을 기대했다네. 그런데, 이게 도대체, 도대체 웬일인가! 선생님으로부터 자네의 소천이라는 비보를 듣고 나는 정말로 내 귀를 의심하지 않을 수 없었네. 그처럼 건장하고 단단했던 체구의 자네가 어찌하여? 곤이어, 현지에서의 교통사고가 원인이었다는 놀라운 이야기를 듣고, 나는 망연자실하지 않을 수 없었다네. 자네를 다시 볼 수 없다는 상실감에 나의 마음은 순식간에 나락으로 떨어지는 느낌이었네. 엄습하는 슬픔에 나는 멍하니 먼 산만 바라보며 흐르는 눈물을 견딜 수밖에.

이제 비보를 접했던 바로 그 자리로 다시 돌아와 앉아, 자네를 추모하는 마음을 정리하고자 이 글을 쓰면서도 나는 여전히 문득문득 창밖의 먼 산을 바라보며 메는 목을 달래네. 아무튼, 글을 마무리하기 전에 자네의 선교 및 교육 활동을 소개하던 텔레비전의 영상을 다시 찾아보고 싶었네. 그리하여, 쓰던 글을 잠시 멈추고 인터넷 사이트를 열어 검색을 하였더니, 무엇보다 먼저 눈에 들어오는 것이 탄자니아의 모로고로(Morogoro)라는 곳에서 거행된 자네의 장례식 실황 중계 동영상이 아닌가. 이를 지켜보면서 나는 다시금 깊은 상실감에 젖지 않을 수 없었네. 다시 눈을 들어 하릴없이 먼 산만 바라볼 수밖에. 이 이외에는 달리 어쩌지 못하는 내 자신이 원망스럽기도 했네.

아아, 친구여, 잘 가게. 아니, 자네는 이미 하나님 곁에서 우리네 인간 세상을 내려다보고 있겠지. 기독교적 사랑을 실천하는 일에 여생을 바친 자네인 만큼, 하나님의 성실한 사도이자 종으로서의 삶을 살았던 자네인 만큼, 자네는 분명 하나님 곁에서 영생의 삶을 누리고 있을 걸세. 이제 하나님 곁에서 환한 표정으로 우리네 인간 세상을 내려다보고 있을 자네의 모습을 떠올리면서, 나는 잠시 눈을 감고 자네 생각에 잠기네. 그러는 동안 자네의 장례식장에서 흘러나오던 찬송가 가운데 한 곡이 문득 기억을 스치네. "내 주를 가까이하게 함은 십자가 짐 같은 고생이나, 내 일생 소원은 늘 찬송하면서 주께 더 나가기 원합니다." 바로 이 찬송가는 내가 자네와 함께 인천 제2교회에서 자주 부르던 곡이 아닌가. 어린 시절 우리의 만남을 추억하며, 그리고 이 노래를 암송하면서, 나는 메는 목과 마음을 주체하지 못하고 있다네. 하나님 곁에서 영생의 삶을 누리리라는 확신에도 불구하고, 이 세상 어딘가에서 마음으로나마 나와 함께하던 나의 소중한 친구로서의 자네에 대한 그리움은 어쩔 수가 없기에. 친구여, 아아, 친구여, 부디 하나님 곁에서 이제는 편히 쉬게나. ※

(2023년 1월 하순)

정재서

자연인 되기의 괴로움
저자가 말하다
문자의 근원적 힘을 전유하라!

자연인 되기의 괴로움

그것은 도살이었다! 시골집 곳곳에 끊임없이 출몰하는 이름 모를 벌레를 그냥 놓아둘 수가 없어, 보이는 족족 잡아 죽이다 보니 마치 내가 도살자라도 된 기분에 사로잡혔으니 말이다. 물론 처음부터 살생을 자행한 것은 아니었다. 내 깐엔 자비심을 발한다고 몇 차례 생금生擒하여 밖에다 풀어 놓아주기도 했는데, 이번 사태는 그깟 알량한 자비심으로 해결될 정도가 아니었다. 기후 이변 때문인가? 올해는 서울의 북한산 인근 야산에도 러브버그라는 벌레가 나무마다 들끓어 사람들이 놀라고 그놈들을 방제하느라 난리를 치르고 있다고 한다. 다행히 서울은 아파트에 사는 경우가 많아 주거에까지 침입하지는 않은 것 같으나, 이곳 시골집은 그렇지 못해 고스란히 벌레 떼의 습격을 감수해야만 했다. 벌레 떼는 일주일 이상을 집요하게 덤벼들었고 나는 사투(?) 끝에 그것들을 물리쳤다 . . . 기보다 무슨 조화였는지 그놈들이 어느 날 갑자기 사라졌다.

옛날에도 가끔 벌레가 창궐해서 골칫거리가 된 사례들이 있다. 소설 『삼국지』만 보아도 황충蝗蟲 떼가 나타나면 농민들이 공포에 떠는 장면이 나온다. 그놈들이 한번 휩쓸고 지나가면 논밭이 초토화되기 때문이다. 정조대왕과 관련된 이런 이야기도 있다. 하루는 화성華城에 있는 사도세자 능, 곧 융릉隆陵의 참봉參奉에게서 화급한 상소가 올라왔다. 내용인즉 송충이가 들끓어서 능의 소나무 잎을 다 갉아 먹고 있는데 방법이 없으니 대책을 세워 달라는 것이었다. 효심 깊은 정조대왕이 대경大驚하사 급거 화성으로 행차해서 살펴보니 과연 온 숲이 다 누렇게 보일 정도로 송충이 떼가 소나무 잎을 갉아 먹고 있었다. 그러자 진노한 정조대왕이 시종으로 하여금 가장 큰 송충이 한 마리를 잡아 오라고 시켰다. 송충이를 대령하자 정조대왕은 그것을 손에 들고 "네 이놈! 네놈이 어찌 감히 아버님의 산소를 이렇게 훼손할 수 있단 말이냐!"고 크게 꾸짖고는 한입에 삼켜 버렸다고 한다. 그랬더니 하룻밤 사이에 그 많던 송충이 떼가 사라지고 이튿날 소나무가 다시 푸릇푸릇해졌다고 한다. 아, 이것은 물론 정조대왕의 효심과 제왕의 위력을 강조해 윤색한 설화임이 분명하지만 아무튼 벌레 떼가 기승을 부려 인간에게 도전하는 일은 역사 이래 종종 있어 왔다.

그렇다 하더라도, 현대에, 더구나 서울 같은 대도시에까지 벌레 떼가 습격해 온 일은 희유稀有의 사태다. 그러나 시골 생활에서는 벌레는 물론이고 야생동물의 침입도 다반사다. 뜰에서 빨래를 널다 혹은 시골길을 걷다 말벌의 공습을 당하는 것은 흔한 일이고, 언젠가는 한밤중에 얼굴이 서늘하여 반사적으로 만졌더니 손에 지네가 잡혀서 기절초풍을 한 적도 있었다. 나만 놀란 게 아니라 지네도 놀랐는지 목덜미를 물어서 병원에 가야만 했다. 족제비가 닭장에 와서 자는 닭을 물고 가느라 법석대는 소리에 단잠을 깨기 일쑤이고, 멧돼지가 하산해서 일껏 길러 놓은 고구마 밭을 아작(?)내는 바람에 분통이 터진 적도 있었다. 그뿐인가? 달이

뜨면 운치깨나 있는 들창 옆의 대숲을 한낮에 갔다가 독사에 물릴 뻔했다. 알고 보니, 그곳은 (아마 다정한 암수 한 쌍일) 푸른 두 마리 독사의 요람이었다.

그런데 매일 벌레와 야생동물의 출몰로 골머리를 앓던 어느 날 나는 돌연 인식의 전회轉回를 하게 되었다. 그것은 다음과 같은 깨달음이었다. 저들이 곤충, 조류, 파충류, 포유류를 가리지 않고 모든 종이 저렇게 끊임없이 내게 부닥쳐오는 것은 필유곡절必有曲折이다. 그것은 저들에게 문제가 있어서가 아니라 나라는 인간, 단 한 종에게 문제가 있어서가 아닌가? 그러니까 이 땅은 본래 저들이 살던 곳이고 저들이 주인인데 객인 내가 막무가내로 들어와 사니까 저러는 것이구나. 달리 생각해 보니, 문제의 본질은 벌레와 야생동물이 침입해 나를 괴롭히는 데에 있는 것이 아니라, 내가 저네들 땅에 침입하여 평온하게 살고 있던 저네들을 혼란스럽게 한 데에 있었던 것이다.

귀촌해서 자연 속에 산다는 것이 텔레비전의 무슨 '자연인' 프로그램처럼 매일 걱정 없이 농사지으며 경치 좋은 산에 올라 약초 캐고 식사 때면 맛난 것 해 먹는 재미로 사는 것이 아니었다. 그것은 사실 자연과의 투쟁 위에 세워진 인간의 일방적인 행복이었다! 인간이 자연에 귀의한다는 것은 모순적이게도 자연과의 투쟁을 수반하는 일이었다. 두메에 살고 흙에 살리라는 낭만적인 노래 가사도 있지만, 사실 그렇게 살려면 아무 죄책감 없이 많은 벌레와 야생동물을 학살해야 한다. 처음 귀촌했을 때 이장으로부터 집 근처의 놀고 있는 밭을 갈아먹어도 좋다는 허락을 받았다. 채소라도 심어 보려고 했더니 당장 밭을 뒤덮고 있는 초본 식물들을 잡초라는 이유로 뿌리째 뽑아 버려야 했고, 땅속에 서식하는 적지 않은 벌레들을 삽으로 짓이기고, 작물을 온전히 키우기 위해 여러 종의 곤충을 해충이라는 이유로 잡아 죽여야 했다. 몇 평 안 되는 조그만 밭뙈기에서 삽질, 호미질, 낫질을 할 때마다 수없이 죽어 나가는 생물들을 보면서 나는 스스로의 행위에 무언가 부조리不條理를 느끼며 탄식을 했다. 농기구는 자연에 대한 살상 도구다! 역사상 농민들이 저항을 할 때 그들은 농기구를 그대로 무기 삼아 들고 나가곤 했다. 자연에 대한 살상 도구가 그대로 인간에 대한 무기도 된다는 사실, 이것은 기묘한 은유다. 우리는 그동안 자연에 대해 무수한 살상 행위를 자행해 온 만큼 위태로워진 지구적 삶으로 시방時方 그 대가를 치르고 있지 않은가?

시골 가서 농사짓고 산다는 일은 결코 낭만적인 행위가 아니다. 제 땅을 되찾으려고 끊임없이 엄습하는 벌레와 야생동물로부터 겨우 초옥草屋 한 채와 밭 한 뙈기를 지키기 위해 일 년 내내 지속적인 살육을 감행해야 한다. 시골 초등학교 교사로 평생을 시종始終한 아동문학가 이오덕 선생은 도시 사람이 생각하는 것처럼 시골 아이들이 그렇게 천진무구하지 않다고 단언한다. 아이들은 길에서 뱀을 만나면 끝까지 쫓아가 돌로 쳐 죽이고, 개구리를 보면 다리를 찢어 놓거나 볼록한 배를 터트려야 직성이 풀린다. 까딱까딱하는 방아깨비 다리를 꺾어 놓고 잠자리 꽁무니에 나뭇가지를 꽂아 놓고 즐거워한다. 이런 잔인한 행위들을 단순한 호기심의 발로로만 설명할 수 있을까? 뜻밖에도 아이들은 자연에 대해 적대적이다. 그들은 심지어 전의를 불태운다. 이것은 신석기 혁명이 시작된, 즉 농경시대 이후 얻어진 생존 본능이거나 제2의 천성일지 모른다. 농경시대에 들어와 인간은 밭을 갈고 특정한 종을 기르느라 본격적으로 자연을 살육하고 왜곡(육종학!)하기 시작했다. 유발 하라리(Yuval Harari)는 우리가 농경시대 이후 안정된 식량 확보로 행복해졌을 것 같지만 오히려 빈부격차와 갈등이 발생하면서 불행해졌다고 말한다. 인간도 궁극적으로는 자연에 속한 생물 종인 만큼 우리는 자연과 자기 유사성(Self Similarity) 혹은 상동 구조(Homology)의 관계에 있다. 인간이 자연을 살육하면서 자연과의 일체감을 상실하게 되면 이러한 상황 구조는 인간 자신에게도 전이되어 인간이 인간을 착취하고 인간 간의 유대감을 상실하게 되는 지경에 이른다는 점에서 하라리의 진단은 옳다.

자, 그럼 어쩌란 말인가? 말은 그럴듯한데, 자연에 대한 살상을 그만두려면 농업이든 공업이든 인간이 만든 문명을 죄다 포기하고 숲속의 원시공동체로 돌아가야 한단 말이냐? 당연한 힐난詰難이 예상된다. 한편 누군가 나를 꼬집는 소리도 들리는 듯하다. "당신의 논리는 마치 밥을 먹다 체했다고 해서 농업의 창시자인 신농씨神農氏를 비난하는 것과 같다." 사실 이 말은 4세기경 동진東晉의 사상가 갈홍葛洪이, 임금을 없애고 태평한 원시사회로 돌아가자는 무정부주의자 포경언鮑敬言의 주장에 대해 반박한 것으로서, 내게도 유효한 지적임을 부인할 수 없다. 당연히 나도 소위 진보의 전반 과정이라고 할 인류의 역사를 무효화할 수는 없다고 생각한다. 그것은 실제로 가능한 일도 아니다. 그러나 내가 시골에서 살 때 자연과의 갈등에서 느끼는 죄의식도 엄연한 현실이다. 물론 우리는 죄의식 이전에 맑은 공기, 아름다운 산천 등 생생한 자연을 접하면 마음이 편안해지고 어딘가에 귀의한 느낌을 갖게 되는 것도 사실이다. 이것은 태곳적에 인간이 숲속에서 자연과 하나가 되어, 아니 자연을 모체처럼 여기고 살던 시대의 감성이 풍경을 통해 환기되기 때문일 것이다. 이런 의미에서만 귀촌살이를 생각하면 행복하다 할 수 있다. 많은 인사들의 농촌, 산촌 생활에 대한 수필집을 비롯하여, 텔레비전, 영화 등 각종 매체에서 그린 전원생활은 자연과의 행복한 조우만을 이야기할 뿐 자연의 입장에서 바라본 돌연한 침입자에 대한 불만과 저항은 말하지 않는다. 그러나 은폐한다고 해서 없어질 일인가? 아울러 이에 대처하는 과정에서 자연의 일원으로서 인간이 마땅히 느껴야 할 모순된 감정과 미안함에 대해서도 언급하지 않는다. 미안함은커녕 그러한 강점强占과 살육을 인간이라서 행사할 수 있는 권리로 당연시하는 마비된 인성마저 보인다.

나는 심층 생태학(Deep Ecology)을 신봉하는 근본주의자는 아니지만 과학과 기술에 무한한 신뢰를 보내고 인간의 선택과 그에 따른 진보를 낙관하는 스티븐 핑커(Steven Pinker)류類의 생각보다는 인간은 태생적으로 불완전한 존재이기에 매사 조심하고 겸허해야 한다는 견해에 더 끌리는 편이다. 그런 인간 존재에게 낙관은 금물이다. 핑커는 캐나다에서 열린 멍크 디베이트(Munk Debates)에서 의학이 인간을 치명적인 전염병으로부터 해방시켰다고 호언豪言했지만 그로부터 몇 년 안 돼 우리는 코로나바이러스가 창궐하는 대역질大疫疾의 시대를 맞아야만 했다. 급변하는 과학의 추세를 등에 업고 진화생물학이 대세인 이 시점에서 인간의 진보를 확신하는 이들은 어디까지나 인간의 기획안에서 자연을 생각한다. 다시 말해, 우리가 보는 목전의 자연이란 우리가 편의대로 상상한 자연인 것이다! 여기에 실제 자연과의 상위에서 오는 괴리감이나 안쓰러움은 없다. 이러한 오만한 자연관이 세상을 풍미하고 있다. 앞서도 말했듯이, 행복한 농촌, 산촌 생활을 만끽하는 귀촌인, 자연인 스토리가 이 독선적인 자연관을 토대로 온갖 매체에서 만개한다. 텔레비전 프로그램의 말미에서 그들은 약속이나 한 듯이 항상 이렇게 말한다. "자연 속에서 사니 너무 좋아요." 그들은 이렇게 말해야 옳으리라. "상상된 자연 속에서 사니 너무 좋아요." 사실 상상되고 기획된 자연일지라도 그 속에서 사는 그들의 삶이 행복할 수 있다. 그리고 행복하기를 바란다. 다만 이 상투적인 독백에서 소외된 실상의 자연은 말이 없다.

누구나 다 그렇게 시골 생활하는데 내가 유독 심약해서일까? 나의 마음은 여전히 편치 않다. 밭을 갈 때 서툰 삽질에 허리가 잘린 지렁이를 보는 것이 괴롭고, 집 안으로 기어들어 와 베갯머리에서 꼬물거리는 이름 모를 벌레를 처단할 때 가책을 느낀다. 그들은 왜 난데없이 죽어야 하고 나는 왜 그들을 죽여도 좋은가? 우리가 살기 위해서라고 하지만 그것으로 모든 것이 용서되고 모면이 된다고 생각하는지 그 심사心思를 나는 모르겠다. ❊

(2020년 5월)

저자가 말하다

— 정재서, 『사라진 신들의 귀환』(문학동네, 2022)

사실과 이념을 신봉했던 확실성의 시대를 지나 우리는 오늘 초첨단 과학과 환상이 공존하는 모호성의 시대를 살고 있다. 현실은 디지털 공간에서 실감 나게 재현되고 게임 속의 상황과 논리가 현실로 이행되는 꿈을 꾸기도 한다. 인간만이 유일한 주체라는 오랜 믿음도 흔들린다. 인공지능(AI)이 세상을 지배할지도 모른다는 상상은 공상과학영화를 넘어 이제 심각히 숙고해야 할 주제가 되었다. 동물에 대한 애틋한 마음과 유별난 친교親交, 나아가 자연을 보듬고 함께해야 한다는 생각, 영화, 웹툰, 드라마 등에서 대놓고 넘쳐나는 변신, 환생, 이계異界 모티프 등은 이 시대 문화의 유력한 징후들인데 이들의 밑바탕에는 '신화의 귀환'이라는 인류 공통의 거대한 문화적 변동이 자리 잡고 있다. 일찍이 질베르 뒤랑(Gilbert Durand)에 의해 포착되고 명명되었던 '신화의 귀환'은 21세기, 아니, 미래까지 포괄하는 중요한 키워드라 하지 않을 수 없다.

한국 사회는 해방 이후 1980년대까지의 이른바 '이념의 시대'를 거쳐 90년대에 이르러 포스트모더니즘, 후기구조주의 등의 사조가 유입되면서 다원화된 문화의 시대를 맞는다. 특히 영화, 만화, 애니메이션, 게임, 드라마 등 문화 산업에 대한 관심이 폭주하면서 상상력, 이미지, 스토리의 근원인 신화에 대한 수요가 증가하였다. 대형 서점에서 신화 책 코너를 따로 마련하기 시작한 것이 이때다. 아울러 영화 "해리 포터" 시리즈, 〈반지의 제왕〉, 〈센과 치히로의 행방불명〉 등 선진국의 판타지 대작이 흥행에 성공을 거두면서 한국에서도 문화 산업은 국가 경제를 좌우할 성장 동력 산업의 하나로 간주될 만큼 비중이 커졌다. 문화 산업의 중요한 기반은 스토리텔링이므로 스토리의 원조라 할 신화가 각광을 받게 된 것은 당연한 현상이었다. 이처럼 한국에서의 '신화의 귀환'은 외양적으로는 산업적, 경제적 동기에 고무된 바가 크다.

자생적이라기보다 갑자기 주어진 한국에서의 '신화의 귀환'은 내재적인 여러 문제점을 갖게 되는데, 이에 대해서는 산업과 학문의 괴리, 신화적 상상력의 정체성, 신화 비평의 부재 등의 문제를 거론할 수 있다.

첫째, 산학의 괴리 문제는 문화 산업계와 학계가 긴밀하게 연계되어 있지 않고 따로 놀기 때문에 수준 높은 작품을 만들어 내는 데에 한계가 있다는 것인데, 시급히 극복되어야 할 과제다. 예컨대, 일본의 경우 요괴학 학술 대회가 열리면 학자뿐만 아니라 감독, 작가, PD 등이 함께 참여하여 토론을 한다.

둘째, 신화적 상상력의 정체성 문제는 현재 우리의 상상력이 그리스·로마 신화와 안데르센 동화 등을 표준으로 삼는 이른바 '상상력의 제국주의' 상태에서 벗어나고 있지 못하다는 현실에서 비롯한다. 예컨대, 우리는 인어를 상상하면 예쁜 인어 공주를 떠올리지 꺼벙한(?) 동양의 인어 아저씨는 생념生念도 못한다. 동양 신화는 신관, 세계관, 자연관, 동물관, 타자에 대한 인식 등에서 그리스로마 신화와 매우 다르다. 어찌 우리의 상상력을 특정한 지역의 신화로만 채울 수 있단 말인가? 동양 신화 등 다양한 신화를 접할 때 우리의 상상력은 크게 확대될 것이다.

셋째, 신화 비평의 부재 문제는 현재 문화 현상의 전반 색조가 판타지적임에도 불구하고 평단은 여전히 90년대 이전 풍미했던 리얼리즘을 기조로 한 비평에서 벗어나지 못하고 있어, 문학, 문화 현상에 대한 진단이 전면적이지 못하다. 가령 『서유기』에서의 손오공 일행이 요마를 구축驅逐해 나가는 여정을 현실에 대한 알레고리로만 읽는다면 당시 사회의 탐관오리, 악질 지주, 모리배 등에 대한 문제 제기와 투쟁의 의미로 귀결되겠지만, 손오공을 우리 마음의 표상으로 보아 그들의 모험 길을 내면의 바람직하지 못한 심성(요마)을 극복하고 개성화(Individuation) 및 자기완성으로 나아가는 마음의 행로로 읽어 낼 해석의 가능성은 닫히기 쉽다. 한때 은성殷盛했다가 리얼리즘 비평에 밀려 사라지다시피한 신화 비평의 갱신을 기대해 본다.

상술한 문제들을 인식할 때 신화의 근본 의미와 기능에 대한 정확한 이해의 토대 위에 그것이 현대의 기술, 문화 등과 어떠한 상관이 있는지 그 연계성을 탐색하며 상상 주체의 입장에서 동서양 신화를 상호보완적으로 대등하게 활용, 당대 문화를 세밀하게 읽어 내는 노력이 긴요하다 할 것이다. 필자는 1985년 국내에 처음 동양 신화의 고전 『산해경山海經』을 역주, 소개한 이래 신화 연구를 진행해오면서 신화학 자체와는 별도로 신화와 문화, 신화와 과학 등의 상관성을 사유하고, 신화와 디지털적 상황이 결합된 이 기묘한 시대를 읽어 낼 신화서의 필요성을 절감하였다. 졸저 『사라진 신들의 귀환』은 외람되지만 이와 같은 상념의 소산이다. 『산해경』을 출간할 당시 학문에 무익한 책을 번역했다는 비방을 듣기도 하였는데, 필자는 무익함 속에 의미가 있다고 여전히 믿고 있는 강호의 기인이사奇人異士들이 혹여 이 책을 접할 때 "마음에 담고 눈길을 머물게 하기"(遊心寓目)에 부족함이 없기를 바란다. ※

(『교수신문』 칼럼 "저자가 말하다" 시리즈, 2023년 6월)

문자의 근원적 힘을 전유하라!

명색이 평생 책과 함께 살아온 학자더러 독서의 중요성에 대해 말해 보라고 하면 엄청 많은 이야기를 털어놓을 것 같지만 머리를 짜내 보아도 의외로 할 말이 많지 않은 것은 웬일일까? 아마 문맹률이 제로에 가까운 시대에 독서 행위가 그다지 특별한 일이 아니어서 무슨 말을 하더라도 진부한 이야기가 되기에 십상이기 때문 아닌가 한다.

가령 어릴 적 『플란다스의 개』를 읽고 슬퍼서 눈물이 난 적도 있고 『알프스의 소녀』를 읽고 따뜻한 흰 빵과 갓 짠 우유가 먹고 싶어졌는데, 알고 보니 다들 그랬다는 거였다. 결국 무슨 책을 읽었더니 어떻다더라 하는 식의 이야기로부터 독서의 필요성을 강조하는 식으로 귀결을 맺는 뻔한 이야기 패턴을 반복할 수밖에 없다는 불길한 예감이 들지만, 운이 좋으면 이 진부한 도식을 탈피할 수도 있으니 나름의 생각을 펼쳐 보고자 한다.

독서에서의 '독讀'은 읽는다는 것이다. 우리는 많은 것을 읽는다. 마음도 읽고, 그림도 읽고, 풍경도 읽는다고 말할 수 있듯이 읽기의 대상은 무수하다. 그중에서 특히 '서書,' 곧 글로 이루어진 책을 읽는다고 할 때 독서의 근원적 의미와 관련해 주목해야 할 것은 문자다. 문자가 없던 원시 시대에는 모든 것이 구전됐고 듣는 행위가 중요했다. 이때는 읽어야 사는 것이 아니라 들어야 살았다.

그러다 문자가 발명됐다. 동양의 한자는 점을 칠 때 쓰는 갑골문甲骨文이라는 글자로부터 시작됐으므로 문자의 탄생은 신비한 힘, 곧 주술성과 관련이 깊다. 서양의 알파벳이 페니키아 상인의 손에서 나왔으므로 상업적인 필요에서 발생했다고 하지만 서양 문자도 보다 깊이 헤아려 보면 주술성과 만난다. 고대의 룬(Rune) 문자 등에서 보듯이 글자에는 신비한 힘이 있다고 믿었던 것이다. 영어에서 글자를 뜻하는 'spell'이란 단어가 주술을 건다는 의미를 함유한 것은 그 흔적이다.

그렇다면 문자가 가진 신비한 힘의 실체는 무엇인가? 문자는 인간의 의식을 재편하고 사회를 시스템화하여 원시사회를 국가로 나아가도록 추동했다. 반면 무문자 사회는 역사의 뒤안길로 사라졌다. 하버드대의 장 광즈, 버클리 소재 캘리포니아대의 데이비드 키틀리(David N. Keightley) 교수 등 고고학자들은 갑골문이 어떻게 은殷나라 사람들의 생각과 제도를 조직화하는 데 작용하여 중국 최초의 정복 국가를 성립시켰는지를 논증한 바 있다. 우리는 글을 읽는 행위, 곧 독서의 이면에 담긴 이 근원적인 무시무시한(?) 힘에 대해 새삼 인식하고 그것을 나의 발전의 동력으로 전유專有할 수 있어야 한다. 독서란 신비한 변혁의 에너지와 끊임없이 접촉하는 행위이기에.

독서가 갖는 근원적 힘을 인식했다면 어떻게 그 힘을 효과적으로 전유할 수 있을까? 다시 말해 어떻게 무슨 책을 읽을 것인가? 옛날 사람들은, "책을 백 번 읽으면 뜻이 절로 드러난다"(讀書百遍義自見)라든가 "『맹자』를 삼천 번 읽으면 머리에서 '툭' 하고 글의 이치 터지는 소리가 들린다"라는 말도 있듯이, 논리보다는 감성 인식에 호소하는 독서 방법을 택했다. 가령 조선 현종 때의 걸출한 시인 정두경鄭斗卿은 사마천司馬遷의 『사기史記』에서 본인이 좋아하는 글 한 편을 골라 수없이 읽고 외워 문호가 됐다고 한다. 바야흐로 감성이 중시되는 시대에 감성 능력을 고양하기 위해 이러한 독서 방법은 어떨까 하는 생각을 해 본다.

다음으로, 어떤 책을 읽어야 할까? 이것을 결정하기 위해서는 시의성時宜性, 곧 지금이 무엇을 필요로 하는 시대인가 하는 점을 의식하지 않을 수 없다. 논리의 시대에서 감성의 시대로 넘어오면서, 특히 소위 4차 산업혁명 시대 혹은 메타버스 시대로 진입하면서 '상상력,' '이미지,' '스토리'의 능력은 무엇보다 긴요한 생존 능력이다. 향후 수십 년 이내에 현재 직업의 반 이상이 사라진다고 하는데, 이 급격한 변화에 대비하려면 바로 위의 세 가지 능력을 길러야 한다. 상상력은 창의적 아이디어의 원천이고, 이미지의 매개가 일상화된 시대에 이미지를 파악하고 활용하는 능력이 중요한 것은 두말할 필요가 없으며, 미래의 'Dream Society'를 구현하는 무기가 스토리텔링이라는 것은 롤프 옌센(Rolf Jenssen)의 입을 빌리지 않아도 당연한 사실이다.

이 세 가지 능력은 아이러니하게도 실용서나 처세서 혹은 첨단의 기술서가 아닌, 인문학의 원조인 신화와 고전을 읽어야 키울 수 있다. 창의력의 귀재로 시대를 선취하여 에디슨에 필적하는 위업을 이룬 것으로 평가되는 스티브 잡스가 주목한 것도 인문학이었다. 그는 애플사의 제품에 인문학이 들어가야 심장이 뛰는 소리가 들린다는 유명한 말을 남겼는데 물질(기계)과 인간이 교감하는 시대에 인문학이 무엇보다 필요하다는 사실을 이미 체득했던 것이다. 상상력, 이미지, 스토리는 태양 아래 새로운 것이 없듯 케케묵은 신화와 인문학 고전에 그 원형이 담겨 있고 그것이 시대에 따라 끝없이 변주되는 것이다. 따라서 우리가 독서를 통해 그 원형을 장악하면 앞으로 도래할 변혁의 시대에 필요한 능력을 쉽사리 얻게 될 것이다.

글머리에서 우려한 진부한 패턴의 반복을 과연 탈피했는지 모르겠다. 벗어난 듯하다가 결국 다시 본래의 패턴으로 돌아간 것은 아닐지? 아무튼, 독서를 통해 엄청난 힘을 얻을 수 있다는 것인지, 감성 인식으로 독서를 하라는 것인지, 능력자가 되려면 신화와 인문학 고전을 읽으라는 것인지 결론은 독자들의 몫이다. ※

(『이대학보』 칼럼 "읽어야 산다" 시리즈, 2023년 9월)

정진홍

버킷 리스트

버킷 리스트

'버킷 리스트'(bucket list)란 말이 이제는 낯설지 않습니다. 죽기 전에 하고 싶은 일의 목록을 그렇게 말한다는 것을 누구나 알고, 또 그렇게 이 말을 사용하니까요. 그런데 그 말이 비롯한 본디 정황은 아주 고약하더군요. 물통에 올라 목을 매고 발로 그 통을 차 버리는 데서 말미암은 거라니 예사롭게 할 말은 아닌 겁니다. '자살하기 전에 할 일 목록'이기도 하고, 아니면 "내가 너를 죽일 텐데 그전에 하고 싶은 거 있어? 목록을 말해 봐. 그러면 네가 원하는 것을 너 죽기 전에 내가 하도록 해 줄게!" 하는 말이나 다르지 않으니까요. 그래서 이 말을 국립국어원에서는 '소망 목록'이라고 순화淳化해 표현하도록 했다는군요.

우리는 사물에 대한 인식을 의도할 때 흔히 어원론(etymology)에 상당한 무게를 둡니다. 특정한 언어란 그것을 출현하도록 한 경험을 담고 있으니까, 그 언어로 기술되거나 묘사되는 '의미'를 제대로 알려면 어원을 살펴야 한다는 거죠. 그러나 '버킷 리스트'와 '소망 목록'의 틈새가 보여 주듯 특정한 용어의 지금 여기에서의 일상적인 용례를 어원론을 좇아 분명하게 한다는 것은 자칫 방법론적으로 적합성을 지지받을 수 없을지도 모릅니다. 사물에 대한 인식의 전승이란 결코 단선적이지도 않고 직선적이지도 않으니까요. 그러니 이를 실어 전하는 언어가 단순할 까닭이 없죠.

이게 제가 하려는 이야기는 아닙니다. 실은 요즘 제가 아내 등쌀에 밀려 버킷 리스트, 그러니까 죽기 전에 하고 싶은 일의 목록을 만들고 이를 하나하나 실천하고 있는데 그 말씀을 드리려는 겁니다. 이 '기획'이 갑작스러운 것은 아니었습니다. 아내는 늘 '저의 현실'을 꽤 냉정하게 판단하며 삽니다. 저의 시듦을 정확하게 '측정'하고 있는 거죠. 그렇게 생각됩니다. 제가 하고 싶은 것이 무어냐고 묻는 일이 잦아진 것은 벌써 여러 해 전입니다. 뭘 먹고 싶은지, 어딜 가고 싶은지 하는 물음이 잦아진 거죠. 이전에는 그렇지 않았습니다. "뭐 먹으러 가자!"라든지 "어디 가자!" 그러면 되었죠. 그런데 그게 "뭘 하고 싶어?" 투로 바뀌더니 이윽고 드러내 놓고 "버킷 리스트가 뭐야?"로 바뀌었습니다. 아마도 지난해부터였을 겁니다. 그런데 이제는 그 목록을 만들어야 한다고, 그리고 반드시 실천해야만 한다고 등을 밀어 대기에 이르렀습니다. 두루 제 형편을 살펴보면 아내의 그런 '강제'가 전혀 비현실적이지 않습니다. 그런데도 제 느낌은 썩 개운하지 않았습니다. "나를 무척 아껴 주기 때문이야!"라고 짐짓 애써 받아들이지만 이 '감격스러운 연민'이 실은 꽤 부담스러웠습니다.

아내는 제가 하고 싶은 일을 하지 못한 게 있으리라, 그것도 많이 있으리라 여깁니다. 이를테면 "당신 종교학 한다면서 마추픽추(Machu Picchu)도 안 가 봤잖아! 나는 다녀왔지만." 그런 식의 발언이 전형적입니다. 그렇죠. 그렇게 생각해 보면 가고 싶은 곳도 많고, 하고 싶은 것도 쌓여 있습니다. 그곳도 분명히 가고 싶은데 '아직' 못 간 곳의 하나입니다. 그러나 이제는 누가 거저 둥둥 실어 거기 보내 준다 해도 저는 이를 감당할 수가 없습니다. 몸이 말을 안 들으니까요. 그렇다고 해서 좌절이나 절망에 빠져 있지는 않습니다. 어쩌면 못난 변명일지 몰라도, 비록 아내는 그곳에서 바위를 쓰다듬으며 그들의 피어린 '거룩한 역사'를 온몸으로 절감했었노라고 말하지만, 저는 "당신이 경험한 그 바위에 담긴 긴 기억의 발언을 나는 당신이 아는 것보다 더 자상하게 이야기해 줄 수 있으니까"라고 말하면서 그곳에 가지 않아도 별로 아쉬운 것이 없다는 반응을 보입니다. 제가 가 보고 싶었을 만한 곳을 자기만 갔던 것이 왠지 편하지 않아 한 말인 줄 모르지 않으면서요. 바로 이 차이죠. 아내는 제가 어떤 모자람 때문에 노년을 '가난하게' 보낼까 염려스러운 건데 저는 그렇지 않습니다. 저는 제법 제 삶을 '넉넉히' 살았고 또 살고 있다고 여기니까요. 그러니 아내의 마음 씀이 조금은 거북할 수밖에 없습니다. 게다가 드러내놓고 피차 가난하다든지 넉넉하다든지 하는 발언을 한 건 아니지만 저는 그런 속내를 지닌 걱정이 제게 해당이 되지 않는다고 여기고 있습니다. 까닭인 즉 이러합니다.

지난 세월의 삶을 스스로 되돌아 보면 저는 이른바 '하고 싶은 것'을 좇아 산 적이 없습니다. 아니, 그런 것을 지닐 겨를도 없이 살았다고 해야 옳을 겁니다. 하고 싶은 일을 하는 것은 '앞'을 채우는 일인데 그 '앞'이라는 게 없었으니까요. 하루살이 같은 삶을 살았다고 해야 할는지요. 그저 닥친 오늘을, 부풀려 말하면 '죽지 못해' 살아온 게 제 삶인데 지금 이 자리에서 '아쉬워하고 싶은 것'이 있을 까닭이 없습니다. 당연한 일입니다. 하고 싶은 것이 아예 없었는데, 아니면 있을 수가 없었는데, 그런 것이 이제야 새삼 짚어질 리가 없지요. '하고 싶은 것'과 '하고 싶은데 못한 것'으로 저의 살아온 삶을 재단하는 일은 제게 도무지 현실감이 없습니다. 생뚱맞다고 해야 할는지요. 그래서 아내에게도 몇 번이고 이렇게 말했습니다. "난 죽기 전에 하고 싶은 게 별로 없어! 아니, 없어! 하고 싶은 것이 없었으니까. 그렇게 살아왔으니까. 그러니까 살아오면서 겪은 모든 것은 결과적으로 하고 싶었던 것을 하나도 빠트리지 않고 다 한 거나 다름이 없어. 그러니 이 나이에 새삼 하고 싶은 일이 있을 까닭이 없잖아?"

근데 제 속내는 그렇기만 하지 않았습니다. 아내의 채근이 말처럼 딱 끊듯 그렇게 싫지는 않았습니다. 저도 하고 싶은 게 없지 않으니까요. "죽기 전에 그것을 꼭 해야지!" 하는 강박에 시달리기조차 하는 일이 있습니다. 그런데, 왠지 저도 잘 모르겠는데, 그걸 꾹꾹 누르며 지냈던 거죠. 귀가 솔깃했습니다. 죽기 전에 하고 싶은 일이 있다는 묘하게 휘어진 제 마음의 이러한 결이 방금 앞에서 말씀드린 죽기 전에 하고 싶은 일이 따로 있지 않다는 제 단호한 발언과 크게 어긋나는 건 아니라고, 아무도 묻지 않았는데도, 스스로 강변하고 싶기조차 합니다. 아무튼 그랬습니다. 옆에서 아내의 그런 부추김이 잦다 보니, 스스로 억눌렀던 '죽기 전에 꼭 하고 싶은 일'이 슬그머니 부스스해진 게 틀림없습니다. 이를 다듬어 말하면 '여행'이 하고 싶어진 겁니다. 가고 싶은 '곳'이 뚜렷해진 거죠. 더 우물쭈물하다간 아무래도 못 갈 것 같았습니다. 어느 순간 저는 초조해지기까지 했습니다. 그래서 어느 날 아내에게 불쑥 말했습니다. "그럽시다. 여행을 떠납시다. 죽기 전에 당신하고 같이 가고 싶은 곳을 갑시다!" 아내는 의기양양했고, 그렇다고 제가 의기소침하지는 않았습니다. 목적지를 말했을 때 조금은 당혹해 했지만 아내는 꼬박 이틀을 기울여 정성껏 떠날 준비를 했습니다. 인터넷으로 묵을 곳을 예약했고, 옷가지도 작은 트렁크에 챙기고, 들를 곳에 전할 제가 예상하지 못한 넉넉한 봉투도 마련했습니다. 마침내 우리는 정해진 날에 기차에 몸을 실었습니다. 첫 번째 버킷 리스트를 저는 이렇게 실현했습니다.

저에게는 늘 지우고 싶은 '곳'이 있습니다. 그곳만 생각하면 우울해지니까요. 한여름 따가운 햇볕 아래에서도 그곳이 떠오르면 찬바람에 온몸이 시려집니다. 그곳에서는 맑고 찬란한 정오의 시간에도 긴 그림자가 저를 앞서거나 뒤섭니다. 노을이 지면 어두워지기 전에 어서 집에 가야 하는데 늘 어둠이 귀가 전에 깃들어 저는 향방을 잃곤 합니다. 저는 어쩔 수 없이 털썩 주저앉습니다. 그 앉은 곳이 언제나 그곳이었습니다. 그곳을 잊으려 때로 마구 고개를 가로저어 보기도 합니다. 하지만 그럴수록 그곳은 더 뚜렷해집니다. 제게는 그런 곳이 있습니다. 좀 결이 다르기는 해도 두 군데나 있지요.

그렇다고 그곳이 마냥 우울한 곳만은 아닙니다. 아련하지만, 그곳은 잠깐 스치는 맑은 바람 한 자락, 밤이 어두워 더 밝은 작은 별들, 그런 것들과 어울릴 얼핏 마주한 미소가 탁 터지는 웃음, 그런 것들이 얼마나 많은 구겨진 삶을 펴 주는지를 알게 한 곳이기도 합니다. 그림자는 내 삶을 좇는 무게만이 아니라 나를 얼마나 소리 없이 가려 주고 토닥여 주는 장막인지를 제게 알게 해 준 곳이기도 하고, 어두워 귀가의 향방을 잃어도 그런 채 그때 거기에서 잠들면 동터 오는 내일과 필연적으로 만날 수 있어 굳이 상실을 탓하지 않아도 된다는 것을 터득한 곳이기도 합니다. 상실이 되풀이되는 일상이면 실은 잃을 아무것도 없다는 것도 겪어 지닌 곳이니까요. 그게 산다는 거죠. 그래서 그곳이 우울해지면 사뭇 고갯짓을 하여 그곳을 지우려하면서도 그런 격한 고갯짓이 그곳을 사라지게 할까 두렵기도 했습니다. 그곳은 제게 그런 곳입니다.

어느 분은 논리적 일관성을 결한 이런 느낌을 정서적인 양가감정(ambivalence)이라고 하더군요. 적절한 표현인 것 같습니다. 딱히 이와 어울리는 건 아니지만, 이를 조현증이거나 정신분열증이라고도 합니다. 몸과 마음이 아울러 건강하지 못하다는 진단이고, 그래서 치유 받아야 할 징후라고 예단하는 거죠. 많은 경우, 아직 치유되지 않은 심리적 외상의 증세, 곧 트라우마라 일컫기도 하고요. 그런가 하면 어떤 분은 아예 이를 삶이 처한 실존적인 구조로 여기기도 합니다. 누구도 예외일 수 없는 삶의 현실이 그런 틀을 지닌다는 거죠.

저를 충동한 가고 싶다는 그곳에 대한 제 마음이 이 중에서 어느 것이라고 해야 옳을지 판별할 재간이 제게는 없습니다. 그걸 따질 계제도 아니고요. 다만 '그곳으로의 여행'에 관한 이야기를 하려는 거니까요. 요즘 유행어를 따라 이런 여행을 '다크 투어리즘'(dark tourism)이라 하면 적절할 겁니다. 이 말은 아우슈비츠나 히로시마나 킬링필드나 서대문 형무소 같은 잔혹한 참상이 벌어졌던 역사적 장소를 돌아보는 여행을 일컫는 건데, 이도 '버킷 리스트'처럼 외래어를 그대로 쓰고 있어 국립국어원에서는 '역사 교훈 여행'이라고 다듬었다더군요. 애써 잘 마련했다는 생각이 들지만 너무 '교과서적'이라서 제 마음에는 좀 차지 않습니다.

짐작하시겠습니다만, 아내와 함께한 첫 번째 버킷 리스트의 실천은 이제까지 가 보지 못한 곳을 간 것이 아닙니다. 커다란 범주를 지어 이름 달면 '다크 투어'임은 분명합니다. 그렇다고 참혹한 일을 새삼 확인한다든지, 이에서 역사 교훈을 얻으려 한다든지 하는 것과는 다릅니다. 우리가 가려는 곳은 기술된 텍스트를 통해 '알게 된 곳'이 아니어서요. 그곳은 제가 '들어 아는 곳'이 아니라 제가 '있던 곳'입니다. 그곳은 앞에서 말씀드렸듯이 저도 어쩌지 못하게 제 깊은 속에서부터 저절로 우러나는 양가감정을 지니고 대하는, 아니면 그런 감정이 솟는 것을 어떻게 해도 추스르지 못하는 곳이라고 해야 할, 그런 공간입니다. 게다가 그 감정에는 그 갈등적인 정서에 대한 '그리움' 조차 깃들여 있습니다. '그곳'은 제게 익숙하기 그지없지만 내 현실은 아니니까요. 그러나 그곳을 떠난 지 무척 오래되었는데도 늘 제 안에 '어려 있는 곳' 입니다. 제 안에 늘 머무는 이런 기억은 왠지 잘 다듬어지질 않습니다. 살아가면서 부닥치는 정황과 만나 그 기억은 불쑥불쑥 이런저런 뒤숭숭한 모습들로 드러나곤 하니까요.

어쨌거나 '그곳'은 제 '기억이 어려 있는 자리' 입니다. 지워지지 않는, 그리고 지울 수도 없는요. 바로 '그곳'을 가고 싶었던 겁니다. 그러고 보면 그곳에 가는 일은 공간을 이동하는 여행이라기보다 실은 시간을 거스르는 여행이라고 해야 옳을지 모르겠습니다. '기억을 되기억하는 여행' 이라고 해도 괜찮을 것 같고요. 아예 '기억을 회상하는 거' 라고 하면 어떨지요. 말이 이상하지만요. 공간과 시간을 얼버무리면 '기억이 서린 곳을 찾아가 그 기억을 거기 그때에서부터 다시 풀어 보고자 하는 여행' 이라고 해도 괜찮을 겁니다. 아무튼, 마침내 저는 아내와 더불어 저의 첫 번째 버킷 리스트를 수행했습니다.

'연속성' 이라는 것, 그걸 어떻게 기술해야 할는지요. 아니면 '변화'를 어떻게 서술해야 좋을지 모르겠다고 해야 더 나을지요. 아니면 '연속 안에서의 변화' 라든지 '변화 안에서의 연속' 이라는 편이 더 좋을지요. 어떻게든 이런 물음은 연속이나 변화의 주체를 드러내야 하고, 그것이 일게 되는 정황을 상술해야 하고, 그런 다음에 그런 데서 말미암는 어떤 당위적인 현존으로서의 '변화'와 '연속'을 확연히 지칭할 수 있어야 할 겁니다. 그러다 보면 이윽고 '연속하는 변화'라든지 '변화하는 연속'을 몸으로 겪으면서 연속과 변화를 판단하는 자신을 스스로 인식하는 데 이르게 될 거고요. 그때 물음 주체는 비로소 연속과 변화를 아울러 품으면서 마침내 그 주인이 되는 거겠죠. 저는 그러한 '나'이고 싶었던 겁니다. 여행을 가기로 작정을 하면서요.

제 기억이 품은 구도構圖를 이렇게 그리면서 느낀 건데, 그러고 보면 저는 이루고 싶은 것 없이 넉넉하게 살았다고 나를 다독이며 살았지만 실은 엄청난 상실감에 허덕였는지도 모르겠습니다. '채비'라고 해야 할까요. 살아오면서 앞을 보거나 뒤를 살피면서 삶을 추스르고 이것저것 갖추는 일을 전혀 하지 못한 겁니다. 지난 세월의 삶이 지금 여기의 저에게 남겨 준 아무것도 없어 모두 손가락 사이에서 흘러나가는 모래알처럼 된 것 같은 겁니다. 한 움큼 잡았는데 펴 보면 맨손인 그런 거요. 정말 그렇게 잃고 살기만 했는지, 그런 낌새가 보였다면 왜 그런 상실감을 지우고 서둘러 삶을 채우려들지 않고 그 허한 느낌을 애써 감추려 들기만 했는지, 세상은 홀로 사는 게 아니어서 내가 남에게 보이지 않을 까닭이 없는데, 그때 일어나는 견줌에 치여 자신과 세상에 대한 인식을 나도 모르게 감추거나 구겨 버리거나 찢어 버린 건 아닌지, 이런저런 생각이 끊이지 않고 이어 들지만 잘 모르겠습니다. 그 상실감이라는 게 무언지요. '나'이고 싶은 여행 동기에는 이런 것마저 스며 있었던 것 같습니다.

햇수로 치면 일흔 해 좀 넘은 언저리입니다. 제가 그 두 곳에 머물던 때는요. 그런데 지금은 그 두 곳이 모두 없습니다. 정확히는 '없는 데 있다'고 해야 하겠죠. 한 곳은 제가 있던 곳에서 70리나 떨어진 곳으로 옮겨 갔습니다. 거의 마흔 해 전입니다. 그곳이 멀리 옮겨 갔다는 소문을 듣고 얼마 지나지 않아 그곳에 들른 적이 있습니다. 그저 뭔지 무척 아쉬워서요. 실은 그곳이 어떻게 되었는지 궁금해서 그랬을 겁니다.

'아쉬움'과 '궁금함'이 나이를 준거로 한 정서로 풀이될 수도 있다는 사실은 흥미롭습니다. 달리 말하면, 그것이 동일한 정서의 연령적 변용이라고 보고 싶은 거죠. 아쉬움은 잃음을 궁금해하는 거라면 궁금함은 미처 지니지 못한 것에 대한 아쉬움이니까요. 그러니 아무래도 아쉬움은 늙은이들에게서 더 자주 드러나고 궁금함은 젊은이들에게서 더 드러나는 현상일 겁니다. 그러니까 제 경우, 살던 곳이 옮겨 가 이제는 그곳에 없다는 소식을 듣고 그곳을 찾아 간 것은 제가 지금에 비해 한창 젊었을 때인 게 틀림없습니다. 아쉬움이 궁금함보다 두드러지긴 했지만요.

그때, 막상 가 보니 그곳의 흔적조차 찾을 수 없었습니다. 살던 집은 없어졌고, 그곳에는 새집이 들어섰습니다. 길 찾기도 쉽지 않았습니다. 새로 난 길이 얽혀서 제가 기억하는 큰길도 골목도 고샅길도 묘연하더군요. 그곳의 제가 있던 집은 건물뿐만 아니라 이름도 없어졌습니다. 옮기면서 그 기관의 이름을 바꿨으니까요.

그때 언저리에 누가 먼저랄 것도 없이 거기에서 살던 친구들이 서로 수소문하여 "한번 모이자!"고 했습니다. 우리는 그 누구도 그곳에서의 삶을 환한 것으로 기억하지 못합니다. 그곳을 떠나면서 이곳에 대한 그리움을 살게 되리라고 생각한 친구는 단언컨대 아무도 없었습니다. '벗어남'은 '버림'을 수반한다는 사실을 우리는 몸으로 겪으며 제각기 자기 때가 되면 차례로 그곳을 떠났으니까요. 그렇다고 그곳을 우리가 마냥 어둡게만 지닌 것은 아닙니다. '떠남'은 '남김'을 수반한다는 것도 우리가 절절이 겪은 거니까요. 친구뿐만 아니라 삶의 흔적을 낡은 벽지처럼 남겼으니까요. 그런데 그곳을 벗어난 세월이, 그곳을 떠난 세월이, 긴 탓일는지요. 제각기 지닌 버림과 남김의 질기는 서로 다를 테지만, 우리는 우리가 살던 집이 없어졌다는 사실을 전해 듣고 낙인烙印을 지운 듯한 야릇한 해방감과 정체성이 사라진 듯한 기묘한 상실감을 느꼈습니다. 우리는 뒷날 그 느낌을 우리 모두 공유했었다는 사실에 새삼 놀라기도 했습니다.

새로 옮긴 곳은 마당(마당을 이렇게 보통명사로 통용하는 것으로는 사뭇 모자라는 다른 경험을 우리는 마당에 담고 있습니다. 마당은 단순하게 집안에 있는 방 아닌 넓은 공간이 아니었습니다. 하루살이는 마당에서 모이는 것으로 시작해서 그곳에 다시 모이는 것으로 끝나곤 했습니다. 그리고 그 모임에서 우리는 온갖 다양한 삶을 '함께' 겪었습니다. 이를테면 마당에는 늘 바람이 일었습니다. 그 바람은 나이 먹은 아이들에게는 모욕을, 이보다 어린 아이들에게는 공포를 불어 일으켰는데, 그래도 우리는 그 틈틈이 서로 웃고 소리 지르고 싸우고 다독였습니다)도, 울타리도, 건물도, 사람도, 도시도, 낯설었습니다. 이름도 주인도 모두 바뀌었습니다. 우리는 거기에서 살지 않았으니까요. 하지만 우리는 그 새집이 우리가 살던 곳인 양 거기에서 모이기로 했습니다. 이전 집과 새집의 연속이란 다만 새집의 연원을 기술한 '역사'에만 적혀 있는데도요. 우리는 마치 그곳의 주인이, 그것도 진정한 주인이 우리라는 투로 그곳에 모였습니다. 지금 생각해도 잘 설명이 되지 않는 묘한 자의식입니다. 그런데 그런 현상이 실은 그리 낯선 건 아니라는 사실을 저는 세상사를 돌아보며 가끔 느끼곤 합니다. 모인 옛날 친구들은 서른 댓 명이나 되었습니다. 제가 거기 있을 때 친구들의 반이 좀 덜 되었지만 예상보다 많았습니다.

그간 나이를 먹은 탓이겠죠. 우리는 한동안 빤히 쳐다보다가 "아, 너로구나! 살아 있었고나!" 하며 서로 탄성을 질렀습니다. 호칭도 다양했습니다. '너, 야, 형, 누나, 오빠, 언니.' 죽은 친구의 소식이 전해졌고, 이에 이어 우리가 살 때 스스로 세상을 마감한 여러 친구의 이야기가 끼어들었습니다. 중2 형설이, 중3 은희, 고1 기승이, 그리고 학교는 다니지 못했지만 우리 모두의 형이던 영국이. 그 나이에 그리 여러 친구들이 세상을 등졌습니다. 왜 그리 서둘러 갔는지요. 그들이 왜 그리 우리는 부러웠는지요. 배고팠던 이야기, 매 맞던 이야기, 겨울에 뒷간 치우던 이야기, 개천에서 빨래하며 손이 시려 울던 여자 아이들 이야기, 신문지 한 장이 갖는 온기 이야기, 우리를 거지새끼들이라고 한 학교 친구를 밤중에 불러내 어두운 골목에서 마음껏 두들겨 패 준 이야기, 높은 담장을 몰래 넘어 어두운 산성山城에 올라 저 아래 시커먼 강물을 내려다보던 이야기, 그 강물에 어린 별빛이 "어서 와, 이리 물속으로 들어오면 너도 하늘의 별이 되는 거야!" 하는 유혹에 시달리던 이야기, 그리고 그 집을 나와 이렇게 저렇게 살아가다 장가가고 시집간 이야기, 자식들 이야기, 얼핏 스친 적이 있는데 이제는 소식이 끊긴 친구의 이야기들을 하면서 우리는 서로 몸도 마음도 어찌할 줄 몰라 하며 아프게 즐거웠습니다.

그런 일이 있은 지 서른 대여섯 해 만에 저는 그곳을 다시 찾았습니다. '죽기 전에 가 보고 싶은 곳'이어서요. 지금 제가 소식을 전하는 그 처음 곳에서의 친구는 이제 제게 아무도 없습니다. 하나 둘 세상을 떠났거나 숨듯이 사라졌으니까요. 그러니 그 친구들을 만나고 싶어 간 것은 아닙니다. 앞에서도 말씀드렸듯이 저는 지금 이 기관이 처음 있었던 곳에서 수용되었던 아이라는 기록으로만 이곳에 있습니다. 딱히 찾아볼 사람도 없고, 저를 반겨 줄 사람은커녕 아는 이도 없습니다. 그 기관을 세운 어른도 돌아가신 지 오래입니다. 달라진 것을 확인한 것은 명칭의 변화나 장소의 이동이나 책임자의 바뀜만이 아닙니다. 지난번 모임 때 우리는

'우리 집'이 얼마나 달라졌는지를 이미 실감한 바 있습니다. '우리 때'는 그곳에 있던 친구들이 거의 부모를 '잃은' 아이들이었습니다. 전쟁 때였으니까요. 그런데 지금 그곳에는 거의 부모가 '버린' 아이들이 살고 있습니다. 하기야 전쟁이 비정상적인 거라면 그때 거기에 '부모를 잃은' 아이들이 있었던 것이 그야말로 비정상적인 거고, 지금은 전쟁 때도 아닌데 그곳에 '부모가 버린' 아이들이 모여 있다는 게 당연히 정상적일지도 모릅니다. 그렇다면 잃음에서 버림으로의 변화를 의아해 한 우리 느낌이야말로 정말이지 비정상적인지도 모르겠습니다. 그곳의 '속성'에 대한 이러한 이해의 이질성을 염두에 두면서도 저는 그곳에 가고 싶었습니다.

없어졌든 옮겨 왔든 일어난 변화와 상관없이 저에게는 '그곳'이 지워지지 않는, 변하지 않는 '현실'로 인식되기 때문이라고 말하고 싶은데 이게 말이 되는 건지 잘 모르겠습니다. 그 '현실'은 이미 과거니까요. 과거는 실재가 아니죠. 그런데도 '실재가 아닌 현실'이 있다고 말하고 싶은 거니까요. 어쩌면 '없는데 있는 현실'이라고 해야 옳을 겁니다. 그렇다면 제가 굳이 그곳을 죽기 전에 찾아가야 할 버킷 리스트의 하나로 꼽은 것은 '없는데 있는 거'에 대한 '절박함' 때문이라고 해야 할는지도 모릅니다. 그때 거기에는 있었는데 지금 여기에는 없는 것에 대한 '못 견딤'이라고 해야 할는지요. 아니면 그 사라진 것의 여전한 있음을 확인하고 싶은 '간절함'이라 해야 할는지요. 어떻게 묘사되든 이러한 태도는 '기억은 사라진 실재를 사라지지 않은 실재이게 한다'는 것을 승인하는 것이면서 이에서 나아가 그 '기억을 회상하는 것만이 기억한 실재를 현실이게 한다'는 것을 자못 터득한 것일지도 모릅니다.

그곳에서의 머무름은 길지 않았습니다. 고작 두 시간 남짓이었으니까요. 그곳 살림을 맡고 있는 분들과 이런저런 이야기를 나누면서 저는 제

발언이 점점 메아리를 동반하지 않는다는 것을 직감했습니다. "방에 들어가니 냄새가 하나도 없네요. 그때 우리가 살던 방은 대체로 역한 시궁창 냄새에 우유죽 끓일 때 나는 고소함이 곁든 그런 걸로 찌들었었는데. 그렇다는 것을 안 것은 제가 그 집을 떠난 다음이죠." 제 이야기는 이러했고 그분들 이야기는 이러했습니다. "촉법 소년 교화 사업을 저희가 맡게 되어 건물을 정부 지원으로 새로 신축했습니다. 그런데 난데없이 그 건물에 대한 세금은 우리한테 내라는 겁니다. 엄청난 액수를요. 그래서 여기저기 기부를 해 주십사고 도움을 청하고 있죠." 문을 나서는데 황혼이었습니다. 참 아름답다고 느꼈습니다. 저는 어느 틈에 옛날 살던 집 마당에 있었습니다. 그때도 황혼은 아름다웠습니다. 친구들의 왁자지껄한 소리가 들립니다. 낯익은 목소리가 유난히 큽니다. 그러나 곧 소음이 잦아지면서 서서히 황혼이 더 짙어지는 듯하더니 금세 어두워지기 시작했습니다. 저도 제 방으로 가 어린 아이들을 재워야 합니다. 마음이 급해졌습니다.

갑작스러운 피곤이 몰려와 아내에게 숙소로 돌아가고 싶다고 했습니다. 아내는 서둘러 택시를 불렀고 저는 던지듯 몸을 차 안에 밀어 넣었습니다. 아내가 걱정스러운지 조심스럽게 말했습니다. "다시 오면 돼!" 버킷 리스트라는 종국적인 언표에 쫓겨 다시 오지 못하리라는 감상感傷 때문에 제가 피곤한 거라고 짐작했던 모양입니다. 저는 숙소로 돌아오는 내내 아무 말도 하지 않았습니다.

다음 날 조금 늦은 아침을 먹었습니다. 아내가 '오늘은 당신이 살던 집도 가고, 졸업한 고등학교도 들르자'고 하면서 제 안색을 살폈습니다. 버킷 리스트를 실행하자던 자기의 '배려'가 어쩌면 '억지'이지 않았을까 하는 생각을 한 것 같은데, 어제의 제 모습이 마침내 하고 싶은 일을 해 냈다는 만족함을 드러내지 않았기 때문일 겁니다. 사실 그랬습니다. 저는 어제 왜 그곳을 가고 싶었었는지, 왜 가야 했는지, 그리고 다녀와서 '하고 싶은 일을, 그것도 죽기 전에 하고 싶은 마지막 일을 드디어 해 냈다'는 뿌듯함이 제게 있었는지, 도무지 갈피가 잡히지 않았으니까요.

고등학교 2학년 1학기를 마치고 제가 함께 지내던 친구들과 헤어져 이곳 다른 도시, 다른 집으로 옮긴 것은 별다른 일이 아니었습니다. 다들 그렇게 떠났으니까요. 법이 그랬습니다. 또 이런저런 사사로운 사정도 있었고요. 이곳은 이제까지 지내던 곳과 아주 많이 달랐습니다. 이른바 사회복지기관임에는 다르지 않았지만 그랬습니다. 저의 경우, 여기에서는 함께할 친구가 없었습니다. 그때 언어를 요즘 틀로 거르지 않고 그대로 쓴다면 저는 그곳에서 유일한 '남자'였습니다. 그곳은 전쟁 미망인들이 살던 곳입니다. 엄마와 함께 이곳에 들어와 사는 아이들 중에는 사내 녀석들이 없지 않았지만 나이가 아홉 살 아래인 어린이들이었습니다. 이도 법이 그래서 그랬습니다. 그곳에서 사는 스무 가구家口의 사람들은 새벽부터 밤늦게까지 쉬지 않고 일을 했습니다. 저도 다르지 않았습니다. 그런데 남자가 하는 일과 여자가 하는 일은 달랐습니다. 남자는 '힘든 일'을 했습니다. 집은 언덕 위에 있었는데, 산꼭대기라고 해야 할 그런 곳입니다. 석탄을 실은 트럭이 한 달에 한 번, 이 위까지 언덕길을 올라오면 저는 그것을 차에서 마당에 내렸다가 다시 창고에 옮기고는 사흘에 한 번씩 집집에 나누어 주는 일을 했습니다. 안남미 서른 포대가 나귀가 끄는 수레에 실려 한 달에 두 번 왔는데, 나귀가 언덕 위에 올라오지 못해 저 아래 좁은 길에서 멈추었습니다. 그러면 내려가 이를 등에 지고 언덕을 올라 창고에 부리는 일도 했습니다. 거기 사는 어머니들 스무 분과 밖에서 일하러 오는 부인들을 합쳐 쉰 분 남짓한 인원이 재봉틀로 이런저런 작업을 했는데, 밤 10시에 작업이 끝나면 그 재봉틀을 말끔히 손질하여 그 이튿날 매끄럽게 달달 돌아가게 하는 일도 했습니다. 남자가 하는 일은 이런 거였습니다. 1톤은 안 되지만 석탄이 오는 날은 삽질에 허리가 끊어지는 듯했고, 한 가마니 무게보다는 덜하지만 60킬로그램짜리 쌀 포대를 등에 지고 서른 번 언덕을 오르내리면 나중엔 힘이 빠져 다리가 후들거리고, 하늘이 노래지고, 속이 메스꺼워 물조차 마시기 힘들었습니다. 작업을 끝낸 재봉틀에는 웬 먼지와 실밥이 그리 엉켜 있는지요. 이를 말끔히 털고 기름칠을 다 하고 나면 자정이 넘었습니다. 피곤보다 더 괴로운 건 공부를 하지 못했다는, 할 수가 없다는 절망과 체념이었습니다.

저는 이 집을 쉽게 찾아가리라고 생각했습니다. 아무리 세월이 흘렀어도 그곳을 찾아가는 이정표는 저에게 뚜렷했으니까요. 도청 뒤, 충혼탑 옆, 서양식 건물. 이 셋이 제가 지닌 이정표였습니다. 그것은 쉽게 사라질 수 없는 것이었고, 그 집은 이미 지적한 바와 같이 그 근방에서 가장 높은 곳에 있었으니까요. 제가 다니던 학교까지도 걸어서 40여 분이면 넉넉해 늘 여기저기 길을 바꿔 가며 오간 곳이기도 했습니다. 아내가 택시를 타고 목적지를 이야기하자고 했지만 저는 자신 있게 거절했습니다. 제가 빤히 아는 곳이니까요.

버스를 타고 짐작되는 곳에 내렸습니다. 하지만 어디가 어딘지 알 수가 없었습니다. 빼곡하게 들어선 높고 낮은 건물들 사이에서 저는 제 이정표 중 어느 것도 찾지 못했습니다. 도청은 이 도시를 떠난 지 오래입니다. 일본인들이 세운 충혼탑이 아직도 있으리라는 예상도 어리석은 짐작이고, 마찬가지로 부유한 일본인이 살았던 적산가옥敵産家屋인 서양식 건물이, 지난 세월이 얼만데 아직 건재하리라고 여긴 것도 비상식적인 예상이었습니다. 묻고 또 묻고 하면서 가까스로 언덕 근처까지는 왔는데 이번에는 길을 도무지 찾을 수가 없었습니다. 겨우 확인한 것은 석탄차가 올라오던 언덕길은 없어지고 그 양옆의 푸성귀 자라던 밭은 잘 자란 회양목으로 작은 숲을 이루고 있다는 것, 나귀가 멈추던 자리는 잘 가꾼 꽃밭으로 바뀌었다는 것, 그러니까 쌀 포대를 지고 오르내리던 언덕길은 흔적도 없다는 사실이었습니다. 풍성한 꽃과 나무의 단지를 안고 도는 새로 난 완만한 언덕길을 올라 우리는 꼭대기 집에 이르렀습니다. 간판에 있는 이름은 옛 그대로인데 집은 이미 새로 지은 지 여러 해 된 깔끔한 건물이었습니다. 그 옆으로 비스듬한 경사를 따라, 이것도 새로 지은 게 분명한 살림집들이 줄지어 20채가 있었고요. 기억 속의 현실과 눈앞에서 벌어지고 있는 현실과의 다름이 동일한 거에 관한 거라는 사실이 사뭇 저를 혼란스럽게 했습니다.

그런데 이러한 혼란스러움보다 더한 사실을 저는 그곳에서 겪어야 했습니다. 제가 이곳으로 오기 전에 있던 집에서와는 달리 여기에는 제가 머물렀다는 아무런 기록도 없습니다. 그곳에 계신 낯선 분들과 수인사를 하고, 옛날 생각이 나서 그저 와 보고 싶던 곳이라고 했을 때 그분들의 당혹스러운 표정에서 저는 제가 그곳에서는 '실체'일 수 없다는 사실을 처음으로 깨달았습니다. 그곳 기록에 의하면 저는 그곳에 있은 적이 없습니다. 직원 명단에도 없고, 수용자 가족 명단에도 없으니까요. 심지어 방문자 명단까지 마련하고 있는 그곳에서 저는 저만 그곳에 있었다는 사실을 주장하는 어처구니없는 실체 없는 사람이었습니다. 그저 일할 사람이 필요해 있던 '남자'였을 뿐인데 이를 실증할 문헌이나 증언할 사람이 없다면 저는 없었던 게 분명합니다. 그런데 저는 있었습니다. 저는 그곳에서 제 한살이의 '절대적인 시간'을 보냈습니다. 이를테면 추위에 덜덜 떨며 마루방 등잔불 아래서 대학입학 원서를 쓴 것도 그곳이었으니까요. 먼 훗날, 막연한 풍문을 듣고 그게 사실임 즉 하여 어떤 이가 제가 거기에서 한 해 반을 머물렀었다고 주장한다면, 그런데 그것을 문헌적으로 고증할 길이 없을 것인데, 결국 그는 틀림없이 사이비학자거나 거짓말쟁이로 판단될 수밖에 없을 겁니다. 실증이 불가능한 뜬소문은 사료史料일 수 없는 거고, 그래서 그것은 사실이거나 실재이거나 할 수가 없을 거니까요.

변화의 속성이겠지만 '이정표의 상실'을 겪으면서, 그리고 '기억이 담고 있는 실재가 사실임을 실증해야 하는 당위'와 직면하면서, 저는 적이 당혹스러웠습니다. 이리저리 엮인 사람들을 이야기하면서 저를 설명하지 못한 것은 아니지만, 그래서 뜻밖에 많은 것을 공유하는 즐거운 담소를 나눈 것도 사실이지만, 이런 어려움은 예상하지 못했던 일입니다. 기억을 회상하는 과정에는 이정표가 있어야 한다는 것, 그런데 그것을 잃을 수도 있다는 것, 아니, 대체로 잃는다는 것, 그리고 기억에서의 실재를 현실이게 하려면 갑작스럽게 현장유재증명現場有在證明(이런 말이 있는지 모르지만)을 요청받을 수도 있다는 것, 아니, 대체로 그런 요청에 직면한다는 것을 저는 미처 몰랐습니다. 그런데 저는 그곳에 가고 싶었습니다. 죽기 전에요. 그리고 저는 그곳을 방문했습니다. 죽기 전에 하고 싶은 일을 한 거죠.

꽃밭 길을 걸어 내려오면서 아내에게 불쑥 말했습니다. "아주 맛있는 걸 마음껏 먹고 싶다!" 아내는 택시를 불러 앱에서 찾은 맛집으로 가자고 말했습니다. 기사가 말하더군요. "거기 별롭니다. 제가 아는 곳으로 모시고 갈게요." 제가 말했습니다. "말씀하신 곳이 아내가 말한 곳보다 훨씬 더 멀군요. 저 여기서 고등학교 나온 사람인데요. 가까운 곳으로 가십시다." 기사는 아무 말도 하지 않고 가까운 곳으로 차를 몰았습니다. 기억은 때때로 엉뚱한 친절을 만나 미로를 헤매는 건지도 모릅니다. 출구를 찾지 못해 이리저리 오가며 그것이 곧 기억의 기억다움이라고 여기면서요.

허기가 느껴졌습니다. 늦은 아침을 먹었고, 그곳에서 머문 것도 두 시간 남짓이었으니까 배가 고프다는 것은 '합리적'이지 않습니다. 그런데도 그랬습니다. 예상하지 않았던 상실감이었다고 해야 할는지요. 어제는 피곤했고 오늘은 배가 고팠습니다. 두 곳 모두에서 저는 어쩌면 '후회'를 하고 있었는지도 모릅니다. 그곳을 가겠다고 작정했던 것은 아무래도 잘못된 결정이었다는 후회를요. 아마 그럴 것 같은데 그렇게 단언하기에는 무언지 선명하지 않습니다. 후회가 '지나고 깨닫는 터득'이라면 더욱 그러합니다.

버킷 리스트를 시행하면서 무엇을 기대했었는지가 궁금해졌습니다. 기억을 기억하고 싶다든지, 기억을 회상하고 싶다든지, 그런 과정에서 없음을 있게 하고 싶다든지 하는 발언으로 저를 설명했지만 그것이 제 의도를 충분히 담을 수 있었던 것인지도 되묻지 않을 수 없었습니다. 공간적인 거든 시간적인 거든 제가 푹 빠져 있었던 것은 '기억'이었는데, 그렇다면 그것이 놓친 것은 무엇인지를 물어 찾아야겠다는 생각이 든 겁니다. 후회가 스멀거리면서 제 마음이 향한 것은 바로 그런 거에 대한 관심이었습니다.

저는 분석적이지도 못하고 체계적이지도 않습니다. 사유가 그러하고 마음 씀도 다르지 않습니다. 행동도 그렇고요. 그러고 보니 죽기 전에 가고 싶다는 생각, 그곳에서 내 기억을 살아 있는 현실이게 하고 싶다는 것 밖에 다른 어떤 것도 마음에 두지 않았던 듯싶습니다. 이를테면 "그래서 거기 가서 네 기억을 되불러 내어 이뤄지는 현실에서 무엇을 기대하느냐?"는 물음은, 어딘가 마음결 안에 아주 없지는 않았겠지만, 올연히 드러나지 않았던 거죠. 이를 제 '상상의 결핍'이었다고 하면 어떨지 모르겠다는 생각을 했습니다.

사물에 대한 기억이 '순수'할 수 없으리라는 것은 이미 앞에서 말씀드린 바 있습니다. 그러나 그렇기에 기억은 일어난 일과 상관없이 지금 여기에서 만들어질 수 있다는 생각을 이렇게 절실하게 한 것은 저에게 새삼스럽습니다. 어쩌면 '기억의 존재론'이라고 할 법한 제 기억에 관한 절실한 앎과 몸짓이 '피곤'과 '허기'에 이를 수밖에 없던 것은 기억도 상상의 산물일 수 있다는 것을 간과한 제 구겨진, 아니면 일그러진, 모자란 상상력 때문일지도 모른다는 생각을 하게 된 겁니다. 모든 기억을 지금 여기의 내 의식 안으로 끌어들여 기억 그것 자체가 지닌 속성과 아무 상관없이 내 안에서 살아 숨 쉬게 하는 것이 상상임을 모르고 있었던 거죠.

이 계제에서 저는 그것이 때든, 곳이든, 또는 그것이 담고 있는 삶이든, 제 경험 안에 있어 기억으로 현존하는 모든 것을 확인하려던 것은 실은 그 기억에서 벗어나고 싶은 원망願望 때문이지 않았나 하는 생각이 들었습니다. 아무래도 그랬던 것 같습니다. 몸이 끝자락에 이르렀다는 자각과 더불어 그 몸의 구석구석에 '아예 몸이 되어 나 자신이 되어 버린 그 기억'에서 벗어나지 않으면 내 마지막 길에서 내 몸 건사하기가 그 무게 때문에 너무 힘들지 않을까 염려했던 것이라는 생각을 하게 된 겁니다. 그렇다면 제 상상력은 기억에 몰두하기보다 기억을 풀어 놓았어야 했습니다. 기억 자체를 잊는 거여야 했던 거죠. 기억을 갈가리 해체하고 지워 없애 마침내 제가 기억에서 벗어날 수 있도록 해야 했습니다. 그런데 때와 곳의 구체성은 저를 그런 상상력을 지니지 못하게 하는 현실이었습니다. 기억의 존재론은 상상의 자유를 휘저을 수 없는데도 그렇게 되도록 내버려 둔 거죠. 제 피곤과 허기는 필연적일 수밖에 없습니다. 모자란 상상이 초래하는 불가피한 귀결이니까요.

몸짓과는 말할 것도 없지만 몸의 쇠락이 상상이나 기억이나 언어에 미치는 것은 무엇인가를 새삼 묻고 싶어졌습니다. 저에게서 무엇이 소진해 가고 있는 걸까 하는 물음을 묻고 싶은 거죠. 몸을 추슬러 겨우 감행한 버킷 리스트의 실천에서 제가 얻은 것은 어쩌면 점점 굴신이 불편해지는 무거워지는 상상, 점점 선택적이게 되는 얄팍한 기억, 그런 것을 언어에 담는 것조차 점점 무의미해지는 게으름일지도 모르겠습니다.

한강철교 북단 밑을 지나 강을 끼고 둔치를 따라 조금 아래로 내려가면 찰싹거리는 물을 손으로 잡을 수 있는 낮은 제방 바위들이 있습니다. 갈대숲을 헤치고 내려가 그 바위 중에 납작한 곳에 자리를 잡으면 서녘 하늘이 강물 위로 한눈에 펼쳐집니다. 황혼이 저 물 끝에서 발갛게 물들기 시작하면 물도 풀도 이윽고 조용한 소리를 냅니다. 저는 늘 그 광경에 설렙니다. 과장한다면 제 존재 자체가 두근거립니다. 하지만 일몰은 순식간에 그 아름다움을 삼킵니다. 그리고 어두워집니다. 제 설렘은 이것까지 담습니다.

아내에게 버킷 리스트를 실천하게 해 주어 고맙다고 말했습니다. 다음 항목도 우리 꼭 실천하자고 말했습니다. 공감하는 미소로 응답한 것만은 분명한데, 아내는 아무 말도 하지 않았습니다. 저도 더 아무런 발언도 하지 않았습니다. 그리고 저는 저 스스로 제 버킷 리스트를 만들었습니다. 오직 하나, 제 마지막 순간이 오기 직전에 한강변의 그 바위에서 노을을 바라보는 일입니다. 기억할 어떤 것도 없이, 기억조차 없이요. 그리고 집으로 돌아간 다음에 그 노을 안으로 저도 사라지는 건데, 무척 비현실적인 소망입니다. 그런데 그랬으면 좋겠다는 생각만 해도 행복합니다. 상상은 저를 기억에서뿐만 아니라 꿈에서조차 자유롭게 합니다. 참 좋습니다. ※

숙맥 동인 모임 연혁

- 2003년 5월 중순께 서울 인사동의 한 식당에서 김재은, 김용직, 김창진 3인이 대학에서 정년퇴임하고 시간 여유가 있는 친구를 몇 사람 모아서 글쓰기를 하자고 합의함. 이들 3인이 발기인.
- 같은 해 6월 어느 날 서울 종로 인사동의 '판화방' 카페에서 김재은, 김용직, 김창진 3인이 김명렬, 김상태, 이상옥, 이상일, 주종연, 정진홍 6인과 함께 모여, 수필집을 내기로 뜻을 모으고 원고 수합을 결정함. 이들 9인이 창립 회원.
- 편집은 김용직, 김창진 회원이 맡고 출판사 교섭은 김재은 회원이 맡기로 함. 집문당과 출판 계약을 함.
- 2003년 10월 6일 제1집 『아홉 사람 열 가지 빛깔』 출간.
- 2007년 8월 15일 제2집 발간. 곽광수, 이익섭 회원 합류. 회원이 11인으로 늘어남. 출판사를 푸른사상사로 바꿈.
- 2009년 5월 20일 제3집 출간. 김경동 회원 합류.
- 2010년 6월 20일 제4집 발간. 김학주, 정재서 회원 합류.
- 2011년 9월 15일 제5집 발간.
- 2012년 12월 25일 제6집 발간.
- 2014년 1월 25일 제7집 발간.
- 2014년 12월 27일 제8집 발간.
- 2015년 12월 14일 제9집 발간.
- 2016년 12월 20일 제10집 발간.
- 2017년 김창진, 김용직 회원 작고.

- 2018년 2월 20일 제11집 발간.
- 2019년 7월 25일 제12집 발간.
- 2020년 11월 25일 제13집 발간.
- 2021년 11월 15일 제14집 발간.
- 2022년 11월 25일 제15집 발간. 안삼환, 장경렬 회원 합류.
- 2023년 12월 숙맥 동인지 발간 20주년 기념호에 해당하는 제16집 발간.
- 현재 회원 14인.

김재은 정리

숙맥 동인 명단

곽광수(수정茱丁)　김경동(호산浩山)　김명렬(백초白初)　김상태(동야東野)

故김용직(향천向川)　김재은(단호丹湖)　故김창진(남정南汀)　김학주(이불二不)

안삼환(도동道東)　이상옥(우계友溪)　이상일(해사海史)　이익섭(모산茅山)

장경렬(한송寒松)　정재서(옥민沃民)　정진홍(소전素田)　주종연(북촌北村)

* 괄호 안은 자호自號

어찌 세월이 가만있었겠는가

초판 인쇄 · 2023년 12월 15일
초판 발행 · 2023년 12월 23일

지은이 · 곽광수, 김경동, 김명렬, 김재은, 김학주, 안삼환,
이상옥, 이상일, 이익섭, 장경렬, 정재서, 정진홍
펴낸이 · 한봉숙
펴낸곳 · 푸른사상사

주간 · 맹문재 | 편집 · 지순이 | 교정 · 김수란, 노현정
등록 · 1999년 7월 8일 제2-2876호
주소 · 경기도 파주시 회동길 337-16 푸른사상사
대표전화 · 031) 955-9111~2 | 팩시밀리 · 031) 955-9114
이메일 · prun21c@hanmail.net 홈페이지 · http://www.prun21c.com

ISBN 979-11-308-2126-9 03810
값 22,000원